文学肖像

帕乌斯托夫斯基写作课

[苏联] 帕乌斯托夫斯基 著　陈方 译
К. Г. Паустовский

人民文学出版社

Константин Георгиевич Паустовский. Собрание сочинений в девяти томах. Том 7. Москва, «Художественная Литература», 1983.

图书在版编目(CIP)数据

文学肖像/(苏)帕乌斯托夫斯基著;陈方译. —北京:人民文学出版社,2022
(帕乌斯托夫斯基写作课)
ISBN 978-7-02-017233-7

Ⅰ.①文… Ⅱ.①帕… ②陈… Ⅲ.①散文集—苏联 Ⅳ.①I512.65

中国版本图书馆CIP数据核字(2022)第108803号

责任编辑	柏　英
装帧设计	陶　雷
责任印制	任　祎

出版发行	人民文学出版社
社　　址	北京市朝内大街166号
邮政编码	100705
印　　刷	北京盛通印刷股份有限公司
经　　销	全国新华书店等
字　　数	177千字
开　　本	880毫米×1230毫米　1/32
印　　张	9.375　插页1
印　　数	1—5000
版　　次	2022年9月北京第1版
印　　次	2022年9月第1次印刷
书　　号	978-7-02-017233-7
定　　价	118.00元

如有印装质量问题,请与本社图书销售中心调换。电话:010-65233595

目 录

译本序　　陈方 1

断想数章（代序） 1

奥斯卡·王尔德 1

马雷什金 7

邂逅狄更斯：笔记节选 11

爱伦·坡 18

不朽的蒂尔：记查尔斯·德·科斯特 21

鲁维姆·弗拉叶尔曼 27

与盖达尔的几次会面 39

悼尤里·雅诺夫斯基 53

弗里德里希·席勒 57

一位童话大师：克里斯蒂安·安徒生 63

吉里亚伊叔叔：弗·阿·吉里亚罗夫斯基 83

亚历山大·格林的一生 91

伊里亚·爱伦堡 117

生命的湍流：关于库普林散文的札记   125

米哈伊尔·洛斯库托夫   159

一抔克里米亚的泥土：记卢戈夫斯科伊   165

格奥尔格·托佩恰努   185

一个普通人：记康斯坦丁·费定   195

布尔加科夫和戏剧   209

关于一个人，一位朋友：记卡扎凯维奇   227

雅罗斯拉夫·伊瓦什凯维奇   231

弗谢沃洛德·伊万诺夫   241

一顶桂冠：记茨维塔耶娃   245

小议巴别尔   251

伟大的天赋：记安娜·阿赫马托娃   263

译本序

陈 方

一

早在二十世纪五十年代，帕乌斯托夫斯基的名字就为中国读者所熟知，他和他的《金蔷薇》——一代人的枕边书，用"维罗纳晚祷的钟声"唤醒了无数人冰封已久的温情，用抒情、唯美、浪漫的文字与宏大叙事、理想主义的激情对话，为当时略显平淡的时代氛围注入了一缕如诗般温暖的微风。

帕乌斯托夫斯基一八九二年生于莫斯科，后在基辅度过整个青年时代。他的父亲是一个铁路统计员，本该精确、理性的他却是一个不可救药的、彻头彻尾的幻想家，是一个向往远方、渴望动荡生活的人，这种特质似乎也遗传到了儿子身上。帕乌斯托夫斯基早年生活漂泊不定，从莫斯科到基辅，从俄国腹地到黑海之滨的敖德萨，再从俄国南方到北方，他的足迹几乎遍及俄国，晚年则延伸至世界各地。伴随着时空路线的更迭，则是他丰富得让人有些眼花缭乱的人生轨迹：基辅大学历史系学生，莫斯科大学法律系学生，一战初期的前线卫生兵，电车司机，水手，渔工，记者，编辑……直到十九世纪三十年代，他才正式成为一名专业作家。

有必要特别提一提帕乌斯托夫斯基就读的基辅第一中学，这所学校由俄国外科医学之父皮罗戈夫创建，优秀的师资为学校营造了独特的文学艺术氛围。帕乌斯托夫斯基的同学中，最著名的要数布尔加科夫，这位杰出校友后来把话剧《图尔宾一家的日子》的情节放在了母校。在《文学肖像》中关于布尔加科夫的那一篇文章中，帕乌斯托夫斯基记录下了很多中学回忆。他说，第一中学和其他"那些单调乏味的俄国古典中学形成了鲜明对比"，后来"很多从事科学、文学，特别是戏剧工作的人"，如导演别尔森涅夫和作曲家利里多森斯基，都毕业于此。帕乌斯托夫斯基日后选择从事文学创作，或许也受到了基辅第一中学校园文化潜移默化的影响。

帕乌斯托夫斯基的创作始于中学最后一年，他在基辅的文学杂志上发表了短篇小说处女作《在水上》。十九世纪二十年代中期，在几家工厂当工人的间隙，他开始了他第一部中篇小说《浪漫主义者》的创作。谈及早年习作时，帕乌斯托夫斯基写道："对于幻想中的世界的神往，以及由于不可能见到这种世界而产生的忧郁……占据了我青年时代写的绝大多数诗歌和第一篇不成熟的小说。"虽然作家后来焚毁了他的大多数早期作品，但其中的浪漫主义却留在了他的几乎全部创作之中。

帕乌斯托夫斯基真正的成名之作是一九三二年问世的中篇小说《卡拉－布加兹海湾》。在后来收入散文集《金蔷薇》的《一部中篇小说的由来》一文中，帕乌斯托夫斯基详细叙述了《卡拉－布加兹海湾》的成书经过。这部小说描写里海畔的社会主义建设事业，与当时苏联的生产题材文学一样诉诸改造自然的主题，但优美的文笔和浪漫的气息却使得这部作品在当时的同类题材文学中显得有些另类。

在帕乌斯托夫斯基的创作中,有很大一部分是和大自然有关的。他热爱旅游,一生中几乎走遍了俄罗斯的每一寸土地——西伯利亚、中亚、北方、远东,他把所见所闻,更主要的是对俄罗斯大自然的爱、对故土的赤子之情,毫无保留地献给了读者。在他的笔下,静谧威严的北方森林,风光绮丽的黑海,摄人心魄的里海海岸,原始神秘的普拉河,美丽的梅晓拉地区……俄罗斯大自然的美景以这样或那样的方式动人地展现在我们眼前。帕乌斯托夫斯基对自然的亲近不经意地流露在他的字里行间——为了辨别和记住森林中的一草一木,他的林间小木屋变成了乡间巫医的住所,他可以像普里什文那样"把秋天的每片落叶写成一首长诗"。

在帕乌斯托夫斯基到过的地方之中,最能够引起他心灵振荡的是莫斯科和梁赞州附近的梅晓拉地区,这是他一生中"最主要的爱",留存到生命最后一刻的"对大地的依恋"。在他的笔下,这个流淌着林间小溪、遍布着大大小小湖泊的地区,散发出如此耀眼的光芒,传达出俄罗斯中部地区大自然如此迷人的魅力,以至于在帕乌斯托夫斯基之后许多作家都不敢轻易触及这个地方。帕乌斯托夫斯基的成就,不仅在于他在文学上从梅晓拉汲取了无数灵感,为读者贡献出《梅晓拉地区》《森林的故事》等优秀文集,以及《夏日》《破旧的独木舟》《电报》《烟雨霏霏的黎明》《273护林所》《独面秋天》等小说,更为主要的是,他让人们发现了原来就在"鼻子前面"的风景。有意思的是,以热爱自然著称的普里什文曾经在信中气愤地说帕乌斯托夫斯基是"疯子",因为他担心旅游者在看过这些关于梅晓拉的随笔之后会把这里践踏得寸草不生!

仔细地探究帕乌斯托夫斯基笔下的大自然,我们会发现其中体现出的意境与俄罗斯"情绪风景画家"列维坦的作品有着同质的美,而他丰富的想象和对大自然的本能热爱,又使他的创作继承了来自屠格涅夫、列夫·托尔斯泰、列斯科夫和布宁等文学大师的景物描写传统。从本质上说,帕乌斯托夫斯基善于挖掘平凡事物中不寻常的美,善于发现平素不易被发觉的现实生活中的诗意,善于表现普通人美好心灵的创作风格,是与他对大自然那种细心感悟、与其融为一体并感同身受的能力(或者是本能)密不可分的。大自然是帕乌斯托夫斯基的诗神,是他笔下永恒的主人公。而作家频繁诉诸大自然主题,更是让我们能够感知到他对城市文明的审慎态度,对回归大自然所代表的自由、静谧和独立的空间的渴望,这似乎构成了他对现实生活的某种独特反叛。

二

《金蔷薇》是帕乌斯托夫斯基的扛鼎之作,尤其在中国,提起这位作家,读者们首先想到的就是它。《金蔷薇》这一标题在中国流传甚广,然而,如果我们细读开篇《珍贵的尘埃》就不难发现,老清洁工让·沙梅用首饰作坊的尘埃中簸扬的金粉打造出来的,是一朵饱含爱、温情和悲悯的玫瑰花。在俄语以及欧洲的诸多语言中,玫瑰、蔷薇、月季均为一个词,而在世界通行的所谓"花语"中,能够象征"爱"的花显然非玫瑰莫属。

《金蔷薇》原来有个副标题——"论作家技艺和创作心理",这是帕乌斯托夫斯基在高尔基文学研究所讲授创作技巧和心理学课程的主要内容,虽然作家本人称这是一部中篇小说,但作品并没有情节上的相互联系和连续性,更像是中国传统意义上的散文集,然而《金蔷薇》的主题十分集中,即写作的方方面面。帕乌斯托夫斯基在《金蔷薇》的自序中写道:"这本书不是理论研究,更不是指南。这里只不过记下了我对写作的理解和我的写作经验。"不过,帕乌斯托夫斯基不仅介绍了自己的写作经验,还独到地解读了许多文学大家的创作。

《金蔷薇》的开篇《珍贵的尘埃》是帕乌斯托夫斯基看待文学创作本质的提纲挈领之作。它以年迈的巴黎清洁工让·沙梅从尘埃里淘金、最终积攒成一朵金蔷薇的故事,来隐喻文学创作的艰辛过程,来形容作家们从粗粝的现实中寻觅素材,最后向世人呈现经典的创作本质。在文章的最后,帕乌斯托夫斯基假借一位后来购得这朵金蔷薇的法国作家之口写道:"每一个瞬间,每一个偶然投来的词语或眼神,每一个缜密的思想或一句戏言,每一个人类心灵的细微活动,以及杨树的飞絮,夜间映在水塘里的点点星光,这些同样都是金粉的碎屑。我们文学家在几十年里搜寻这无数的细沙,为自己悄悄把它们收集起来,熔成合金,然后铸成自己的'金蔷薇'——中篇小说、长篇小说或长诗。"

帕乌斯托夫斯基用简洁鲜活的文字和亲切温暖的语调,将宝贵的创作经验和盘托出。在《闪电》一文中,帕乌斯托夫斯基将构思形容成闪电,来回答其产生的先决条件。"构思就是闪电。电在地面上空积聚多日。当大气中的电积聚到极限，一团团白云变成了阴森可怕的雷雨云，在浓稠的带电水汽中就会产生第一个火花——闪电。……构思就如同闪电，产生于一个富有思想、情感和记忆片段的人的思维中。这一切都是一步步慢慢积累的，直到那种需要必须放电的极限。那时，这整个压缩的、还有点儿混乱的世界就会产生闪电——构思。"帕乌斯托夫斯基借助这个自然界的现象，绝妙地解释了构思以及灵感产生的基础——不可脱离生活，要矢志不渝地接触现实，积累素材，才能形成成熟的构思，灵感的诞生也是同理。这与让·沙梅从尘土中筛出金粉，最后铸成玫瑰花有异曲同工之处。

在《金蔷薇》中，帕乌斯托夫斯基还表达了自己对创作语言的关注。他对语言给予了高度重视，关于这一点，他在《文学肖像》中有过这样的表述："有一句千真万确的话：'在真正的文学中没有微不足道的东西。'每个词汇，甚至是乍看上去毫无意义的每个词、每个逗号和句号，都是必须的，有特色的，它们确定整体并有助于更精湛地表达思想……一个适时给出的逗号能够产生多么震撼人心的效果。"他认为作家要掌握俄语丰富多彩而又含义确切的词汇，还要去探索"一个最主要的、永不枯竭的语言源泉——人民自身"，因为"他们说出的任何一个词语都是字字珠玑"。在《金蔷薇》的《好似小事》一文中，帕乌斯托夫斯基简略提及了盖达尔一边踱步、一边字斟句酌的写作方式，以及他能几乎一字不差背诵自己作品的本领。而在《文学肖像》的《与盖达尔的几次会面》中，帕乌斯托夫斯基对此做了更为详尽的记录，他认为，盖达尔对作品中的每一个词汇都经过反复斟酌，它们的位置和搭配是唯一的，所以，作品能够被记住是自然而然的事情。用这样的词汇写成的文章非常严谨，没有一点多余的东西，帕乌斯托夫斯基称之为"浇铸的散文"。他又以库普林的作品为例，说明了富有特色的语言对于传达人物形象的典型性、表达作家的思想所起到的巨大的作用，库普林作品中的各种"行话"、人物之间的对话方式、接近口语的语言，使作家笔下的某一特定群体的特征跃然纸上。其实，帕乌斯托夫斯基叙述这一切的目的，就是在说明作家对自己的语言应该持有的态度。他本人的作品就体现了对待语言的严谨态度。读他的作品，我们会发现其语言的优美，这当然不仅仅得来于他笔下细腻、优美的风景描写和浪漫主义色彩，我们在其中看不到当今俄语中泛滥的外来词语、不规范词汇、过剩的形容词，他使用的是纯正的俄语，来自俄罗斯民间的语言，他的语言就是真正的俄罗斯语言。这是帕乌斯托夫斯基的作品十分耐读的主要原因。

在帕乌斯托夫斯基的创作理念中，有一个关键词就是想象力，他在不同阶段的文字中一再谈论这一主题，足以说明想象力，或曰幻想，对于其创作的重要作用，这也成为他评判一位作家的主要尺度。帕乌斯托夫斯基认为，善于幻想是一个作家最可贵的天赋之一，想象乃是"艺术生命力的发端"，是艺术"永恒的太阳和上帝"。他感叹于爱伦·坡说过的"幻想是我一生中唯一的事业"；他在格林的作品中看到了幻想对一个作家的作品产生的巨大力量，虽然格林描写的都是地球上并不存在的国度，但是那里的每一寸土地都被作家走了无数遍，他知道每一个街道的转弯、每一株植物的特征，能指出所有街道和楼房的位置。阅读格林的作品，使人产生对他笔下的神奇国度的向往，他的故事"像美酒一般使人头晕目眩"。安徒生的作品也是其作者善于幻想的结果。童年时的安徒生所做的唯一事情就是幻想，他幻想他所能想象到的一切事情。他自由的想象力把成百上千个生活中的细节化做了栩栩如生的童话故事。丰富的想象力使作家无法控制自己体内奔涌的思绪，安徒生和布尔加科夫都有即兴写作的天赋，也许，这就是他们的想象力在呼唤自由，要求被释放并获得外在的表现。

丰富的想象力能够使人们看到平凡生活中的不平凡之处，能够看到生活中那些在表面的或是疲惫的目光下会溜走的特征。对于一个善于幻想的人来说，世界上没有乏味的东西，脚下的每一寸土地都饱含着美妙和快乐。帕乌斯托夫斯基呼唤人们保持幻想的天赋，他认为我们的时代需要幻想者。因为幻想是一个"强有力的源泉"，"这种源泉能产生文化、艺术、科学，以及为美好的未来而斗争的愿望"。假如认为一部作品因为其中过多的幻想就丧失了其社会意义，是有失偏颇的。我们不难看出安徒生童话所包含的只有成年后才能理解的"第二个童话"，以及童话中体现的现实意义。这样的例子还能举出很多。作品的好坏在于它唤起了一种什么样的思想感情和行为，是否能够以其知识丰富我们的身心。

这说明，帕乌斯托夫斯基认为，无论幻想还是浪漫主义，都不能脱离现实，"想象脱离了现实，是不会结出果实的"。它们与"'粗糙'生活"和对这种生活的爱并不矛盾。帕乌斯托夫斯基就是一个扎根于现实的作家，在充盈着浓厚浪漫主义色彩的作品中，我们可以看到现实生活的闪光。他同时也极力褒扬那些能够在作品中反映现实、表达对普通人的爱，用自己的作品折射文学和社会生活的作家。他喜爱莫斯科生活的编年史家吉里亚罗夫斯基，他高度认同库普林，因为他们用每一部作品呼唤人性，对人类的深厚的爱使他们用准确的洞察力对现实生活中的所有现象进行长久不衰的关注，所以他们才能写出一些绝妙的现实主义作品。

《金蔷薇》的内容还涉及素材的选取、细节的呈现、人物性格的塑造等一系列重要的环节和因素，此书出版后深受欢迎，一度被包括中国作家和读者在内的世界多国文学爱好者当作创作指南。然而，《金蔷薇》不仅仅是创作谈，或者说，如果我们仅把它当作写作指南来看，会忽略这部集子中的另一朵"金蔷薇"。刘小枫在《重温〈金蔷薇〉》一文中这样谈及这部作品："它不是小说，而是启迪，是充满了怕和爱的生活本身"，"如果把这本书当作创作谈来看，那就会抹去整部书跪下来亲吻的踉跄足迹，忽视了其中饱含着的隐秘泪水"。的确，在帕乌斯托夫斯基娓娓道来的写作技艺背后，其实是他推崇的生活哲学，即对受苦和不幸的下跪，同时越过一切苦难，把目光投向更为高远的天空，诗意地生活。在无处不在的生活中发现诗意是帕乌斯托夫斯基所擅长的，他曾说过，"一个人越博学，他对现实的接受就越全面，他和诗歌就靠得更近，他也就越幸福"。二十世纪的俄罗斯文学中始终不乏一些个性十足的存在，他们或者被现实撞得头破血流，或者为捍卫自己的权利遭遇多舛的命运，帕乌斯托夫斯基显然不是这样的作家，他以一种中立、和缓、润物无声的立场，捍卫着自己的文学理念和作为一个人的良知。在《金蔷薇》中，我们能充分感受他的这种生活哲学。

三

在《金蔷薇》中,有《早就想写的一本书》这样一篇文章,文中写道:"很久以来,十多年前,我就考虑写一本非常难写的书,我当时就认为,甚至至今仍认为,这本书是有趣的。这本书应当由一些杰出人物的奇闻逸事组成。"在这篇文章中,帕乌斯托夫斯基"简单地记叙了"他对几位作家的"杂感",那是他关于契诃夫、勃洛克、莫泊桑等著名作家的笔记,这些似乎是随手记下的文字给作家自己未来的书开了一个头。《文学肖像》应该可以算作那本"有趣的"书的继续和充实。在这本由俄国作家和外国作家组成的"画册"中,有我们十分熟悉的如爱伦·坡、席勒、安徒生、亚历山大·格林、布尔加科夫、爱伦堡、库普林等作家的二十五幅肖像。它们是由帕乌斯托夫斯基在一九三七年至一九六六年发表的文字组成的一个主题画廊。虽然这些文字肖像体裁丰富、风格各异,但是,每一幅画中的主人公都与帕乌斯托夫斯基作为一个作家或者作为一个人的生活发生过密切的关系,他们中的每个人都以不同的方式让帕乌斯托夫斯基感到亲近。

把帕乌斯托夫斯基和他的朋友们联系在一起的,首先是他们对诗歌和文学的共同热爱。帕乌斯托夫斯基在青年时代和许多作家,如洛斯库托夫、盖达尔,组成了一个作家大家庭,作者难忘和他们的聚会,难忘"有趣的争论、交锋和大胆的文学构想",他们"每个人都把给其他所有人朗读自己的新作当作神圣的职责",难忘他们共同组织起来的大大小小的"科诺托普"(文学聚会)。透过作者的字里行间,我们不难想象,那些年轻而精力旺盛的作家是怀着怎样纯洁的感情和崇高的虔诚来参加这一次次文学盛宴的。文学爱好所产生的力量是巨大的,这种爱能让人忘记饥饿和艰苦的生活,有时候,"一天的食物就是淡淡的茶水和一块面饼,但生活却是美好的。普希金和莱蒙托夫、勃洛克和巴格里茨基、丘特切夫和马雅可夫斯基的诗行,使妙不可言的现实生活更加充实。世界对我们来说就像是诗,而诗就是我们的世界。"那时,文学就是他们生活中的一切,文学创作拉近了帕乌斯托夫斯基和他的朋友们的距离,他写到了他和盖达尔、罗斯金、格罗斯曼等作家每年夏天在索罗特恰的集体生活,写到他们陶醉在民间诗歌的世界之中,接触到无数民间语言的宝藏。

帕乌斯托夫斯基热爱大自然,我们在他的作品中时刻可以感受到这一点,透过《文学肖像》我们更可以感受到,他还热爱与他怀有同样感情的人,热爱能够带着同样的情感描写大自然的人。这就是帕乌斯托夫斯基选择库普林作为自己画像主人公的原因之一。"库普林对大自然的爱虔诚而平静,十分富有感染力,从中可以感觉得到他的天分所传达出来的力量。库普林如此描述大自然、森林和波列西耶树脂工人住的小屋,以致忧郁开始啃噬你的心灵,这种忧郁源自你现在不在那儿,不在那些地方,源自一种想立刻见到其天然的冷峻与美丽的渴望。"这也是帕乌斯托夫斯基选择费定作为写作对象的原因之一,因为费定也是一个以全部身心融入大自然的人,他"并不仅仅像一个旁观者那样去喜爱大自然,而且也像一个林务员,像一个园艺家,像一个种菜人和一个花匠那样去爱它"。除了库普林和费定,在帕乌斯托夫斯基所记叙的卢戈夫斯科伊、托佩恰努等作家身上,热爱自然成了一种品质,成了他们的一种共性,也成了帕乌斯托夫斯基与他们感到亲近的一种亲缘关系。

体验大自然的最好方式就是亲身融入其中,帕乌斯托夫斯基一生中走过了很多地方,我们可以在《断想数章》中看到他的足迹。他在旅行的同时,也在体验不同的生活方式,结交并了解不同阶层的人。一方面,这为他日后的创作提供了很好的素材,另一方面,这些经历大大丰富了他的人生,成就了他做一名优秀作家的理想。帕乌斯托夫斯基认为,好的作家意味着好的生平,反之,好的生平对于一个人来说多半意味着他有成为作家的可能。帕乌斯托夫斯基在《伊里亚·爱伦堡》这篇文章中,毫不掩饰地表达了他对爱伦堡的羡慕,羡慕爱伦堡能够在有生之年目睹欧洲各国发生的重大事件,爱伦堡的作家命运使得他有资格和整个世界对话,使得他笔下道出的一切能在千百万人心中激起回响。在帕乌斯托夫斯基的画廊中,以这种"好的生平",或曰丰富的生平使他的心灵产生剧烈震颤的,还有亚历山大·格林、克里斯蒂安·安徒生、奥斯卡·王尔德等。当然,激发帕乌斯托夫斯基创作灵感的还有很多因素,比如对某位作家身上某种品质的认同,如茨维塔耶娃身上的那种"农妇和普通女性的美",阿赫马托娃的伟大天赋,马雷什金"面对世界和真实的人类生活所表现出的崇高的激动",等等。帕乌斯托夫斯基和一些作家的共同生活经历也同样促成他写作《文学肖像》中的一些篇章,在《布尔加科夫和戏剧》中,除了布尔加科夫在戏剧创作方面的成就以及他对戏剧的热爱，我们还知道布尔加科夫和帕乌斯托夫斯基曾经是同班同学，曾经一起为看戏逃出校门，曾经一起捉弄学校的学监，曾经一起在第涅伯河上荡舟，在水上咖啡馆度过一个个充满了幻想的夜晚。这些都是促使帕乌斯托夫斯基拿起"画笔"的原因。另外，更为可贵的是，在帕乌斯托夫斯基写作这些文字的时候，有一些作家正在遭受着不公正的待遇，并不是每个人都能从容、公正地评论他们，就像帕乌斯托夫斯基在《文学肖像》中所做到的那样。一九五七年，他写作了《生命的湍流——关于库普林散文的札记》，那时，库普林的创作刚刚开始被文学界承认，而且是有所保留的承认；一九六二年，帕乌斯托夫斯基发表了《布尔加科夫和戏剧》一文，并号召大家，"无论我们怎样对待布尔加科夫的创作，接受或是不接受他，我们都应该向他鞠躬致敬，因为这是一名作家，一个以全部思想和身心忠诚于祖国及其艺术事业的人，他度过了并不轻松的一生，真实，坦诚，从不背叛自我。"要知道，布尔加科夫完全被文学界接受、他的作品全部得以发表，是在帕乌斯托夫斯基写作这篇文章的二十年之后！对这些作家和他们创作的客观叙述，表现了帕乌斯托夫斯基作为一个作家所怀有的正义感和勇气以及面对文学的责任感，他不允许任何人玷污文学、蔑视真正的文学家。正是由于帕乌斯托夫斯基的积极斡旋，像库普林、布尔加科夫、巴别尔、格林这样的伟大作家才及早地得到了公正的待遇，他们的作品才得到了全面的接受和理解。

《文学肖像》是由关于作家的回忆片段和生活逸事组成的，我们从中可以了解到一些在文学史书中读不到的珍贵资料，此外，作为一名有着丰富创作经验的作家，帕乌斯托夫斯基不可避免地在行文中流露了自己的文学观和美学观，他对幻想、浪漫主义及其与现实的关系的思考，对语言的态度问题的思考，等等。这些思考既和他所叙述的作家有联系，也和他自己的创作有密切关系。这些内容和《金蔷薇》相互补充，形成了某种呼应，表达了作家创作理念的延续性和一致性。如果说《金蔷薇》聚焦于文学作品中的某些技艺，那么《文学肖像》则聚焦于掌握这些技艺的人，两部作品从不同角度表达作家的理念，并无本质上的不同。

*　*　*

帕乌斯托夫斯基的创作风格可以通过这两部文集得以窥见，或者说，《金蔷薇》和《文学肖像》这两部篇幅并不太大的散文集，就是帕乌斯托夫斯基文学创作的最典型体现。在帕乌斯托夫斯基诞辰一百三十周年之际，人民文学出版社以姊妹篇的形式推出《金蔷薇》和《文学肖像》，我们阅读这两部散文集中的文字，既是在重温帕乌斯托夫斯基所处时代的浪漫和激情，也是在体味帕乌斯托夫斯基钟情于生活和艺术的审美精神。

断想数章（代序）*

通常，作家对自己的了解要胜过批评家和文学理论家对他的了解。这就是我答应出版社的建议，为自己的作品集写一个简短序言的原因。

但是，从另一个角度讲，作家阐述自己的可能性又是有限的。有很多难题束缚着他，首当其冲的就是，对自己的书进行评价，总是让人感到有些尴尬。

除此之外，期待作家解释自己的作品，也是一件毫无益处的事情。契诃夫在这种情况下说过："请去阅读我的作品吧，我的一切尽在其中。"我很愿意重申契诃夫的这句话。

因此，我只想简单说说有关自己创作的一些看法，简单谈一谈自己的生平。详细地叙述生平是没有意义的。我从幼年起到三十年代初的全部生活，都已写入六卷本的自传体小说《生活的故事》，那部小说也被收入这部作品集。《生活的故事》的写作，我仍在进行。

一八九二年五月三十一日，我出生在莫斯科市格拉纳特胡同一

---

* 此文是帕乌斯托夫斯基为他的九卷文集（国家文学出版社，莫斯科，1981）写的代序。

个铁路统计员的家里。

我的父亲是扎波罗热哥萨克的后代,那些哥萨克在谢恰溃败后迁居到了离白教堂①不远的罗西河两岸。我的祖父祖母在那里生活过,我的祖父曾是一名尼古拉军队的士兵,我的祖母是土耳其人。

虽然从事着需要冷静看待事物的统计员工作,我的父亲却是一个不可救药的幻想家和抗议者。由于自己的这些品质,他不能在同一个地方待得太久。莫斯科之后,他还在维尔诺②和普斯科夫工作过,最后,多少有些稳定地落户到了基辅。

我的母亲,一名糖厂工人的女儿,既威严又厉害。

我们的家庭成员多,构成也很复杂,喜欢艺术。我们经常在家里唱歌、弹钢琴、争论,我们诚挚地热爱戏剧。

我在基辅第一中学上过学。

我上六年级时,我们家分崩离析。从那时起,我得自己挣钱维持生活和学业。我靠非常艰难的工作——做所谓的补习教师——来勉强维持生活。

中学的最后一年,我写作了第一篇短篇小说,并将它发表在基辅的一本文学杂志《星火》上。根据我的记忆,那是在一九一一年。

中学毕业后,我在基辅大学上了两年学,之后转到莫斯科大学,来到了莫斯科。

第一次世界大战开始时,我在莫斯科有轨电车上做电车司机和

① 白教堂,白俄罗斯的一个村庄名称。
② 维尔诺,即现在的维尔纽斯。

售票员，之后，在后方和战地救护列车上当过护理员。

一九一五年秋天，我从救护列车转到野战卫生支队，和支队一起走过了漫长的撤退之路，从波兰的卢布林一直撤到白俄罗斯的小城市涅斯维日。

在支队中，我从偶然见到的一小块儿报纸上得知，我两个身处不同战线的兄弟在同一天阵亡了。我回到母亲身边，她那时住在莫斯科，但是我不能在一个地方待得太久，于是又重新开始了漂泊的生活：我到了叶卡捷林诺斯拉夫，在布良斯克公司的冶金工厂工作，然后又从那里来到尤佐夫卡[①]的新俄罗斯工厂，而从那里又到了塔甘罗格的涅辅－维里德锅炉厂。一九一六年秋天，我离开锅炉厂来到亚速海上的渔业合作社。

空闲的时候，我开始在塔甘罗格写作自己的第一部长篇小说《浪漫主义者》。

后来，我来到莫斯科，二月革命开始的时候，我正好在那里，我开始从事记者工作。

我是在苏维埃政权下成长为一个人和一名作家的，这种历程确定了我未来的生活之路。

我在莫斯科亲历了十月革命，成为一九一七年至一九一九年许许多多事件的见证人，听过几次列宁的讲话，过着紧张的杂志编辑生活。

但是，很快我就"掉进了旋涡"。我来到母亲身边（她又一次迁

---

① 尤佐夫卡，顿涅茨克市一九二四年前的名称。

回了乌克兰),在基辅经历了几次巨变后,我又从基辅到了敖德萨。在那里,我第一次进入了一个年轻作家的圈子——伊利夫,巴别尔,巴格里茨基,申格里,列夫·斯拉温①。

但是,"远游的缪斯"并没有使我平静,我在敖德萨待了两年后,去了苏呼米,之后去了巴统和梯弗里斯。我从梯弗里斯去过亚美尼亚,甚至到过波斯北部。

一九二三年,我回到莫斯科,在那里当了几年罗斯塔通讯社的编辑。那时我已经开始发表作品了。

*　　*　　*

我第一部"真正的"作品是短篇小说集《迎面驶来的船》(1928年)。

一九三二年夏天,我开始着手创作中篇小说《卡拉·布加兹海湾》。写作《卡拉·布加兹海湾》和其他几部作品的历程,我在随笔集《金蔷薇》中进行了非常详尽的叙述。因此,我将不在这里重述。

《卡拉·布加兹海湾》问世后,我辞职了,从那时起,创作成了我唯一的工作,它占据了我全部的身心,它有时是折磨人的,但却永远是我钟爱的。

我和从前一样,走过很多地方,甚至比从前更多。在自己作家生活的许多个年头中,我到过科拉半岛,在梅晓拉林区生活过,走遍了高加索和乌克兰,到过伏尔加河、卡马河、顿河、第聂伯河、

---

① 列夫·斯拉温(1896—1984),代表作是长篇小说《继承人》。

奥卡河、杰斯纳河、拉多加湖和奥涅加湖，到过中亚、克里米亚、阿尔泰、西伯利亚，还有我们神奇的西北部——普斯科夫、诺夫哥罗德、维捷布斯克，到过普希金的故乡米哈伊洛夫斯科耶村。

伟大的卫国战争期间，我在南线做战地记者，同样走过很多地方。战争结束后，我仍旧到处旅游。在五十年代和六十年代初期，我访问了捷克斯洛伐克，在保加利亚的两个童话般的渔业小城内塞勃尔（梅塞梅里亚）和索佐勃尔生活过，走遍了波兰，从克拉科夫到格但斯克，乘船环游了欧洲，到过伊斯坦布尔、雅典、鹿特丹、斯德哥尔摩，到过意大利（罗马、都灵、米兰、那不勒斯、意大利的阿尔卑斯山区），见到了法国，包括普罗旺斯，见到了英国，去过牛津大学和莎士比亚的故乡斯特拉特福。一九六五年，由于自己顽固的气喘病，我在卡普里岛生活了很长时间，那里有巨大的峭壁，上面茂密地长满了芳香的绿草、油脂很多的地中海松果树，峭壁上有水瀑布（确切地说是鲜花瀑布），还长满了鲜红的热带九重葛，我生活在浸沉于地中海温暖而清澈海水中的卡普里岛。

这些为数众多的旅行，和各种各样、各有其趣味的人的每一次相遇，给我留下了许多印象，它们成了我很多短篇小说和旅行札记的素材（《风景如画的保加利亚》《双耳罐》《第三次见面》《海滨的人群》《邂逅意大利》《一闪即逝的巴黎》《拉芒什海峡的灯火》等等），这些作品，读者也可以在这部作品集[1]中找到。

我一生中写下了不少东西，但是，有一种感觉一直萦绕于我的

---

[1] 指1981年莫斯科版九卷文集。

脑海，这种感觉就是，我还有很多的事情要做，我感觉到，只有在成熟的年纪，作家才能学会了解生活的某些方面和某些现象，才能学会讲述它们。

青年时代，我体验了对新奇的迷恋。

对不平凡事物的向往，从童年时就一直追随着我。

在基辅，在度过了我童年生活的那套枯燥的房子里，不平凡事物刮起的风时常在我身边喧响。我用自己小男孩式的想象力量去呼唤它。

这种风吹来了杉树林的气息、大西洋海浪的泡沫和热带雷雨的隆隆声，还吹来了风鸣竖琴的叮咚声。

但是，五彩缤纷的异国世界仅仅存在于我的想象之中。我从来没见过幽暗的杉树林（除了有一次在尼基塔植物园见过几株杉树），我也从未见过大西洋，没见过热带，更是从未听过风鸣竖琴的演奏。我甚至不知道那竖琴看上去是个什么样子。过了很久之后，我才从米克卢霍-马克莱①的旅行随笔中了解了风鸣竖琴。在新几内亚他自己的小茅舍旁，马克莱用竹竿做了一架竖琴。风在空心竹竿里猛烈地呼啸，吓坏了迷信的土著人，于是他们就不去打扰马克莱的工作了。

在中学，我最喜爱的学科是地理。它平静地使人相信，在地球上存在着一些不同寻常的国度。我知道，那时我们贫困而又杂乱无章的生活不会给我亲眼看见那些国家的机会。我的理想显然是无法实现的。但是，这种理想并没有因此而消亡。

---

① 米克卢霍-马克莱（1846—1888），民族学家。

我的状态可以用两个词语来定义——对于幻想中的世界的神往，以及由于不可能见到这种世界而产生的忧郁。这两种感觉占据了我青年时代写的绝大多数诗歌和第一篇不成熟的小说。

随着时间的推移，我远离了对新奇的迷恋，远离了它的华美、芬芳、昂扬，和它对芸芸众生以及微不足道的人的冷漠。但是，在我的中篇小说和短篇小说中，仍然长久地遗留下了它不经意间滞存的镀金的思绪。

我们经常会把两种不同的概念错误地联系成一个整体，一个就是我们所谓的新奇，另一个是我们所谓的浪漫主义。我们用纯粹的新奇不合理地替代了浪漫主义，忘记了前者只不过是浪漫主义的众多表象之一，忘记了前者已丧失了独立的内容。

对新奇的迷恋，不言自明，脱离了生活，然而，浪漫主义却以自己的全部根茎深入到生活之中，汲取着它全部的宝贵甘露。我远离了对新奇的迷恋，但是我没有远离浪漫主义，并且永远都不会离开它，不会远离它富含净化力量的火焰，对人性和无私的心灵所怀有的激情，不会远离它时常出现的躁动。

浪漫主义情怀不允许人们成为虚假、无知、怯懦和残忍的人。在浪漫主义中包含着一种使人变得高尚的力量。在为了未来所做的斗争中，甚至是在我们日常的劳动生活中，没有任何理性的理由能够让我们拒绝浪漫主义。

自然，这种对新奇的向往可以在《浪漫主义者》《亮闪闪的云彩》和我早期的许多浪漫主义短篇小说中找到。我认为在晚些时候改写这些作品是没有必要的。在那些作品中，留有那一时代的烙印，还有我那时的世界观的烙印。因此,它们就是以它们问世时的样子被发表在这里的,只是不得不在某些地方对一些明显的错误和修辞上的不当之处做了修改。

和对新奇的那种纯粹向往决裂的时候,我不无内心的抵触,我把这些写进了一篇叫作《海洋疫苗》的短篇小说。

在这次决裂中,最后一个推动力是参观莫斯科天文馆。天文馆当时刚刚建成。天文馆的建设者,建筑师西尼亚夫斯基领我来到了人造星空的第一个展台。我像所有人一样,被这种景观深深地吸引住了。

我们从天文馆出来时,天已经很晚了。正是干爽的十月。街道上散发着落叶的味道。突然,就好像第一次一样,我在自己头顶上看见了一片广阔、生动、星光灿烂的天空。轻盈的云烟飘向高处,但是没有遮住星星。秋日里黑色的空气,仿佛更加强了苍穹的辉煌。

就这样,几乎所有在这个夜晚之前我描写的天空,都让我觉得是人造的了,就如同天文馆里的天空那样,是一个饰有仿造星座的水泥穹顶。最初,它使人吃惊,但是,那里面没有深度,没有空气,没有规模,没有和宇宙空间的融合。

那个晚上之后,我毁掉了自己一些非常华丽而又造作的小说。

但是后来,在未来生活的许多年间,我确信了一个通俗的真理,那就是,任何东西,哪怕是最微不足道的东西,都不会白白地从我们身边走过。我在青年时代对新奇的爱好,在某种程度上教会了我在周围环境中寻找并发现美丽如画的,有时甚至是不同凡响的景象。

从那时起,与现实一道,在我面前总是跃动着轻盈的浪漫主义构想，它就像一道附加的，并不十分明亮的光线。它照耀着，就像画上的一道微光，如果没有它，有一些细节恐怕就不会被人发现。由于那道微光，我的内心世界变得更加丰富了。

在我写作《卡拉·布加兹海湾》《科尔希达》《黑海》以及其他一些中短篇小说时，这种构想的轻盈介入给了我很大帮助。

对新奇的向往结束了。对真理和质朴的追求替代了它。

但是，就在不久前，我又一次思索起新奇的实质来。那是在我进行环欧洲航行的时候。

我们乘坐的轮船从敖德萨离港，我们行驶了两天两夜，穿过因乌云密布的天空而变得阴沉的黑海海面。船尾后面水花翻滚，好像在拖缆上拉着一串蜷缩着红色爪子的海鸥。

地平线上笼罩着一片雾气。只是在靠近博斯普鲁斯海峡的时候，雾气才变得亮了起来，而在它身后，呈现出了荒蛮的、覆盖着黑色森林的安纳托利亚山脉。

轮船转了一个急弯，进入了博斯普鲁斯海峡。

我们面前展开了一幅画卷，它仿佛是沿海国家的一种古老而又蓬勃的装饰品。这个装饰品有些地方的镀金已经脱落了，有些地方用新鲜的颜料又做了修整。群山、古老的塔楼、清真寺、峭壁、拱顶、城堡、灯塔、橄榄林、帆船、野玫瑰、古老的柏树、桅杆，还有横桁，在落日的霞光中，这一切构成的杂乱无章在我看来仿佛是刻意的，仿佛是一片特别富有节日韵味的景色，而这种景色是一个不知疲倦的快乐艺术家构思出来的。

几十只三桅船像鹦鹉一样绚丽多彩，有胭脂红色、黄色、绿色、白色、蓝色和船舷上镶着金边的黑色，它们朝我们的轮船迎面驶来，泛起了阵阵水花。

我们在玩具模型般的小城旁停泊下来。夜晚，家家户户都燃起了灯光。灯光透过绿树，微弱地闪烁着。

我从甲板上看见了一条狭窄的街路，它通向山上。缠绕在架上的葡萄藤搭成的幕帐十分浓密，近乎黑色，把那条路全都遮住了。一串串大葡萄低垂在路上。葡萄下面走着一只脖子上挂灯笼的小驴。那是一只电灯笼，光线耀眼。

这个小城是伊斯坦布尔的前厅。从悬浮在水上的小咖啡馆露台上，传来了悠长的音乐声。身着艳丽衣裙的土耳其姑娘斜倚在船舷旁，眺望着海峡。在望远镜中看得一清二楚，她们的脸庞显得非常苍白。从岸边飘来夹竹桃的味道。在暗淡的天空上，一轮新月泛出微光，它和无数小清真寺圆顶上的新月是一模一样的。

这一切于我看来仿佛是某种不真实的东西，它们使我想起了青年时代的构想。但与此同时，这一切却又都是现实的。

我终于相信，在我面前的就是神奇的博斯普鲁斯海峡，我相信，我正站在甲板上，地球最古老的部分——小亚细亚、神奇的特洛伊和赫勒斯蓬托斯[①]海峡，正置身于我身旁的昏暗之中。

越是目睹那些不久前还仅仅存在于我想象之中的异国图景，我越是清晰地觉得，这个从幻想领域转移到认知领域的世界要更有趣，更富有意义，我可能会说，这个世界要比我想象的更为神奇。

---

① 赫勒斯蓬托斯，达达尼尔海峡的古希腊名。

从那时起，我在整个路程中都没有放弃对这种现实的认知，在地平线上宏伟地绵延着一串玫瑰色岛屿的浅紫色的爱琴海，在仿佛是用蜂蜡建成的雅典卫城，在空气中飘荡着炫目蓝色的墨西拿海峡，在罗马——在万神殿的拉斐尔棺木上放着一株干丁香花，在大西洋，在沸腾的巴黎，在拉芒什海峡，当浮标上的古老铃铛对着迎面驶来的轮船叮当作响时——我一直没有放弃这种认知，无论身在何处。

我觉得，我的小说最典型的特点之一就是其中的浪漫主义情怀。

这当然是一种性格特征。要求任何人，其中包括作家，要求他拒绝这种情怀，都是荒谬的。这种要求只能用无知来解释。

浪漫主义情怀与对"粗糙"生活的强烈兴趣、对这种生活的热爱并不构成矛盾。在现实生活和人类活动的所有领域，在罕见的意外情况的背后，都包含着浪漫主义的种子。

可以对这些种子视而不见，并去践踏它们，或者与此相反，也可以给它们生长的机会，装点它们，让它们的花朵去使人的内心世界变得高尚。

浪漫性是包括科学和认知在内的一切事物所固有的。一个人越博学，他对现实的接受就越全面，他和诗歌就靠得更近，他也就越幸福。

相反，无知让人对世界冷漠，而这种冷漠滋生的速度非常缓慢，但却像肿瘤一样，是无可救药的。在冷漠者的意识中，生活迅速枯萎暗淡，它的一些巨大的层面消亡了，最终，冷漠者将一个人单独面对自己的无知和自己卑微的幸福生活。

真正的幸福首先是知识渊博者的财富，是探索者和幻想者的财富。有一种情况使我非常高兴，那就是在不久前批评界进行过的猛烈争论之后，浪漫主义在我们的文学生活中又得到了自己应有的位置。

在这篇作品集序言里，我试图探究自己走过的路，使这条路更加清晰（同时也是为了我自己），确定那些催生我的此部或彼部作品诞生的现象。

必须知道，哪些动机在作家创作中起了主导作用。这些有力而纯净的动机直接产生作用，导致人们或去承认一名作家，或者冷淡他，甚至直接否定他做的所有事情。

了解一切，看见一切，云游四方，成为各种事件的参与者，成为人类激情碰撞的参与者，我的这些愿望化成了一种幻想，那就是从事某种不同寻常的职业。这种职业一定要和这沸腾的生活联系在一起。

但是，世界上存在这样的职业吗？我对这个问题思考得越多，一个接一个的职业就越来越迅速地消失了。它们没有完全意义上的自由。它们无法完整地包罗正在急速发展的生活万象。

有一段时间，我认真地考虑过去做一名船员。但是很快，关于写作的理想挤走了其他所有理想。

写作集世界上所有迷人职业于一体。它是一项独立、勇敢、高尚的事业。

但是，那时我还不知道，写作也是一种劳动，它沉重而又耗费人的精力，我不知道，作家哪怕是对人民隐藏起一丝一毫的真理，都是在自己良心面前的犯罪，而他将不可回避地为此负责。

所有人的痛苦和快乐都是作家的财富。他应该拥有独立认识世界的天赋、在斗争中百折不挠的精神，拥有抒情的力量，将生活与自然合而为一的能力，更不用说许多其他的品质，哪怕是最普通的心理承受力。

决心已定。未来变得明朗起来。所选择的路看起来是美好的，虽然也不无艰辛。在许多年间，我从来没有尝试过背叛这条道路。

* * *

我已经说了，我的创作生涯始于了解一切、目睹一切的愿望。显然，这种生涯也将以这种愿望结束。

旅行的诗意和未经修饰的现实交织在一起，为创作作品构成了一块最优秀的合金。几乎在我的每一个中短篇小说中，都可以看见漂泊的痕迹。

首先是南方。和它有联系的是《浪漫主义者》《亮闪闪的云彩》《卡拉·布加兹海湾》《科尔希达》《黑海》以及其他一些短篇小说，其中包括《从殖民地运来的商品的标签》《失去的一天》《帆船大师》《蓝色》等等。

我第一次北方旅行，去的是列宁格勒、卡累利阿和科拉半岛，那次旅行简直使我惊呆了。

我了解到了北方迷人的力量。涅瓦河上的第一个白夜，比起数十部作品以及关于那些作品数十小时的思考来，使我更多地了解了俄罗斯诗歌。

原来,"北方"的概念并不仅仅表示静谧美丽的大自然,它不知道为什么还意味着普希金在普斯科夫森林深处写下的诗歌《我严酷岁月的女友……》,意味着诺夫哥罗德和普斯科夫威严的教堂,肃穆而又婀娜的列宁格勒,艾尔米塔什博物馆窗外的涅瓦河,说书人的歌声,北方女孩宁静的眸子,黑色的针叶林,闪着云母光泽的湖泊,稠李树的白花,树皮的气味,伐木人拉锯的声音,深夜翻动书页时发出的沙沙声,那时,芬兰湾上已经泛起早霞,勃洛克的诗行在记忆中歌唱:

> ……一道霞光
> 牵着另一道霞光的手,
> 两个天空的姐妹在编织
> 时而粉红时而天蓝的雾,
> 那团渐渐沉入大海的乌云,
> 带着临死之前的愤怒,
> 眼中射出了或红或蓝的火。

可以用这些构成北方清晰轮廓的模糊特征写下很多页文字。比起南方,北方更能引起我的兴趣。

似乎,没有一个画家能够描画出北方湿润黑夜中那种神秘的寂寥,那时,每一滴露水,每一片草原小湖中篝火的投影,都能引起一阵非常突然而又隐秘,羞涩而又深沉的对俄罗斯的热爱,以至于心灵都会因为这种爱而狂跳不止。为了欣赏这片像野菊花一样淡白的北方美景，真想活上几百年。

北方激发出这样一些作品，比如《查里·隆谢维里的命运》《湖上前线》《北方的故事》，还有一些短篇小说，如《打成碎块的糖》和《仓促的会面》等。

但是，最让我感到充实和幸福的是我对俄罗斯中部地区的认识。我很晚才了解这个地区，那时我已经快三十岁了。当然，在这之前我到过俄罗斯中部，但总是顺路而过，并且十分匆忙。

有时会有这样的情形：你看见一条乡间小路或者是山坡上的一株小树，你突然想起，很久很久以前，你见过它，那可能甚至是在梦中，然而，你却全身心地一下爱上了它。

我与俄罗斯中部的相见就是这样的情形。它迅速并永远地占据了我的心灵。我感受它，就像感受自己真正的、古老的故乡，我觉得自己是一个地地道道的俄罗斯人。

从那时起，我知道，没有什么能比我们质朴的俄罗斯人更让我感到亲近，没有什么能比我们的大地更加美好。

我不会用俄罗斯的中部去换取地球上最著名、最惊人的美景。现在，我面带宽容的微笑，回想起自己青年时代关于杉树林和热带雷雨的幻想。我不惜放弃那不勒斯海峡的盛装以及它缤纷的色彩，为了奥卡河沙岸上被雨淋湿的柳树丛，或是蜿蜒的小河塔鲁斯卡——我如今常常在它朴素的岸边住上很久。

树丛，因小雨淅沥而变得阴沉的天空，村庄里的烟火，草原上潮湿的风，现在这一切都和我的生活紧密相连。

> 在这里，我再次回到亲爱的家，
> 我的大地、沉思、温情的大地……

最大、最普通、最单纯的幸福，我是在梅晓拉林区找到的。那是一种因为亲近自己的大地而产生的幸福，因为全神贯注、内心自由自在、思想任意驰骋和紧张的工作而产生的幸福。

我把自己创作的大部分作品归功于俄罗斯中部，也只归功于它一个。列举这些作品会占用很多空间。我只列出主要的一些：《梅晓拉地区》《伊萨克·列维坦》《森林的故事》；一组短篇小说：《夏日》《破旧的独木舟》《十月的夜》《电报》《烟雨霏霏的黎明》《273护林哨所》《在俄罗斯的深处》《独面秋天》和《伊里亚的旋涡》。

在梅晓拉林区，我接触到了俄罗斯民族语言最纯净的源泉。为了避免重复，我在这里不再赘述。关于我对俄罗斯语言的态度以及关于它的思考，我在《金蔷薇》那本书中进行了表述（《金刚石般的语言》）。

可能，这篇文章的读者会对一种情形感到奇怪，那就是，作者主要在讲述其作品情节发生的外部环境，但是对自己的主人公却几乎只字不提。

我无法给自己的主人公做出一个不偏不倚的评价。因此，我很难讲述他们。就让读者自己来对他们做出评价吧。

我能说的仅仅是，我总是和自己的主人公共命运，总是试图在他们身上发现善良的品质，展示他们的本质和他们身上有时不为人察觉的独特性。这些我做得是否成功，不该由我自己来评价。

我总是和自己喜爱的主人公共处在他们生活中的一切场景——共处在痛苦与幸福中，共处在斗争与忧虑中，共处在胜利与失败中。我热爱最微不足道、最朴实无华的主人公，热爱他们身上真正的人性的东西，我以同样的力量憎恨人类的积怨、愚昧和无知。

我的每一本书都是各种年纪、各种民族、各种职业、各种性格和行为的人们的集合。因此，某些批评家指责我写人的时候很潦草，很冷淡，这使我感到有些惊讶。

是啊，这一切验证起来很容易。为此，随便拿一本我的作品，哪怕是自传体系列小说，看一看我们在作品中会遇到的是些什么样的人。

杰出人物们的生活总是使我感兴趣。我曾试图找出他们性格中的共同特点，那些推动他们进入到人类最优秀代表行列之中的特点。

除了关于列维坦、吉普林斯基、塔拉斯·谢甫琴科的专门作品外，我还有一些中长篇小说的章节、短篇小说和特写，它们写到了列宁、高尔基、柴可夫斯基、契诃夫、施密德中尉、维克多·雨果、勃洛克、普希金、克里斯蒂安·安徒生、莫泊桑、普利什文、格里格、盖达尔、沙尔·德·科斯特、福楼拜、巴格里茨基、穆尔塔图里①、莱蒙托夫、莫扎特、果戈理、爱伦·坡、弗鲁别利、狄更斯、格林和马雷什金。

我还越来越频繁、越来越愿意写一些朴实无华的人，写手工业

---

① 穆尔塔图里（1820—1887），荷兰作家，批判现实主义代表。穆尔塔图里为笔名，意为"我遭受过很多痛苦"。

者、牧人、摆渡手、护林巡查员、浮标手、更夫,还有乡村的孩童——我真挚的朋友。

在自己的工作中,我十分感谢各个时代和各个民族的诗人、作家、艺术家和学者。我不想在这里列举他们的姓名,从《伊戈尔远征记》的无名作者和米开朗琪罗,到司汤达和契诃夫,这些名字为数众多。

但是,我最想感谢的是生活本身,简单而又意义重大的生活。我有幸成了它的见证人和参与者。

最后,我想重申,我是在苏维埃制度下成为一名作家和一个人的。

我的国家,我的人民,以及他们创造的崭新的、真正的社会主义社会,这就是我为之服务的最崇高的东西,过去、现在和将来,我都在用自己写下的每一个词语去为之服务。

(陈方 译)

奥斯卡·王尔德 *

一八九五年十一月，著名的英国作家奥斯卡·王尔德戴着手铐，从伦敦被押送到了里丁苦役监狱。他因"道德败坏"被判数年监禁。

在里丁火车站，好奇的人群围住了王尔德。作家身着条纹囚衣，站在一群卫兵中间，他淋着冰冷的雨水，平生第一次哭了起来。围观的人群哈哈大笑。

在此之前，王尔德从不知眼泪和痛苦为何物。他是出了名的伦敦公子哥，一个游手好闲的人，一名能说会道的天才。他到皮卡迪利大街①散步时，扣眼上常佩戴一小朵向日葵花。伦敦的贵族都在模仿王尔德，他们穿戴得像王尔德，重复他的俏皮话，和他一样大买宝石，也几乎和他一样眯缝着眼睛，傲慢地审视周围的世界。

---

* 奥斯卡·王尔德（1854—1900），出生于爱尔兰都柏林，十九世纪唯美主义和颓废主义的先驱，著有剧作《莎乐美》、长篇小说《道林·格雷的画像》等。

① 伦敦著名的繁华街道。

王尔德不想去发现在英国俯拾皆是的社会不平等现象。每当遭遇那些现象时,他总是以他圆滑的奇谈怪论,努力缓解自己的良知,他藏身在书斋之中,欣赏自己那些诗文、名画和宝石。

他喜爱一切人工的东西。对他来说,温室比森林更可爱,香水比秋日田野的芬芳更可亲。他不太喜欢大自然。对他来说,大自然显得粗糙而又令人厌倦。他像摆弄玩具一样摆弄着人生。世上存在的一切,甚至敏锐的人类思想,对他来讲,都只是取乐和享受的由头。

在伦敦王尔德家旁边,有一个乞丐。他的破衣烂衫使王尔德十分生气。他请了伦敦最出色的裁缝,让他给这个乞丐用上等料子缝制了一套衣服。

衣服做好后,王尔德还亲自用粉笔标出了衣服上应该有破口的地方。从此之后,王尔德住处的窗户下就常站着一个老人,他身着一件样式好看、料子贵重的破衣服。乞丐从此不再惹怒王尔德的审美了。"甚至连贫穷也应该是美丽的"。

王尔德就是这样生活的,他目空一切,醉心读书,赏玩宝物。他每天傍晚都要去夜总会和沙龙,这是他生活中最快乐的时刻。他整个人都焕然一新。他浮肿的脸也会变得年轻而又白净。

他很善于叙述。他讲过几十个童话、神话和故事,其中有悲伤的，也有欢乐的。这些文字中时不时有出人意料的新奇思想和出色比喻的闪光，还穿插着一些罕见稀有的学问。

王尔德就像一位能突然从袖口拉出一大堆彩色绸条的魔术师。他信手拈来，抛出自己的故事，使得听众十分惊讶，而且故事内容又从不重复。离开时，他会把刚刚讲过的忘得一干二净。他会把他的故事当成礼物送给第一个迎面遇到的人。他让朋友们把他讲的故事记下来，而他本人却写得很少。在他讲述的大量故事中，事后能被写成文字的充其量也不过百分之一。王尔德是一个既懒惰又慷慨的人。

"在人类历史上，"他的一位传记作者写道，"还从未出现过如此才华横溢的交谈者。"

可判刑以后，一切都完了。朋友们离他而去，书籍被烧毁，妻子因悲伤过度死去，孩子也被夺走，贫穷和苦难成了这个人一直到死也未得解脱的命运。

在牢房里，王尔德终于明白了什么是痛苦，什么是社会的不公平。他饱受压抑和羞辱之后，竭尽全力大声道出所受的苦难，呼唤公平，把这呐喊的声浪，像一口带血的唾沫，吐向出卖他的英国社会。王尔德的这声呐喊，就是《里丁监狱之歌》。

在此之前一年，他曾狂妄地感到奇怪，人们为什么要去同情穷人的苦难，那时，他认为应该获得同情的，只有美和欢乐。现在他却写道：

> 穷人是智慧的。他们更富同情心，更温情，他们的感受

也比我们更深。我将来出狱，若到富人家乞讨，肯定一无所得，凡是能给我一点儿充饥之物的，可能都是穷苦人家。

一年之前他曾经说过，生活中最高尚的是艺术和艺术家。现在他的观点不同了：

许多优秀的人物，如渔夫、牧人、农民和工人，他们对艺术知之甚少，尽管如此，他们仍然是人间真正的精英。

一年之前，他曾表达过对自然的完全蔑视。甚至连花朵，田野上的石竹和菊花，也要被他染成绿色之后再别上扣眼。在他看来，那些花朵天然的颜色太过艳丽。现在他却写道：

我感觉到一种渴望，一种对简朴和原始的渴望，对大海的渴望，对于我来说，大海和大地一样，也是我的母亲。

在狱中，他十分仰慕自然主义者林奈①，当林奈第一次见到被染料木染得金黄的大片大片山地草场时，他曾长跪在地上，兴奋地哭了起来。

一个人有必要服上一段苦役，有必要看上一眼死刑犯的脸

---

① 林奈（1707—1778），瑞典博物学家，植物界和动物界分类法创始人。

色，再看一看精神失常的囚犯如何遭到毒打，如何一连几个月地拆解旧缆绳，以至于指甲都被磨脱，看他们如何把沉重的石头毫无意义地从一处推到另一处，看他们如何失去朋友，失去美好的过去，最终，唯有这样，他才能明白英国的社会制度是"糟糕透顶的，不公平的"，他才有可能在自己笔记结尾写下这样的文字：

> 如今的社会中没有我的立足之地。而大自然将会为我在大山中找到一个藏身之处，它让夜空布满星星，使我不至于摔倒，能够在暗夜中寻路；风沙将淹没我的足迹，让谁也无法跟踪我。大自然能倾倒江河湖海的洪流把我的身体洗净，用苦辛的草药医治我的疾病。

在狱中，王尔德生平第一次懂得了什么是同志之谊。

> 我这一生中从未感受到如此之多的关爱和对我遭受的痛苦的同情，而这一切来自于我的狱友。

王尔德出狱了，满怀与他同服大英帝国苦役的所有囚犯给予他的真诚的爱。

出狱以后，王尔德写了两篇很出名的文章，题为《狱中生活书信》。这两篇作品，可以说比王尔德此前所有作品的总和还重要。

在其中一篇文章中，他强忍愤怒，描述了和成年人一起被投入英国监狱的儿童所遭受的痛苦，另一篇文章中他描写了狱中的野蛮风俗。

这两篇作品使王尔德进入了优秀人物的行列。王尔德第一次以一个批判者的身份出现了。

有一篇文章写的是一件似乎很不起眼的事：里丁监狱里有个狱警叫马丁，仅仅因为给了一个饥饿的小犯人几块面包干，就被开除了。

许多孩子在英国监狱里日夜经受着令人难以置信的残酷迫害。只有目睹这一切的人，才会相信英国制度的惨无人道。孩子在狱中经受的恐怖已经达到了顶点。如果能使狱方停止折磨狱中的孩子，那么里丁监狱中的任何一个囚犯都会心甘情愿为自己加刑，多少年都在所不惜。

王尔德当时之所以这样写，显而易见，他，一个伟大的前唯美主义者，和别的囚犯一样，为了这个他常在单人牢房里见到的号哭不止的瘦小孩童，无疑也会心甘情愿地多坐几年牢。

出狱后不久，王尔德在自愿流亡中死于巴黎。

他在贫困中死去，被英国、伦敦和他的朋友们淡忘。给他送葬的只有他所住街区里的一些穷人。

一九三七年

马雷什金[*]

在乡村邮局的木板台阶上,一个邮童正不紧不慢地往墙上张贴最新一期从莫斯科寄来的报纸。我等着他贴完。南边吹来热风,空气中散发出尘土和松树晒焦的味道。棉花般干燥的云朵停留在灰蒙蒙的天空上。

看见报纸的最后一版,我的心似乎被谁的铁拳给攥住了……

马雷什金去世了。

周围一切如常,仍是他所喜爱的俄罗斯朴实无华的白天,可是他,亲爱的亚历山大·格奥尔吉耶维奇·马雷什金,已经不在了,这样的想法是荒谬而又痛苦的。

在马雷什金身上有两种品质并存,一是不安分守己的天赋——永远活泼雀跃,永远激动人心;一是极为生活化的纯朴,他热爱生活,热爱人类,将写作当作自己唯一想象得到的美好人生之路。

如果谈到大文学的传统,或者,更确切地说,如果谈到像大

---

[*] 马雷什金(1892—1938),成名作为《攻克达伊尔》,代表作有《来自穷乡僻壤的人们》等。

地本身那样既宽广又朴实的思想和感情的传统，那么，马雷什金就是这些传统为数不多的承载者之一——忠诚而又坚决。

他全部的创作、他全部的个人生活就是一种对幸福的憧憬——希望自己的国家、自己的民族获得幸福。这一憧憬在他篇幅不长的小说《南下列车》中得到了最为充分的体现，这部短篇无疑是苏联文学中的一部杰作。

马雷什金时常不安地憧憬幸福，满怀激情地认知世间万物，他就像一个孩子，如此真诚，如此冲动，和孩子一样，对一切使生活充满智慧和欢乐的东西感到兴高采烈。

一九三六年晚秋，我到了雅尔塔，并在那里见到了马雷什金。我是晚上到的，但第二天一大早，马雷什金就叫醒了我，领我去爬山，他说，这是由他首创的一个传统——带所有刚来的人去爬山。

蓝色而湿润的清晨艰难地冲破秋天的浓雾。黄灿灿的橡木丛上露水点点。马雷什金走在我身旁，几乎不看两边——他目不转睛地盯着我。他一会儿让我看我们脚下一片灰蓝色乌云似的大海，一会儿让我看石子路上那最后一朵小黄花，一会儿又让我看远方那一缕缕白线似的瀑布，那些瀑布就像是被谁随手扔在陡崖上的。

他观察着我的面部表情，突然笑了起来，他说他感到很高兴，因为他又一次成功地向一个人展示了这清晨的世界。在这一刻钟，他成为一位美的使者，他使我融入了这海滨的秋天，使他感到幸福的是，这一切，这羞怯的太阳，这群山，这苦涩的空气，还有看不见的大浪拍打岸边发出的隆隆声，这一切都"来到"了我的面前，他再一次给别人展示了他在那些日子里赖以生存的纯净而又明亮的景观，他很开心，虽然他只展示出了一小部分。

我们站在悬崖的高处，雾霭散去，大海突然显露出来。它像这个秋天里一团浓稠的空气，把透明的海水送到悬崖脚下，送到葡萄园褐色的土地边，太阳的倒影在海水中荡漾着。

"是的，"马雷什金指着大海说，"当这里还没有雅尔塔的时候，它就是这样的，等到我们死的时候，它还会是这样。这真让人高兴啊！"

这种朴素的思想常常会使人产生个体渺小之感，但是，马雷什金却认为它是某种能坚定生活信念的东西。

马雷什金去世了。他的智慧、天赋和善良所具有的明快而朴实的魅力也消失了。我们感到无限遗憾的是，他走得太早了——要知道，对于马雷什金来说，他的青春在近些年才刚刚开始，在此之前，他的生活是忧郁而又严酷的。

他死了，然而，黑海还像他活着的时候那样奔腾喧嚣，马雷什金留给我们的财富中又增添了新的宝物——这就是他那些伟大的作品，就是他面对世界和真实的人类生活所表现出的崇高的激动。

一九三八年于梁赞州索罗特恰

邂逅狄更斯 *：笔记节选

费奥多西亚城上空飘浮着一片片黄色的云。它们似乎远自中世纪起就已存在了，历尽沧桑。酷暑。波涛汹涌，海浪拍岸的轰鸣声如同铁板震颤。一群孩子坐在一棵老合欢树上，正往嘴里塞着甜丝丝的干合欢花。远处的海面上白烟袅袅——那是一艘从敖德萨驶来的轮船。一个脸色阴沉的渔夫，腰里扎着一块破渔网，一边吹口哨，一边往水里吐唾沫——他感到百无聊赖。渔夫旁边有一个小男孩坐在岸上，他正在读书。

"喂，小子！我来瞧瞧，你读的什么书。"渔夫哑着嗓子说道。

小男孩胆怯地把书递了过去。

渔夫开始读书。他读了五分钟，十分钟，他读得津津有味，喘着粗气说："这可真带劲啊！上帝啊，太有意思了！"

小男孩等着。

渔夫已经读了半个小时。天空中的云彩移了地方，孩子们已经吃光了一棵合欢树，又爬上了另一棵树。渔夫仍在读。

---

* 狄更斯（1812—1870），英国作家，著有长篇小说《匹克威克外传》《雾都孤儿》《双城记》《远大前程》等。

小男孩焦躁不安地瞧着他。一个小时过去了。

"叔叔,"小男孩小声地说,"我该回家了!"

"找妈妈去吗?"渔夫头也不抬地问道。

小男孩说:"是的。"

"找妈妈来得及。"渔夫没好气地说。

小男孩没再出声。渔夫把书翻得哗啦哗啦响,嘴里直咽唾沫。又过了一个半小时。小男孩小声啜泣了起来。轮船已经靠近了码头,架子十足、肆无忌惮地拉响了汽笛。渔夫还在读那本书。小男孩已经是大声哭泣,眼泪顺着抽动的面颊流淌着。可渔夫什么也没看见。

码头上的老更夫对他喊道:"彼佳,你干吗要难为一个孩子呢!把书还给他,一点良心都没有!"

渔夫惊讶地瞧着小男孩,把书扔了过去,吐了一口唾沫,狠声狠气地说:"给,财主,没良心的,让这本书噎死你!"

小男孩接过书,顺着晒得滚烫的港口坡路,头也不回地跑了。

"那是本什么书啊?"我问渔夫。

"狄更斯,"他懊丧地说,"一个黏人的作家,就像树脂一样!"

一九三九年

爱伦·坡 *

　　一八四九年九月末，在刚从巴尔的摩出发开往费城的火车上，乘务员发现了一个又瘦又小的男人，他衣衫褴褛，躺在地上失去了知觉。等他苏醒过来后，乘务员让他在前方的第一个车站下了车，把他送回了巴尔的摩，乘务员认为此人在那儿应该有一些亲戚或朋友。这个姓氏不详的人如同梦游一般，几乎什么都听不懂。他随身带的一只箱子里装满了手稿。

　　在巴尔的摩，这个不知是谁的人走出火车站，在街头的一个长椅上坐了下来，他一动不动地在那儿坐了几个小时。后来，他倒下了。人们把他扶起来，送进了医院。

　　几天以后，一八四九年十月七日，这个人因患上一种医生们无法确诊的疾病死去了。在死者胸前的吊坠中，人们发现了一张非常漂亮的年轻女人的肖像。后来，人们才明白，这是他母亲的

---

*　爱伦·坡（1809—1849），美国诗人、小说家和文学评论家，著有《黑猫》《厄舍府的倒塌》等小说，《乌鸦》《安娜贝尔·丽》等诗作。

肖像，死者一生都没有和这张肖像分开过。

美国杰出作家爱伦·坡就这么荒诞而又孤独地结束了自己的一生。

爱伦·坡的同时代人写下了不少关于他的回忆录，但是在所有这些回忆文字中，爱伦·坡之于当时的美国，似乎是从另一个遥远星球飞来的外星人。

关于他的文章大都带有困惑莫解的态度，有的是善意的，有的是恶意的。人们用一种好奇和谴责的眼光观察他。人们惧怕他，但又时不时地赞赏他。体面的无聊和循规蹈矩的本分构成了三四十年代美国人生活的根基，而爱伦·坡与这些东西格格不入。

爱伦·坡是美国的"浪子"。这位诗人、幻想家、失败者的存在本身，似乎就是对假仁假义和因循守旧的挑战。在清醒的蒸汽时代和商业狂潮中，却出现了一个仅靠想象力生活的人，他嘲讽那构成他同胞们生活意义的一切东西。

这一点是不可饶恕的，为此人们要报复他，他几乎一生食不果腹、流离失所，踏破了一家家编辑部的门槛。他活着时饱受冷眼，死后则横遭流言诽谤。

爱伦·坡死后人们对他的诽谤，引起了法国诗人波德莱尔愤怒的呼喊："美国为什么不禁止狗进入墓地？"

爱伦·坡写了许多幻想小说，也写了许多出色的短诗长诗，这些诗既是美国也是世界诗歌的宝藏。

他的长诗《乌鸦》和《钟声》含义深刻，诗意优美，被认为是世界杰作，这样的评价他当之无愧。

除此之外，爱伦·坡还首创了惊险小说和所谓的侦探小说，这些小说中的推理异常精确，才华横溢。其中最出色的一部大概是《金甲虫》——这个故事情节惊险，氛围神秘，令人心惊肉跳。

爱伦·坡是幻想文学的创始人之一，这种文学后来在儒勒·凡尔纳和赫伯特·威尔斯的作品中得到了发展。

从血统上看，爱伦·坡是爱尔兰人。他出身于一个古老的爱尔兰家族。他的祖辈移民到了美国。爱伦的祖父参加过美利坚合众国的独立战争，当过将军，与著名的拉法耶特是朋友。爱伦·坡的父亲放弃了将军的宅邸和殷实的家产，成了一名演员。他与英国女演员伊丽莎白·阿诺德，一个非常美丽的女人结了婚。她是一个孤儿，出生在大洋中一艘航船的甲板上，由别人抚养长大。爱伦·坡的父母整年都和流浪艺人组成的戏班子一起，乘着大篷车，从一个城市到另一个城市，不断地巡回演出。

一八〇九年，在波士顿，他们的儿子爱伦出生了。

当爱伦只有两岁时，他的父母亲几乎同时死于肺病。苏格兰商人约翰·艾伦收养了这个孩子，把他从里士满带到了弗吉尼亚。

爱伦是一个漂亮、固执又勇敢的孩子，非常善良，他生长在一个富裕之家。不久，约翰·艾伦因贸易业务的关系要去英国五年时间，便把爱伦也带了去。

这时正好是滑铁卢战役时期，拿破仑被囚，这也是拜伦和普希金的青年时代。浪漫主义的飓风在欧洲上空劲吹。小爱伦在伦敦郊区的一所学校学习，学校坐落在一条静静的、长着百年大榆树的街上。这条街是在一条保留下来的古罗马街道两侧建成的。所有这些场景，加上英国白茫茫的天空，都能引发人们的幻想。从儿童时代起，爱伦就让自己任意想象，此后，他还理直气壮地谈起过自己，说"幻想是我一生中唯一的事业"。

一八二〇年，爱伦随约翰·艾伦回到了弗吉尼亚，进入里士满一所学校读书。使这所学校的教师们惊奇的是，"爱伦时刻准备投入任何一个智力难题"。他游泳技术很好。他曾在一条水流湍急的河中逆水游了六英里，这使他扬名全州。他曾梦想要横渡拉芒什海峡。

生活似乎就是这样风平浪静地进行着，然而它的深处却隐藏着苦涩。爱伦任何时候也未能忘记，他是别人家的养子。约翰·艾伦家的全部生活对他而言都是陌生的，甚至是敌对的。孤独感从来就没有离开过这个"奇怪的小爱伦"。他对人们给他的关爱总会做出病态的、热烈的反应。他偶然认识了一个叫埃莱娜·斯登佩德的女人，她对他有过温存的表示，为了这段愚蠢的恋情，他对她回报甚多。斯登佩德没过多久就死了。爱伦常去她的墓地，有时候就哭着在坟上睡着了，直到早晨仆人们才在墓地找到他，这些"越轨举动"常使约翰·艾伦十分难堪。

和养父决裂是不可避免的。这事发生在爱伦进入弗吉尼亚大学之后。

在大学里，爱伦和同学们愉快相处，无忧无虑。他非凡的记忆力，尤其是他那些稍许杂乱但与众不同的言论，最让大家吃惊。他常使听者震撼，使他们神往，使他们摆脱尘俗的现实，进入诗歌、灵感、神秘和不安的境界。"天才弃婴"——这是教师和同学们对他的称呼。

爱伦没有读完大学。与养父的关系破裂以后，他去了波士顿，从此开始了他时而艰难、时而流浪、时而富有传奇色彩的独立生活。

在波士顿他出版了自己的第一本诗集——《铁木儿及其他诗》(1827)。此后，他在美国消失了六年。谁也不知道这六年他是怎么过的。由此就产生了不少传说。有人说他曾到过希腊和意大利，参加过波兰的起义，在彼得堡也住过，在马赛的一次斗殴中负过伤，最后，他似乎又化名在美国部队当过兵。人们只知道，一八三〇年，他出现在了西点军校，此时的爱伦已经是一个面露疲色、身体欠佳的青年人了。他在军校也没待多久。有几次，他明显是故意地违反军纪，被送交军事法庭开除了军籍。后来，爱伦·坡又出了两本新的长诗集，然后又有三年时间不知去向。一八三三年，他又出现在巴尔的摩《星期六信使报》杂志的编辑部里。他给编辑部送来两篇小说——《瓶中手稿》和《莫斯肯旋涡沉浮记》，然后就走了。小说反响惊人。作家肯尼迪开始寻找这个名不见经传的作者。他最终在一个寒冷的小屋中找到了已经饿得奄奄一息的爱伦·坡。爱伦·坡那神经质的、凄惨的脸庞，那淡橄榄色的皮肤，那生动而又紧张的眼神，还有这个贫困潦倒却仍保持着非凡尊严和真正绅士风度的人的全貌，都使肯尼迪十分震惊。

小说发表了。荣誉随之而来，像浪潮一样席卷美国，波及欧洲。但是，荣誉从未给爱伦·坡带来过什么好处，他一生中连一天无忧无虑的好日子也没有过过。

一八三七年，生活终于向爱伦露出了笑脸。他爱上了自己的表妹弗吉尼亚，此后不久，爱伦·坡和她在里士满举行了婚礼。凡是见过弗吉尼亚的人都说，这是一个从外表到内在都很优雅、纯真、温情的姑娘。她深沉而又专一地爱着爱伦·坡。熟人们都称她为"三色堇"，这是装饰着里士满郊外田野的一种娇柔的小花。

弗吉尼亚患肺结核死去时，年仅二十五岁。爱伦·坡和她，还有她的母亲克莱姆，一起度过了几年平静的生活。这段时间里他无忧无虑、温和善良。当他们由于经济困难，已经难以在纽约、里士满和费城等城市继续生活时，爱伦·坡就携家迁居到了乡村。

他和妻子弗吉尼亚还有岳母住在一座小房子里，周围是成片的小花和许多的老樱桃树。女诗人弗朗西斯·洛基后来回忆，爱伦·坡在这段时间里工作得非常轻松愉快。他曾把自己的手稿拿给她看。他写作用的是一种成筒的卷纸，纸页长长的，却很窄。爱伦·坡一边笑着，一边当着她的面把这些长长的手稿抻开来，可以从小花园的这一边扯到另一边。

在乡村，爱伦·坡开始写随笔，对象是当时的美国作家们。他对他们的评述写得令人难以接受，很不留情面，得罪了全美国文学界。从此，对爱伦·坡的种种捏造和陷害就开始了。多家杂志的编辑部也开始给他退稿。对他的诽谤源源不断。钱用完了，贫困也接踵而来。爱伦·坡陷入了绝望，开始酗酒。一切都被毁了。

有一家杂志向美国公民发布了一封呼吁书，号召大家为贫穷的爱伦·坡捐款捐物。这封乞求施舍的呼吁书使作家爱伦·坡勃然大怒。他认为，他为美国文学做出的贡献是巨大的，美国政府理应在他困难的时候给予支援。可是，政府粗暴地拒绝了他的要求。

一八四七年一月，弗吉尼亚死在一间四壁空空的乡村小屋里——什么都卖掉了。她是躺在地板上气绝的，在一捆干净的稻草上，身下铺着一条雪白的床单，身上盖了一件爱伦·坡的破旧大衣。

爱伦·坡只比弗吉尼亚多活了两年。他非常痛苦，在全国流浪。他寻找新的归宿，但没有任何一个女人能代替他的弗吉尼亚。只有一个人忠诚于爱伦·坡，并慈母般地照顾他，直到他去世。这个人就是弗吉尼亚的母亲，年迈的克莱姆。

爱伦·坡被葬于巴尔的摩。是一些不相干的人，甚至可能是一些心怀敌意的人，安葬了他。

他们订购了一块很重的石板，把它压在这位不安分的诗人的墓穴上。他们似乎想用这块石板的重量来表示他们对诗人的轻蔑。又似乎，他们害怕，诗人会从墓中跳出来，仍带着那种轻蔑而又不可捉摸的表情。

当他们将这块石板压上爱伦·坡的墓穴的时候,它断裂了。第二年春天,裂缝中长满了由随风飘来的种子发出的野花,于是,整座坟墓湮没在这些花朵和高高的野草之中。

爱伦·坡就是这样生活、工作和死去的。他的生,还有他的死,又一次证实了这样一个真理:对于具有巨大天赋和博大心灵的人来说,旧有的社会永远是残酷和不公正的。

一九四六年

不朽的蒂尔：记查尔斯·德·科斯特 *

古老的佛拉芒①。蒂尔·欧伦施皮格尔的故乡。一个快乐而富饶的国度。国民个个红光满面，幽默诙谐。这个国家里有茂盛的牧场，有在斑驳的大钟叮当的伴奏下昏昏欲睡的小城，还有一些人口众多、规模庞大的城市。

这些城市几百年来积攒着财富。它们是欧洲硕大的仓库。"看！"欧伦施皮格尔和拉姆一起走近安特卫普港口的时候，他对拉姆说，"就是这座庞大的城市，宇宙把它变成了自己的聚宝盆。这里有金银、香料、皮革、手工织品、地毯、窗帘、天鹅绒、毛皮和丝绸；这里有豆类、粮食、肉、面粉和皮革；这里到处都是葡萄美酒。"

佛拉芒的繁荣要追溯到中世纪。来自世界各国的笨硕轮船，挂

---

* 查尔斯·德·科斯特（1827—1879），比利时法语作家，代表作有《蒂尔·欧伦施皮格尔》。蒂尔·欧伦施皮格尔是查尔斯·德·科斯特同名小说中的主人公，该作品取材于十六世纪尼德兰的民族解放斗争。

① 佛拉芒，中世纪最发达的地区之一，后来大部分划归比利时，一部分并入法国和荷兰。

着自己五彩缤纷的桅帆，投影在佛拉芒港湾的水里，愉悦人们的眼睛。地窖里飘出一股甜丝丝的香味。那里面除了商品，还贮藏着遥远而神秘的爪哇国热带岛屿的气息。晾干的飞鱼挂在壁炉的火焰上方。佛拉芒人像蜜蜂一样劳作着，采集蜂蜜，收割庄稼，建造船只，挖掘运河，耕作田地，在河流和海湾中撒网捕鱼，摇动嗡嗡作响的麻线纺锤。在我们的想象中，古老的佛拉芒就是这样的。

但是，这只是对它的表面认识。深入到这个国家的历史中，我们则能了解到人民的自由精神，了解到它为争取独立同西班牙进行的残酷斗争，了解到绞刑、火刑、围攻和"波科斯托姆"警钟的轰鸣，了解到点燃沿海耕地的大火的黑云，——了解到查尔斯·德·科斯特在自己卓越的作品中所讲述的一切。

查尔斯·德·科斯特，十九世纪一名谦逊的学者和文学家，一个浅色头发、个头高大的佛拉芒人，他搜集了许多关于佛拉芒民族英雄蒂尔·欧伦施皮格尔的传说，把那些零散的部分连接到一起，创作出了这部不朽的作品。

查尔斯·德·科斯特，这个温和而沉默寡言的人，他的一生失去了很多东西，充满了痛苦和辛劳。

科斯特是比利时国家档案馆的一名职员。他接触过许多古代手稿。必须得有巨大的天赋和青年人新奇的想象力，才能在模糊不清的手写字体、中世纪文献那冗长词句（有时它们的内容含混不清，让人摸不着头脑）的背后，看出古代佛拉芒伟大的、声势浩大的人民运动——即反抗西班牙人的"乔兹"（意为"穷人"）起义，从而塑造出开心汉和复仇者蒂尔·欧伦施皮格尔的不朽形象，塑造出祖国历史上那个色彩鲜明、画面清晰的英雄时代。

《蒂尔·欧伦施皮格尔》在查尔斯·德·科斯特生前并没有引起轰动。它的社会内容，它对世界诸列强的愤怒和憎恨——这一切让科斯特同时代的胆小如鼠的批评家们害怕读他的作品。那时，比利时已经产生了一种所谓"非社会"的、模糊的象征派文学潮流，其带头人是莫里斯·梅特林克[①]，一个神秘诗人，他的眼睛雾气蒙蒙，思想也雾气蒙蒙。

而科斯特却是尖刻、粗鲁和不安分的。他谈到过旧时的佛拉芒，但是在他的声音里回响着对自己时代不平等现象的愤懑。科斯特在十九世纪末体面的比利时不受欢迎。因此，他去世后才赢得了声誉。

流浪者、民族英雄蒂尔·欧伦施皮格尔的形象究竟于何时何地诞生于佛拉芒民间，这个问题很难说清。这是一个代代相传的古老形象，罗曼各民族都很熟悉他。中世纪口头韵文故事为我们保留了许多传说，传说中的那些人似乎都是些无忧无虑的骗子，可他们的内心却无所畏惧，对自己的民族充满爱戴。

蒂尔·欧伦施皮格尔有很多先驱，但他的缔造者却只有一个，那就是佛拉芒人民。查尔斯·德·科斯特只是这个民族的一个代

---

① 莫里斯·梅特林克（1862—1949），比利时法语剧作家、诗人。

表，一个把传说固定在纸上的天才，一个顽强而又谦逊的作家。

通常，欧伦施皮格尔传说中的每一个主人公，都是他的民族的某一种特征的象征。

蒂尔象征着热爱自由、刚毅而狡黠的佛拉芒精神。他忠实的同伴奈丽象征着爱情。拉姆·古德扎克则是"肚子"，是佛拉芒的血肉，佛拉芒不同寻常的血气方刚和乐观精神的完整表达。

在传说中，这个老实人总是被瓶子的叮当声、铁扦上烤肉的嗞嗞声、手撕血肠的噼啪声包围着。他浑身熠熠生辉，因为心地善良，生性懒惰，也因为他舔盘子时蹭上的油。科斯特以罕见的表现力描写了路边客栈和小酒馆，以及堆成小山似的脆馅饼、油脂、白面包、根特灌肠、鲁文奶酪、炸鱼、肥火腿肉，还有那些歌声、打斗、客人的闲聊，客人们畅饮着啤酒，啤酒就像从山巅上飞泻而下的瀑布一样倒进他们的嗓子眼儿。

但是在小酒馆的周围，燕子在蔚蓝色的天空上盘旋，和煦的微风轻拂，花丛摇曳，小麦抽穗，存在着另一个不同的佛拉芒——它温柔甜美，满面微笑，就像奈丽姑娘。

吸引查尔斯·德·科斯特的是充满悲剧事件和英雄壮举的十六世纪尼德兰革命，反对西班牙人的全国起义，以及"乔兹"，即"伟大穷人"的民族运动。

快乐的蒂尔，一个流浪汉和幻想家，一个哼着小曲、玩着小把戏、讲着笑话在尼德兰街头游荡的人，却成了一位为自己民族的美好命运而斗争的顽强斗士，一名毫不留情地为民族饱受凌辱的自由而复仇的人。

欧伦施皮格尔的流浪生涯获得了另一种特征:"为祖国解放而流浪是一种无上的幸福。"如今,蒂尔在全国各地游走,就像一名侦察员,一个来无影去无踪的民间力量集结者。他无处不在,在每一位被压迫者的屋前,那些准备起义的人都会用公鸡打鸣的声音来回应他的百灵鸟叫声暗号。

就这样,他走遍了全国各地,人们总是站起来跟着他走。警钟在农村和城市的屋顶上方响起,召唤人们同教会法庭做斗争。

查尔斯·德·科斯特的书中描写佛拉芒迫害者、凶恶的西班牙国王卡尔五世和菲利普二世的那些篇章非常出色。他在书中嫉恶如仇,其仇恨饱含摧枯拉朽之力,在世界文学中,这样的作品并不多见。描写菲利普国王二世这个残忍的败类时,科斯特尤其不留情面:

这一天,菲利普国王吃了很多馅饼,因此他比平时更加阴沉了。他弹奏着自己的盒式拨弦钢琴,那里锁着一些小猫,它们的脑袋从琴键上面的圆洞里钻了出来。国王每弹一下,琴键必然地像针扎一样刺在小猫的身上,可怜的小动物疼得喵喵惨叫。

但是,菲利普没有笑。

退位的卡尔五世教自己的儿子菲利普如何奸诈地统治人民。他说:"在咬人的时机到来之前,应该先舔舔他们。"

蒂尔·欧伦施皮格尔的父亲克拉斯死于教会法庭的火刑。蒂尔把父亲心脏燃成的灰烬缝在一个口袋里,一生都把它挂在胸前,克拉斯的这一把灰烬成了不可消解的民族仇恨之象征。蒂尔

的话宛如震耳欲聋的副歌响彻整个传说:"克拉斯的骨灰敲打着我的心房!"蒂尔说:

> 克拉斯的骨灰敲打着我的心房,死亡笼罩着佛拉芒,借教皇的名义杀害了那些最强壮的青年和最漂亮的姑娘。佛拉芒的权利被践踏了,它的自由被剥夺了,饥饿吞噬着国家……如果没人来帮助佛拉芒,它就会死去。

欧伦施皮格尔传说中的民间天才,就好像在生活中一样,把欢笑和痛苦、玩笑和恐吓、爱与恨融为一体。查尔斯·德·科斯特的书页上回响着人民的声音。它质朴的词汇的力量,简洁而没有任何修饰的故事的力量,是难以表述的。只有借助恰当而又准确的民族语言的强大力量,才可能在一部传说中描写出火刑和拷打的阴郁场面,就好像是用人类凝固的鲜血写成的一样,而与此同时,又可以让全部书页充满鲜花遍野的草原的气息、小鸟的歌唱、夏日细雨的淅沥声、爱情、海滩和无边无际的乐观精神。

欧伦施皮格尔的传说,是人民之实质的体现。人民是不朽的。因此,欧伦施皮格尔也是不朽的。他有可能入睡,但却永远不会死去。

欧伦施皮格尔的传说可以被称作一本先知之书——就这个词的正面意义而言。它预言了人类智慧和正义的胜利,预言了世间一切黑暗、残忍、贪婪、暴力之代表的注定灭亡。它预言了人民胜利的时日、欢乐的时日以及合理而愉悦的劳动的时日。

一九四八年

鲁维姆·弗拉叶尔曼*

一九二三年，巴统①的冬天和往年的冬天没什么不同。这里一如往常，几乎一刻不停地下着温热的瓢泼大雨。海水汹涌。水蒸气缭绕在群山之上。

灼热的火盆中羊肉嗞嗞作响。水草散发出刺鼻的气味——拍岸大浪用褐色的波涛在岸边用力地揉洗着它们。酸葡萄酒味儿从小酒馆里飘荡出来。风儿沿着包铁皮的木屋把酒味儿吹送到远方。

雨从西边飘来。因此在巴统，房子的墙壁都朝西，并且包着铁皮以防腐烂。

水几乎昼夜不停地从排水管中哗哗地流淌而出。这水的喧嚣对于巴统来说如此熟悉，人们对它已经充耳不闻了。

就在这样的冬天里，我在巴统结识了作家弗拉叶尔曼。当我写下"作家"一词的时候，我回想起，那时，无论是弗拉叶尔曼

---

* 鲁维姆·弗拉叶尔曼（1891—1972），代表作有儿童小说《野狗金戈，又名初恋的故事》等作品。
① 巴统，黑海港口城市。

还是我,都还不是作家。那时,我们仅仅幻想着创作,就像幻想着一种诱人的,而且无疑是不可企及的东西。

我那时在巴统的海军报《灯塔》工作,住在一家名叫"波尔金豪斯"的旅馆里,这是供没赶上船的海员们停留的地方。

我常在巴统街头遇到一个个头不高的人,他动作敏捷,长着一双逗人发笑的眼睛。他穿着一件黑色的旧大衣满城飞跑。大衣的下摆被海风吹得飞了起来,口袋里则装满了橘子。这个人总是随身带着一把伞,但却从来没打开过它。他只不过是忘了打开。

我不知道他是谁,但我喜欢他的活力和他那双眯缝起来的快乐的眼睛。在这双眼睛里,总是不停地闪现着各种有趣而又好笑的故事。

很快我就听说,这是俄罗斯通讯社"罗斯塔"驻巴统的记者,他叫鲁维姆·伊萨耶维奇·弗拉叶尔曼。我听说后感到很惊讶,因为弗拉叶尔曼看上去不像记者,而更像一名诗人。

我们是在一家酒馆里认识的,那酒馆的名字有些奇怪,叫"绿鲻鱼"。(那时酒馆的名字,从"可爱朋友"到"别进来",什么样的没有啊!)

那是一个傍晚。孤零零的电灯泡一会儿闪烁出寂寞的光亮,一会儿又熄灭,使周遭遍布了微黄的昏暗。

在一张桌子后面,坐着弗拉叶尔曼和一个以好斗和刻薄闻名全城的记者索罗维伊奇克。

那时在酒馆里可以预先免费品尝所有种类的葡萄酒,然后,选出一种,以"现金支付"的方式要上一两瓶,再就着煎奶酪喝光。

酒馆的老板在弗拉叶尔曼和索罗维伊奇克面前的桌子上摆好下酒菜,放上了两个形状颇像拔火罐的波斯玻璃杯。酒馆里总是用这样的玻璃杯让客人品尝葡萄酒。

刻薄的索罗维伊奇克拿起酒杯,把手伸得老长,怀疑地盯着酒杯审视了半天。

"老板!"他终于用阴沉的男低音说道,"给我一个显微镜,让我看看这是杯子还是顶针。"

这一番对话之后,小酒馆里的事件就开始以一种令人头晕目眩的速度发展,就像从前的故事中所写的那样。

老板从吧台后面走出来。血涌上了他的脸。他的眼睛闪着火一般的凶光。他慢慢走近索罗维伊奇克,用平和却十分低沉的声音问道:

"你说什么?显微镜?"

索罗维伊奇克还没来得及回答。

"没有给你喝的酒!"老板的声音大得吓人,他抓起桌布的一角,使劲一抖,把它掀到了地上,"现在没有!以后也不会有!你走吧!"

瓶子、盘子和煎奶酪全都飞到了地上。碎片叮当作响地滚落了酒馆满地。屏风后,一个受到惊吓的妇女开始大喊大叫,而外面的驴也一声有一声无地叫了起来。

顾客们跳起来,喧哗着,只有弗拉叶尔曼一个人富有感染力地大笑起来。

他笑得如此开怀、天真,渐渐地,把酒馆里的所有顾客都逗乐了。后来,老板自己摆摆手,也笑了,他在弗拉叶尔曼面前摆上一瓶上好的伊莎贝尔葡萄酒,然后温和地对索罗维伊奇说:

"你为什么骂人呢?应该好好说话。你难道不懂俄语吗?"

这件事之后,我认识了弗拉叶尔曼,并很快和他交上了朋友。和他这样一个胸襟坦荡、随时准备为友情献身的人交上朋友,是非常自然的事情。

对诗歌和文学的热爱把我们联系在了一起。在我那间拥挤的小房间里,我们通宵达旦地阅读诗歌。破窗户外,大海在黑暗中喧嚣,老鼠顽固地咬啮着地板,有时,我们一天的食物就是淡淡的茶水和一块面饼,但生活却是美好的。普希金和莱蒙托夫、勃洛克和巴格里茨基(他的诗当时刚刚从敖德萨传到巴统)、丘特切夫和马雅可夫斯基的诗行,使妙不可言的现实生活更加充实。

世界对我们来说就像是诗,而诗就是我们的世界。

年轻的革命岁月在四周喧响着,我们和国家一道走向幸福的未来,面对这样的景观,可以快乐地放声歌唱。

弗拉叶尔曼不久前刚从远东的雅库特来到这里。他在那儿的游击队中和日本人打过仗。巴统的长夜充满着他讲述的故事——关于阿穆尔河尼古拉耶夫斯克的那些战斗,关于鄂霍次克海、尚塔尔群岛、暴风雪、基里亚克人[①]和泰加森林。

[①] 基里亚克人,萨哈林岛上的少数民族,是沙皇俄国时期比较落后的民族之一。

在巴统，弗拉叶尔曼开始写自己关于远东的第一部中篇小说，名字叫作《阿穆尔河上》。之后，经过了作者一番挑剔的修改，它出版时的名字改为《基里亚克人瓦西卡》。也就是那时在巴统，弗拉叶尔曼开始创作《暴风雪》，这个短篇描写的是国内战争中的一个人，其叙述充盈着鲜活的色彩和作家敏锐的目光。

弗拉叶尔曼对远东的爱，他像感受故乡一样感受那个地区的本领，是让人惊讶的。弗拉叶尔曼生长在白俄罗斯，在第聂伯河岸边的莫吉廖夫市，他青少年时期留下的印象离远东的独特性和磅礴气势——从自然到人文的一切事物的气势——都有很大的距离。

弗拉叶尔曼的绝大多数中短篇小说都是写远东的。有充足的理由可以把它们称作苏联这一富饶的、许多方面还不为人知的地区的百科全书。

弗拉叶尔曼的作品完全不是地方志式的。通常，地方志式的书籍以过于详尽的描写而著称。在描写居民生活习惯、历数地区内丰富的自然资源和所有其他特点的同时，那种对于认知一个地区最重要的感觉，即关于地区的整体感，却消失了。消失的还有每个地区特有的诗歌内涵。

伟大的阿穆尔河的诗意完全不同于伏尔加河的诗意，而太平洋沿岸的诗意又不同于黑海沿岸的诗意。泰加森林的诗意在于它给人以永远无法穿越的原始森林地带的感觉，它当然有别于俄罗斯中部地区的森林，在那里，阳光的影子和树叶的响声永远都不会使人产生在大自然中的迷失感和孤独感。

弗拉叶尔曼作品的突出之处，就在于它非常准确地传达了远东地区的诗意。可以信手翻开任意一本他的远东题材小说——《尼基琴》《基里亚克人瓦西卡》《间谍》《野狗金戈，又名初恋的故事》，几乎在每一页上都可以找到这种诗意的光芒。这是《尼基琴》中的一段：

> 尼基琴走出泰加森林。微风扑面而来，吹干了她发梢上的露水，她脚下的小草被风吹得簌簌作响。森林到了尽头。它的气息和寂静留在了尼基琴身后。只有一棵粗壮的落叶松似乎不愿意给大海让路，长在了砾石的旁边，它因雷雨而变得弯曲多节，不停地摇晃着双层的树冠。在松树的顶端，栖息着一只无精打采的鱼鹰。尼基琴怕惊着那只鸟，就悄悄地绕过了松树。一大片被水泡过的木头、腐烂的水草和死鱼，标志着这里曾经有过大规模的涨潮。水面上雾气缭绕。沙滩散发出潮湿的气味。海水浅而苍白。远远的水中岩石突兀。在岩石上面，飞舞着一群灰色的鹬鸟。石头中间，浪花飞溅，海带来回摆动。浪花的喧响包围了尼基琴。她聆听着。她的眼中映出清晨的阳光。尼基琴挥舞了一下套马索，似乎想把它套在这寂静的涟漪上，她说道："卡普斯达果尔，拉马湖！"（即"你好，拉马湖！"）

在《野狗金戈，又名初恋的故事》中，森林、河流和小火山的图景，甚至是稀稀落落的百合花的图景，都是美好而鲜活的。

弗拉叶尔曼在小说中描写的所有地区，似乎都从晨雾中喷薄而出，庄严地盛开在阳光之下。合上书时，我们感到自己已经沉浸在了远东的诗意之中。

但是，弗拉叶尔曼的小说中，最主要的还是人。似乎，在我们的作家当中,还没有人像弗拉叶尔曼这样怀着友好的热情写到远东各民族——通古斯人、基里亚克人、那乃人和朝鲜人。他和他们在游击队里并肩作战，在泰加森林里一同遭受血吸虫的折磨，在雪地上傍着篝火入睡，一同忍饥挨饿，一同赢得胜利。无论是基里亚克人瓦西卡还是尼基琴，无论是奥列舍克还是小男孩基苏耶维，最后，还有菲利卡——这些人都是弗拉叶尔曼的至交，他们忠诚，心胸宽广，饱含着做人的尊严感和正义感。

如果说在弗拉叶尔曼之前只有过一个美好的远东猎人的形象——阿尔谢尼耶夫关于乌苏里边疆区一书中的德尔苏·乌扎拉，那么此刻，弗拉叶尔曼则在我们的文学中确立了这个迷人而有力的形象。

当然，远东给予弗拉叶尔曼的仅仅是素材，他运用这些素材，揭示出了自己创作的本质，讲述了自己关于人类、关于未来的思考，并且把自己最深刻的信念传达给了读者，这个信念就是自由，就是对人的爱，这永远是我们应该去追求的最重要的东西。我们要在那看似短暂却又很长的时间段中去追求，这个时间段被我们称为"一生"。

对自我完善的追求，对纯朴的人际关系的追求，对理解世界之丰富的追求，对社会公正性的追求，贯穿了弗拉叶尔曼的全部创作，并且，它们是用朴实而真挚的词汇表达出来的。

"善良的天才"的说法和弗拉叶尔曼有着直接关系。这就是一个善良而又纯洁的天才。正因为如此，弗拉叶尔曼才能够小心翼翼地触及到生活中的一些层面，如青年时代的初恋。

弗拉叶尔曼的作品《野狗金戈，又名初恋的故事》，是一篇充满阳光的透明诗篇，它讲述了一个女孩和一个男孩之间的爱情。这样的小说只有优秀的心理学家才能写得出来。

这部作品的诗意就在于，对最现实事物的描写是和童话般的感觉交织在一起的。

与其说弗拉叶尔曼是小说家，不如说他是诗人。这决定了他生活中，也包括他创作中的许多内容。

弗拉叶尔曼的影响力主要在于他对世界的诗意观察，在于他在作品中给我们展示出的生活总是美好的。有非常充分的理由把弗拉叶尔曼列为社会主义浪漫主义的代表人物。

可能，这正是弗拉叶尔曼有时更愿意为青少年，而不是为成年人写作的原因。青少年坦率的心比成年人由于经验而变得聪明的心更使他感到亲近。

从一九二三年起，不知为什么，弗拉叶尔曼的生活和我的生活非常密切地交织到了一起，几乎他全部的创作道路我都看得一清二楚。有他在的时候，生活总是在我们面前呈现出美好的一面。甚至，即使他一本书都没写过，单单同他的交往，就足以让你沉浸在由他的思想、形象、故事和爱好构成的迷人而生动的世界中。

含蓄的幽默加强了弗拉叶尔曼小说的力量。这种幽默时而是动人的（如短篇小说《作家光临》），时而则突出了内容的重要性（如短篇小说《旅行家离开城市》）。但是，除了作品中的幽默，弗拉叶尔曼在生活中、在聊天讲故事时也是一位幽默大师。他拥有广博的天赋，这种不同寻常的天赋就是善于以幽默的态度对待自己。

人类最深层的、最紧张的活动可以，甚至应该伴随着幽默。缺乏幽默感，不仅表明对周围所有事物的冷漠，同时也证明了某种智力上的愚钝。

在每个作家的生活中都有平稳创作的岁月，但是，有时也有近乎激情迸发的创作岁月。在弗拉叶尔曼和其他与其心灵相通的作家的生活中，这种热情和这种"迸发"发生在三十年代初。那是大声争论、紧张工作的岁月，是我们创作的青春期，似乎也是创作上最敢作敢为的时期。

情节、主题、构思和观察，就像尚未酿好的酒一样在我们体内游走。只要盖达尔、弗拉叶尔曼和罗斯金为了一个猪肉黄豆罐头或一杯茶聚在一起，马上就会开始一场讽刺诗、故事和构思的激烈竞赛，那些构思的广博和新奇令人叹为观止。有时，直到清晨还回荡着他们的笑声。突然出现了一些文学构想，接着马上就进行讨论，这些构想有时显得不切实际，但最后总能付诸实践。

那时，我们每个人都步入了文学生活的宽广轨道，我们已经出了书，但过的还是大学生式的生活，有时，盖达尔、罗斯金或是我得以在半夜偷偷地——不吵醒弗拉叶尔曼的外婆，从食品柜里偷出一瓶她藏在那儿的罐头，并以迅雷不及掩耳的速度吃掉它，比起出版小说来，这样的事情更让我们感到骄傲。这毫无疑问是一种游戏，因为外婆是一个罕见的好心人，她总是装出一副什么都没发现的样子。

那是热闹而快乐的一群人，但是我们中的任何一个人都不敢想象我们可以没有外婆,因为是外婆给我们带来了抚爱和温馨,有时,她还讲一些自己在哈萨克斯坦草原上、在阿穆尔和海参崴的神奇经历。

盖达尔总是带来一些新的滑稽诗。有一次,他写了一首关于所有青年作家和儿童出版社编辑的长诗。这首诗后来丢失了,被人们遗忘了,但我还记得其中写弗拉叶尔曼的几句:

> 在笼罩宇宙的苍穹下,
> 永恒的同情心使我们愁苦。
> 胡子满面,充满灵感和宽容,
> 目光炯炯的只有鲁维姆……

这是一个友爱的家庭——盖达尔、罗斯金、弗拉叶尔曼和罗斯库托夫。把他们联系在一起的既是文学和生活,也是真挚的友情和共同的乐趣。

这是一群对自己的创作事业忠贞不渝,没有恐惧,也没有抱怨的人。他们在相互交往中形成了共同的观点,渐渐形成了看似成熟,但又永远年轻的性格。在进行创作实验的岁月里,在战争岁月里,所有进入这个作家家庭的人,都用自己的勇气,甚至是英勇的牺牲,证实了自己心灵的力量。

远东之后,弗拉叶尔曼一生的第二阶段与俄罗斯中部紧密地联系在了一起。

弗拉叶尔曼,一个热爱流浪的人,一生步行或乘车几乎游遍了整个俄罗斯，最终，他找到了自己真正的故乡——梅晓拉，梁赞以北一个秀美的林区。

这个地区也许就是俄罗斯大自然最典型的体现，大自然中的树林，林间的道路，春汛时会被淹没的奥卡河边的牧场，湖泊，还有它宏伟的落日，篝火的烟雾，河边的灌木丛，星星在沉睡的小树上空发出的忧郁光亮，还有朴实而智慧的人们——林业工人、摆渡人、农庄农民、小男孩、木匠和浮标手。这个沙土地森林王国深邃而含蓄的美景瞬间就征服了弗拉叶尔曼。

从一九三二年起，每逢夏秋，有时还有一小段冬天，弗拉叶尔曼都在梅晓拉度过，在索罗特恰村，在雕刻家和画家波扎洛斯京于十九世纪末建造的美丽如画的木屋里。

渐渐地，索罗特恰也成了弗拉叶尔曼的朋友们的第二故乡。我们所有人，无论身处何地，无论命运把我们抛向哪里，都向往索罗特恰，而且，没有一年我们不去那里，尤其在秋天，盖达尔、罗斯金、我，还有格奥尔吉·施托尔姆[①]、瓦西里·格罗斯曼[②]，还有很多其他人，都去那里钓鱼、打猎或者写作。

对我们来说，索罗特恰的那间老屋和周边的所有地区都充满了特殊的魅力。在这里写成了很多书，这里经常发生各种愉快的故事。在这里，伴着乡村生活不同寻常的美丽和舒适，我们过着简单而有

[①] 格奥尔吉·施托尔姆（1898—1978），代表作是《波洛特尼科夫的故事》。
[②] 瓦西里·格罗斯曼（1905—1964），代表作是《生活与命运》。

趣的生活。无论在哪里，我们都没有如此密切地接触过民间生活的内核，没有如此直接地亲近大自然，像在索罗特恰那样。

我们在偏僻湖岸的帐篷中宿营到十一月，去保护区的小河边远足，无边无际的草原开满鲜花，小鸟欢唱，狼群嗥叫——这一切使我们陶醉在民间诗歌世界之中，陶醉在神话中，与此同时又置身在一个非常美好的现实世界之中。

弗拉叶尔曼和我在梅晓拉区有过数百公里的旅行，但我们发誓，无论是他还是我，都不能说我们了解梅晓拉。每一年，梅晓拉都在我们面前展示日新月异的美貌，并且和我们的时代一道变得越来越有趣。

无法回忆并历数我和弗拉叶尔曼一起度过了多少个夜晚，有时在帐篷中，有时在小木屋中，有时在干草棚里，有时就直接躺在梅晓拉湖畔和河岸边的土地上，在密林中；无法记起有多少各种各样的事件——有时危险，有时悲惨，有时可笑；也无法记起我们听了多少故事和童话，接触了多少民间语言的宝藏，有过多少争执和欢笑，我们在墙壁上凝结着一滴滴深金色松油的木屋中顺畅地写作时有过多少秋日的夜晚。

作为作家的弗拉叶尔曼是与作为人的他无法分割的。而做人与成为一名作家也不可分割。文学的使命是创造美好的人，而弗拉叶尔曼也举起他灵巧而善良的手向这桩崇高的事业致敬。他慷慨地把自己的才华奉献给了我们每个人最崇高的任务——建设幸福而理性的人类社会。

一九四八年

与盖达尔*的几次会面

很久以前,那还是在一九一六年的时候,我顺路来到了阿尔扎马斯①。我在南方长大,在那之前,我还未曾见过阿尔扎马斯这样的县城,那里到处是典型的俄罗斯式的雕花门窗,其式样甚至到了稀奇古怪的地步,窗台上永远摆着天竺葵,生锈的铁丝上门铃叮当作响。

老阿尔扎马斯在人们的记忆中是一个遍地苹果树和教堂的城市。市场上的草编篮子里摆满了黄澄澄的硬苹果,无论你往哪里看,到处都是苹果般金灿灿的教堂圆顶,似乎这个城市是绣金作坊里的灵巧女人亲手缝制成的。

在俄罗斯有成百上千个小城市。它们的存在甚至没有人知道。而阿尔扎马斯却很幸运。它已经进入了民间谚语:"一只眼睛看我们,另一只看阿尔扎马斯。"②十九世纪初,以它的名字命名

---

* 盖达尔(1904—1941),著有《丘克和盖克》《铁木尔和他的队伍》等儿童文学作品。

① 阿尔扎马斯,俄罗斯中部城市,属下诺夫哥罗德州。

② "一只眼睛看我们,另一只看阿尔扎马斯。"在俄语中的直接含义为斜眼看人,引申意义为口是心非。

了茹科夫斯基创办的一个爱好自由的文学组织①。普希金还是皇村学校学生的时候就参加了这个组织。在"阿尔扎马斯",他得到了一个不可思议的外号——"蟋蟀"。

马克西姆·高尔基曾被流放到阿尔扎马斯。二十世纪初,在那时已变得偏僻的阿尔扎马斯,在一个普通的人民教师家里,阿尔卡季·盖达尔——一位杰出的苏联作家和一个杰出的人,度过了他的童年。

我不想谈作为作家的盖达尔。他的作品广为人知。有很多优秀的、公正的文章写到了那些作品。我只想讲讲我所了解的盖达尔。在他生命的最后几年,我和他交上了朋友。

当我写下"只想讲讲"这句话时,我很清楚,这全然不那么容易。在塑造一个已离我们远去的形象时,不带任何夸张,不把他描写成一个经过粉饰的、样板式的英雄人物,这是很困难的。

其实,其他一些有关盖达尔的回忆文章,毛病恰好就在这里。在刻意夸赞的同时,在甜腻动情的同时,我们却看不见一个真实的盖达尔——一个复杂的人,他有时是很难相处的,像大多数天才一样,在很多方面是自相矛盾的,但是,在自己的一切言行举止中,他又是一个富有魅力的、纯朴的、重要的人。

① 指"阿尔扎马斯社",1815年至1818年彼得堡的一个文学小组。

有一句千真万确的话:"在真正的文学中没有微不足道的东西。"每个词汇,甚至是乍看上去毫无意义的每个词、每个逗号和句号,都是必需的,有特色的,它们确定整体并有助于更精湛地表达思想。众所周知,一个适时给出的逗号能够产生多么震撼人心的效果。

我这样说是因为,无论名副其实的文学中,还是一个真正的人的生活中也没有微不足道的东西。每一个举止,甚至是一个表面上仿佛无谓的举止,或者随意抛出的一句话,都在我们面前展露出他某种不同的特点。

盖达尔是一个真正的、伟岸的人。因此,每一个和他有关的看似微不足道的东西,都能揭示其深刻本性中一个新的特征。

我将在回忆文字中列举几个这样看似微不足道的东西,它们是能够反射出太阳的"小水滴"。

在我看来,盖达尔最主要,也是最惊人的性格特点就是,无论怎样都不能把他的生活和他的书分开来。盖达尔的生活就像是他作品的延续,或者有时候很可能就是他作品的开端。盖达尔的几乎每一天都充满了不同寻常的事件、奇妙的构思、热闹而有趣的争论、艰苦的工作和机智的幽默。

无论盖达尔做什么或说什么,那些东西马上就会摆脱自己平常而单调的面目,变得非同寻常。盖达尔的这种禀赋完全出自本能,直截了当——这就是这个人的天性。

他作为一个非凡的小说家走过一生,他使儿童的心灵感动到流泪,同时,他还是一个机敏而严厉的同伴,一个教育家。

孩子们，尤其是小男孩们，他只要看上一眼就能了解清楚，他非常善于和他们聊天，谈上两三分钟，只要盖达尔发话，每个男孩都会立刻去完成任何一个英雄壮举。

我和盖达尔一起生活时间最长的一次是在索洛恰村，那个村子离梁赞不远，在梅晓拉林区。在那里，他构思并写作了几部中短篇小说。

盖达尔的写作完全不像我们通常所认为的那样。他在花园里踱步，嘴里念念有词，大声说出已动笔作品的新章节，随后，一边走一边修改，更动词语、句子，他笑着或者阴沉着脸，然后走进房间，在那里，他把所有已经牢固形成于头脑和记忆中的东西记录下来。再往后，他就很少改动已写成的东西。

这时候我也在木屋里工作，并且不由自主地留心听着盖达尔的喃喃低语。我听见的，当然只是他在小木屋敞开的窗户旁走过时所说的那些话，走过窗户时，盖达尔会生气地瞄我一眼，他感到生气，因为他无论如何都弄不明白，怎么能一连几个小时地坐着写作呢，他对这样工作的人既有些嫉妒，又有些佩服。

"如果我能这样坐在桌前，"有一天他对我说，"我早就写成一整套文集了。我以少先队员的名誉发誓！"

之后，在莫斯科，当盖达尔把刚刚出版的作品带来时，那些在荒芜的、绿树浓荫的花园里听到的词句，我在《小鼓手的命运》中又一次读到了，就像是见到了自己久违的好朋友。

"这句话，"我提醒盖达尔，"是你在嚼苹果的时候说的。"

"而我想出这句话的时候，"盖达尔回应我，"恰好有一只山雀在枫树枝下面盘旋，它往窗户里看着你，想叼走旱金莲的种子。你的窗台上晾着种子。还记得吗？"

我们就这样一句接一句地回想着构思这本书的全部历史，而盖达尔对此感到心满意足。

有时，盖达尔来了，直截了当地问：

"想不想让我给你读一个新中篇？昨天刚写完的。"

"当然，读吧！"

之后发生的事有些令人费解。一般，在这种情况下，其他作家会掏出手稿，把它放到桌子上，用手掌抚平，匆匆地点上烟，又马上掐灭，说几句含含糊糊、让人难懂的话，说他完全不会朗读，而且手稿还不十分成熟，做完这一切之后，才开始嗓音沙哑、断断续续地朗读。

盖达尔从未从口袋里掏出过任何手稿。他站在房间中央，把手背在身后，略微晃动着身体，开始平静而自信地背诵整部小说，一页接着一页。

他很少卡壳。每次有这种情况发生时，他一边因为对自己生气而脸红，一边打着响指。而在特别成功的地方，他就会眯缝起眼睛，调皮地微笑。

有两次，我们这些朋友们拿他印好的书对照着让他背诵，打赌说他会出错，但是，他一次都没弄混过，也没停顿过，并因此让我们付闻所未闻的赌注——给他买什么悬挂式驳船发动机。于是我们放弃了这种事，再也不去检验盖达尔了。

"可是，除了证明盖达尔有非凡的记忆力，这种本领还能说明什么呢？"对文学技艺不熟悉的读者完全有权利这样问我。

这里的问题，当然不仅仅在于记忆力（顺便说一句，盖达尔在国内战争时曾受震伤，记忆力稍有损坏），而且还在于对语言的态度。盖达尔作品中的每一个词都经过多次推敲，对于某种表达方式来说它们似乎是唯一的，因此，它自然而然地就被记住了。

有一个文学术语叫作"浇铸的散文"。这是一种清晰严谨的散文，其中没有一点儿多余的东西；可以用青铜，甚至用金子来浇铸，贵重金属的一丝一毫都不能白白浪费在空话上面。

盖达尔喜欢打赌。有一次，秋天刚刚开始，他就来到索洛恰。持续的干旱使大地龟裂，树叶过早地干枯了，从树上飘落下来，河流和湖泊变浅了，蚯蚓钻到非常深的地下。更别提什么钓鱼的事了。哪怕挖十条蚯蚓，也得花上好几个小时。

大家都很沮丧。盖达尔比所有人都沮丧，但他马上和我们打赌，说他第二天一早就能弄到蚯蚓，要多少有多少，至少三罐头瓶。

我们乐意和他打这个赌，虽然从我们这方来讲不太体面，因为我们知道盖达尔肯定会输。

第二天早晨，盖达尔来到花园，走进我们那年夏天住的木屋。我们正要准备喝茶。盖达尔抿着嘴唇，一声不吭地把四瓶肥硕的蚯蚓放到桌子上的糖罐旁边，可是他自己忍不住笑了起来，拽着我的胳膊，穿过院子，把我拖到大门外。大门上钉着一幅巨大的布告：

> 收购蚯蚓

这幅布告是盖达尔深夜挂出去的。而一大早,门边就有一大群男孩子在吵吵嚷嚷了,他们手里拿着装满蚯蚓的罐头盒。这是一笔分毫不让的交易,但是最终男孩子们同意用一罐头盒蚯蚓换他的三个鱼钩。

从那时起,我们总是用蚯蚓钓鱼,但再也不和盖达尔打赌了。那是白费力气,因为他总是赢家。

盖达尔永远快乐无比。他灰色的眼中涌出欢笑的火花,并且很少消失——除非在工作的时候,或是在盖达尔和钻营者以及敷衍了事者打交道的时候。那时,他就会冷漠无情,脸色因愤怒而变得苍白。

他从不向任何人示弱。面对卑微而凶恶、虚荣心永远都无法满足的人们的勾当,他会感到愤怒。他用尖刻的小诗和讽刺诗打击他们。那些人都害怕盖达尔。

盖达尔在索洛恰的时候正在学习法语。他用军用挎包背着一本带插图的旧法语教科书,里面有画着户外劳作或是火车、轮船、热气球的图片。在这些图片的下面是法文:"我们在这张有趣的图片上看到了什么?"而学生应该用法语回答他看见了什么。教学就是这样进行的。

盖达尔非常喜欢图片下的这行字。一连几天,他在每一个恰当或不恰当的场合都会问:"我们在这张有趣的图片上看到了什么?"然后,他自己马上仿照教科书里的答案回答:"我们看见一只掉了毛的乡下猫，它偷走了鲁维姆·弗拉叶尔曼钓的鱼，这种鱼叫鲤鱼，猫叼着鱼，沿着木栅栏的顶端溜走了。"

有一次，我和盖达尔乘窄轨小火车从索洛恰回莫斯科。火车在秋天的密林中发出隆隆的响声，狼因为这深夜的隆隆声而寂寞地嗥叫着。半夜时分，盖达尔把我叫醒了。

"我们在这张有趣的图片上看见了什么？"他问我。

可是我什么都没看见，因为灯罩里的蜡烛已经燃尽，车厢里一片昏暗。

"我们看见一个铁路扒手，"盖达尔说，"他正要从打瞌睡的善良老太太的包里偷一双鞋，这双鞋子叫毡靴。"

盖达尔跳下床铺，一把抓住一个头戴大号格子鸭舌帽、手脚麻利的家伙，喊道："快滚！再落到我手里，我就……"

盖达尔没说完。小偷挣脱了，逃到车厢连接处，在火车还行驶着的时候就跳下去了。说实话，我们有点儿可怜他，因为那时天气恶劣，车窗外是狼群出没的夜晚，风声呼啸。

我们在草地和林中的湖畔走了很多路。远足的时候，盖达尔是谁也替代不了的。他力大无比，随便什么重物他都毫无怨言地背着，对待路途中所有无法避免的艰难情况，他都会表现出善意的嘲讽。在路途中，他的谈话基本上采用的是冒险小说中的句型。

盖达尔说道：

> 疲惫的旅伴们离开拒人千里的神秘湖岸，身上背着沉重而

无用的行李，比如帐篷、斧头、"蝙蝠"牌马灯，等等，等等。

盖达尔满心欢喜地清点着我们并不丰富的全部远足行装。他非常喜欢，甚至有些像小孩子一样喜欢一切形式的远足，还喜欢狩猎和手工工具——绞竿、钓竿、刨子、斧头、螺丝刀、军用水壶和手电筒。

每次他都能从莫斯科找到个什么新玩意儿，类似自动抖竿的鱼钩或是有十二面刀棱的匕首，他骄傲地把这些东西带到索洛恰。

他喜欢一切事情自己动手，喜欢修理，摆弄机械，并且就像我们根据某些征兆所猜想的那样，如果能成功地拆卸或组装挂在小木屋里的旧挂钟，他将感到十分幸福。不过，这是整所房子里唯一的挂钟，所以，盖达尔始终没下决心去摆弄它，只是在钟摆上绑了一个小瓶子，一会儿往里灌水，一会儿又往外倒一些出来，直到挂钟走得分秒不差。

我和盖达尔的这些游历是无法忘怀的。每一次远足（盖达尔称之为"捕鱼巡逻队的远足"）都值得描写。但是，为此得写上整整一本书。写无名的林中湖岸边漆黑的秋夜，写篝火、顽固的茶壶，写争论，写九月的星空，写盖达尔的歌，写我们怎样根据天狼星的升起判断时间，写黑湖和谢格登湖，我们经常在那儿过夜，在不同寻常又可爱的库兹马·佐托夫孤零零的小木屋里，写牧场，写我们在霜冻的夜晚扎在其中过夜的干草垛，写普罗尔瓦镇的柳树林，在那里，我们整夜坐在篝火旁，坐在唰唰响的深绿色树叶搭成的洞穴中，而盖达尔则讲述他如何在安东诺夫叛乱[①]中做"一场小战争的指挥官"。

奥卡河上，薄雾中的拖船在远处隆隆作响，而破晓之前，天空刚刚开始透亮，一群群迁徙的鹤在我们的头顶上掠过。

盖达尔久久地聆听着抑扬顿挫的鹤唳，说：

"是啊，这样生活可太美妙了！"

这样的话他很少说。他是一个内心非常羞涩的人，常常装得过于冷酷。

我们国家里流传着许多关于盖达尔的神话。那些神话都是以盖达尔的某些真实经历为基础的。有时候，是他自己制造的这些经历和神话，为的是使人们和他自己陷入复杂而不寻常的境地，然后从中找到智慧的出路。

盖达尔的想象一刻钟也没停歇过。其中一部分想象倾注到了书页上，而另一部分想象，也是非常大的一部分，他分配给了自己生活的每一天。可能这就是盖达尔众多神话产生的原因。

在这篇随笔的开头我写到，盖达尔的生活有时是他作品的延续，而有时是开头。《铁木尔和他的队伍》出版前两年，盖达尔不知道为什么来到我家。我儿子病得非常厉害，我们为了找到一种罕见的药累得疲惫不堪。哪儿都没有这种药。

盖达尔走到电话前，往自己家拨了个电话。

[①] 安东诺夫叛乱，1920年至1921年富农和社会革命党人在俄国坦波夫省发动的叛乱，为首者是安东诺夫。

"把我们院子里的所有男孩立刻派到我这里来。"他说,"我等着。"

他挂断电话。十分钟后,响起了一阵急促的门铃声。盖达尔走到前厅。在门前的空处站着十来个小男孩,他们神情焦急,气喘吁吁。

"是这么回事,"盖达尔对他们说,"有个小孩病得很严重。需要这样一种药。我给你们每个人在纸上写下药名。现在,你们马上去所有的药店:南边的,东边的,北边的,西边的。从药店往这儿给我打电话。明白吗?"

"明白,盖达尔先生!"小男孩们大声回答,跑下了楼梯。

很快,电话铃就响了起来。

"盖达尔先生!"电话里响起一个男孩激动的声音,"马洛谢伊卡药店没有。"

"再往前走走。别贪玩。"

盖达尔坐在电话旁边,就像站在轮船桥楼上的船长。过了四十分钟,电话里响起了一个孩子狂喜的声音。

"盖达尔先生,这里有。我找到了!"

"在哪儿?"

"玛利亚树林街。"

"送过来。马上。"

药送来了,我儿子很快好些了。

"怎么样,"盖达尔临走的时候问我,"我的队伍工作得还可以吧?"

不能感谢他。如果别人因为他的帮助而感谢他，他会非常生气。他认为帮助别人是一件自然的事，可以说，就像打了一声招呼。没人会因为别人打了个招呼而道谢。

我曾与盖达尔一起在克里米亚、在雅尔塔生活过。这可能是他生命中最平静的一段时间。盖达尔那时和往常不同，他格外热爱思考，平易逊顺。

我们走了很多山路，常常坐在海边。盖达尔第一次没穿自己那件近似军装的制服，而是穿了一件柔软的灰色西装。穿着它，不知为什么，盖达尔头发的颜色显得浅了，他高大而优雅。

那时正是克里米亚寂静的春天，夜晚温暖而黑暗，清晨飘荡着蓝色薄雾，大海闪着银光，小溪淙淙作响。

有一天，我和盖达尔在海滨的马桑德罗夫大街散步。盖达尔停下脚步，因为从旁边的花园里传来一阵惊恐的说话声和叫喊声。原来，花园里用来浇花的水管龙头掉下来了，湍急的水流直接冲着玫瑰和丁香花丛，冲着花坛，把里面的泥土冲了下来，马上就要把整个花园毁了。人们沿街奔跑，想关掉某个闸门，挽救花园。

盖达尔跑到管道前，比量了一下，然后用手掌捂住管子。水流停住了。从盖达尔的脸上我看出，他在竭尽全力忍受着巨大的水压，他感到无法忍受的疼痛。他脸色发青，紧咬牙关，但是并没放下水管，直到人们找到闸门把水止住。

后来，盖达尔很长时间都呼吸艰难。他的手掌一片血红。但是，他的心情非常愉快，并不是因为他验证了自己的力量，而是因为他挽救了一个漂亮的小花园。

此后,盖达尔去过那里好几次,远远地从栅栏后面看着这个被他拯救的花园。花园确实很美,就像是被石头栅栏围起来的一大束鲜花。

盖达尔是写不尽的。我不得不使自己止于这些匆匆的回忆。

在索洛恰,在盖达尔曾经住过的那幢房子的阁楼里,我写下这些文字。这里的一切都让人回想到他。墙上挂着他的帆布雨衣。我拿着盖达尔的绞竿去钓鱼。缺少的只是他的声音、他的笑容、他的故事和笑话,还有他本人——那个高大、善良、智慧的人,他英勇地牺牲了,他完全有资格被埋葬在塔拉斯·谢甫琴科[①]——另一位歌唱和宣扬民族幸福的伟人身边。

他死了,被法西斯的子弹射穿,在保卫自己亲爱的祖国的时候死去了。活着的时候,他是一个杰出的作家,一个不同寻常的人;死去的时候,他是一个英雄。

一九五一年

[①] 塔拉斯·谢甫琴科(1814—1861),诗人、画家。

悼尤里·雅诺夫斯基*

请允许我代表俄罗斯作家,代表我自己,对尤里·伊万诺维奇·雅诺夫斯基说几句告别的话。我们的作家大家庭遭遇了一场接一场的灾难。不久前,我们失去了普里什文[1]和戈尔巴托夫[2],现在,我们又失去了一位伟大的浪漫主义作家,一个有着水晶般纯净心灵的人——尤里·雅诺夫斯基。

他度过了沉重而美好的一生——真正的、如骑士般诚实的苏联作家的一生。

死亡从不推迟自己的行期。在雅诺夫斯基的创作结出硕果的日子里,在生活似乎给了他一切可能性,让他进行成果丰硕的创作的光荣日子里,死亡走近了他。

---

* 尤里·雅诺夫斯基(1902—1954),著有《船舶大师》《四把马刀》等小说。

[1] 米哈伊尔·普里什文(1873—1954),代表作有特写集《飞鸟不惊的地区》《大自然的日历》和中篇小说《人参》等。

[2] 亚历山大·戈尔巴托夫(1908—1954),代表作是长篇小说《顿巴斯》。

我将雅诺夫斯基称为浪漫主义作家。苏联作家的职责是培养人高尚的思维方式和感情格调。雅诺夫斯基直到生命的最后一天都忠于这个职责。

这是一个富有个人魅力的人，他有高度的文化素养，纯洁而诚实。

他在文学中的道路笔直而真诚。他远离伪文学的虚张声势，永远处于真正文学生活的最中心。

他的才华平和而准确，其中具备莱蒙托夫所说的"崇高思想的闪光"。

在他的身上体现了乌克兰民族最优秀的品质。他是自己祖国真正的儿子，真正的代表。他热爱并了解自己国家的过去，热爱自己国家的现在和将来。

他爱自己的国家和人民，他的爱是忠诚而又伟大的，伟大至极，绝不虚伪招摇。

我对他了解不多，并为此感到十分遗憾。然而，还是在我第一次见到他时，我就完全为他所折服了，佩服他的智慧，他平静而有些哀伤的幽默，他的严于律己，他对乌克兰、对正处于脚踏实地蓬勃发展中的本民族的热爱。

我记得苏联文学最初的日子。在当时还为数不多的苏联文学的缔造者中，就有雅诺夫斯基的名字。他的《骑士》开天辟地，就像新的社会主义时期、新的社会主义文学的一道耀眼的闪电。

现在，我们有理由悲伤。但是，就让这对雅诺夫斯基的悲伤更紧密地把我们——苏联作家们——联合在一起，组成一个友爱的联盟，那是普希金曾经向往过的联盟，那是一个不可分割的、自由而永恒的联盟。

让我们祝愿，在尤里·雅诺夫斯基的墓地上方，他钟爱的祖国，他美丽的亲爱的乌克兰，繁荣昌盛。

一九五四年

弗里德里希·席勒*

安徒生的一则童话讲的是一丛已经枯萎的玫瑰，在严酷的冬天里盛开着芬芳的白色小花，这是因为有一只善良的手触摸了这丛玫瑰。

这篇童话故事很可能写的是弗里德里希·席勒。"他有天赋，"歌德评论席勒说，"凡是他触摸过的东西都会变得高尚起来。"

我的桌子上有一本旧书——席勒的传记。在这本书的第一页上有一行字，不知是谁的笔迹，显然是一位老人用有些哆嗦的手写下的："一个十分高尚的人！"

当我看到这句话时，我不禁想，那个对这位伟大的德国诗人作出如此朴素而又精确评价的人，大概为他落泪了。

我情不自禁地开始在书页中寻找泪痕。但是此书出版迄今已经七十余年了。泪滴早已干涸，泪痕也早就消失。留在我们心中

---

* 弗里德里希·席勒（1759—1805），德国戏剧家、诗人，著有剧作《强盗》《阴谋与爱情》《欢乐颂》等。

的唯有对诗人的无限敬仰和为他的早逝而感到的深刻悲痛,正如席勒的一个朋友所指出的那样,诗人是被"古老善良的德国"这个"奴隶养成所"的残酷无情和自命不凡的愚蠢折磨致死的。

席勒的传记作者很多,但甚至没有一个人能说清楚,这到底是什么样的一个奇迹——从无聊的德国小市民阶层,在厚颜无耻的符腾堡公爵的模范兵营中,会出现这样一个光芒四射、勇敢无畏而又朴实无华的诗人。他是一个完全无愧于我们所称的"人类精英"的人。

席勒在实行军队体制的军校学习。这个学校的学生,谁只要被发现有一点儿自由思想,就会受到数年关押拘禁的严厉惩罚。

就是在这里,在这样的监狱中,他写作了自己的第一部反叛性剧本——《强盗》。

他痛斥独裁者,他深信人民起义是救星,为了自由和人的尊严,他号召人们参加起义。

难怪法兰西国民议会于一七九二年接受他加入了法国国籍,这项法令是由丹东签署的。

在法国,人们甚至不太知道他的名字,都说这个极大的荣誉赐给了《强盗》的作者"日列"先生。几年之后,诗人的朋友们才猜出来,那位神秘的"日列"先生就是席勒。

《强盗》是在兵营老守门人的小黑屋里写成的。在那里，席勒躲开了长官们秃鹰一样凶神恶煞的眼睛。

许多处女作的遭遇往往都是令人惊讶的。《强盗》是在楼梯下面写成的；彭斯那些美妙的诗篇写于苏格兰的简易小房中，窗户小到几乎不透亮光；契诃夫的许多短篇小说是在莫斯科贫困住宅的窗台上写出来的；安徒生的童话是在外省旅馆的廉价客房中写成的。

然而，这些简陋的住处却在我们的想象中闪耀着天才和青春的光芒，对我们来说，它们比最漂亮、最豪华的宫廷大厅还要壮观。

《强盗》像一声惊雷在全欧洲滚动轰鸣，给腐败的德国吹来一阵清风，引发了一场暴风骤雨。

席勒——这场雷电的代言人，"狂飙突进"的倡导者，在军校毕业时被授予团级军医职务的他，被迫逃出了符腾堡，以免被捕入狱。这部大胆剧作的出现，使公爵怒不可遏。

从此席勒也开始了他那漂泊和艰苦的生活。他曾经当过州立剧院的编剧、刊物出版人、历史教员，但他首先是一位诗人、戏剧家和一个具有巨大个人魅力的人。

用他同时代人的话来说，席勒的纯洁精神、浪漫情趣，他的思想力量，他的善良，还有诗歌天赋——所有这一切甚至明显地反映在他的外表上，让人一目了然。

他个子很高，很清瘦，脸色白净，一头浅栗色的头发，他有着深邃而又沉思的目光，灵巧而又优雅的举止，脸上总是带着一种开朗的微笑。他不仅对一切都襟怀坦白，而且还时时面带腼腆。

显然，因为所有这些，朋友们才不顾一切地喜欢他，女性们才那样温柔地钟情于他。

甚至席勒的一次十分短暂的出现，也往往会使人们以及他们有规律的生活方式突然发生变化。他随身带着自己不安分的思想，在各地传播。他在每个地方都能发现诗，而无论这首诗是多么朴素无华，他善于悄无声息地把人们带进诗歌的意境和自己那想象丰富的世界。

他认为，艺术是培养人的一种手段，能把人培养成"理性王国"的真正公民。

《强盗》完成以后，他又写了几部剧本：《阴谋与爱情》《唐·卡洛斯》《华伦斯坦》《玛利亚·斯图亚特》《奥尔良的姑娘》和《威廉·泰尔》。

所有这些剧作——无论是就情节的紧张还是就思想的深刻而言，都是戏剧艺术中的杰作。

《阴谋与爱情》无情抨击了专制暴君和由此衍生的一切卑鄙丑恶行为。与此同时，它也讲述了一个美丽姑娘死去的动人故事。

这个剧本直到现在还在世界各地的舞台上盛演不衰。在我国国内战争时期，这个剧本尤其流行。

有一次，在基辅，在苏联军队攻占该城后的第二或第三天，我观看了《阴谋与爱情》的演出。

观众大厅里坐着的是全副武装、半饥半饱、浑身散发着火药味儿的红军战士。观众的热情达到了白热化的程度，以至演坏蛋总督的那位演员竟害怕起来，他担心观众中有人会向他开枪。

情况确实如此，他的担心不是没有根据的。在观众席的后几排座位上，有人喊出声来："坏蛋，寄生虫，你等着！"枪栓啪地响了一下。观众大厅里立即发生了一阵骚乱，原来是战友们把这个狂怒战士的枪夺了下来。

《阴谋与爱情》我看了很多遍。这出戏在莫斯科瓦赫坦戈夫剧院演得特别好。伴奏音乐是贝多芬的美妙旋律（贝多芬根据席勒的《欢乐颂》写了《第九交响曲》的尾声），舞台布景华美壮丽：一派德国老城里的冬天景色，凋谢了的柳树，银白色的积雪，平民小房中闪动的烛光。

像席勒和歌德这样两个同样伟大的德国人，是不可能不会面的。

席勒赶到魏玛市，在那里结识了歌德，不久，这场相识转变成了友谊。歌德说，和席勒会见之后，"他身上的一切都欢乐地舒展开来，鲜花怒放了"。著名的德国学者洪堡熟知歌德和席勒，他断言，这两个伟大人物的相互影响是美好的，会结出丰硕的果实。

当席勒病重，濒死之时，歌德是被瞒住的，他毫不知情。"伟大的老人"病了，家人怕他过于激动。但是，歌德还是猜到了。他害怕向周围的人探问席勒的情况，为的是能给自己留下哪怕一丁点儿希望，希望朋友将会康复。他一连几夜暗自哭泣，不让任何人到自己跟前去。

当他听到自己的一个老仆人的哭声时，才得知席勒已经去世。后来他写道："我深知我自己将不久于人世。我已经失去了生命的一半。"

给歌德和席勒合树一座纪念碑，是再恰当不过的了。在碑座上，他们两人比肩站立。

一九四五年，苏联士兵刚从法西斯手中解放魏玛，在他们还满身征尘、十分疲惫的时候，他们就来到歌德和席勒的墓前，献上鲜花，似乎在以此表示，在两个伟大德国诗人生活过的这个国家里，不能允许任何人来掠夺和摧残人类的理性。

一九五五年

一位童话大师：克里斯蒂安·安徒生*

与作家克里斯蒂安·安徒生结识的时候，我只有七岁。

那是一个冬日的夜晚，离二十世纪的到来只剩下几个小时。快乐的丹麦童话作家在新世纪的门槛前迎接了我。

他久久地看着我，眯起一只眼睛，笑了笑，然后从口袋里拿出一块雪白芳香的手帕，抖了抖，突然，从手帕里掉出一朵很大的白玫瑰花。顷刻间，整个房间都被它银色的光芒照亮了，回响起一阵不知来自何方的柔缓的簌簌声。原来，这是玫瑰花瓣落在我们那时住的地下室砖地板上发出的声音。

和安徒生的偶遇就是老派作家们所说的"梦境变现实"的情景。只不过，这多半是我的梦。

在那个我所讲述的冬日夜晚，我们家正在装扮新年枞树。每到这时，大人们都要把我打发到外面去，担心我看到枞树而高兴得太早。我无论如何都不能明白，为什么不能在某个确定的日期

---

* 克里斯蒂安·安徒生（1805—1875），丹麦童话作家，代表作有《坚定的锡兵》《海的女儿》《拇指姑娘》《卖火柴的小女孩》《丑小鸭》《皇帝的新装》等。

来临之前就兴高采烈呢。在我看来，快乐并不是我们家的常客，它不应该让我们这些孩子等得太苦。

尽管如此，我还是被打发到了街上。黄昏中的那一时刻来临了，路灯还没亮，但马上就要点亮了。因为这个"马上"，因为盼望，路灯一下子亮起来，我的心像是停止了跳动。我清楚地知道，在绿色煤气灯的映衬下，在商店玻璃橱窗的最下面，马上会现出各种各样神奇的玩意儿："雪姑娘"冰刀，七色彩虹的螺旋形蜡烛，白色小礼帽中的小丑面具，骑在烈性枣红马上的锡兵，响炮，金纸环。所有这些东西都散发出一种诱人的糨糊和松节油的气味。

我从大人口中得知，这个夜晚十分特别。为了等到这样的夜晚，还需要再活上一百年。而这件事，毫无疑问，几乎谁也办不到。

我问爸爸，"特别的夜晚"是什么意思。父亲说，这个夜晚特别，是因为它和其他所有的夜晚都不一样。

的确，十九世纪那最后一个冬夜和其他所有的夜晚都不一样。大雪缓缓地落下，非常庄严，雪花那样大，就好像轻盈的白色花朵从天上落到了城市。所有的街道上都响起了依稀的马车铃铛声。

我一回到家，枞树就立即被点亮了，房间里的蜡烛开始欢快地噼啪作响，就好像周围爆裂开了百合花的干花瓣。

枞树旁边放着一本厚厚的书——妈妈给我的礼物。这是克里斯蒂安·安徒生的童话。

我坐在枞树下，打开了书。书里有很多盖着香烟纸的彩色图片。要想看到这些油彩未干的图片，必须得小心翼翼地吹开香烟纸。

图片上，五彩焰火照亮了雪宫殿的墙壁，野天鹅在映衬着粉红色云朵的大海上飞翔，小锡兵单脚站在大钟上，手里紧握着长枪。

我先读完了坚定的小锡兵和美丽的女舞蹈家的童话，之后，是白雪皇后的故事。我感到人类那美妙的，同时就像花朵一般芬芳的善良，从这本烫金书的书页中喷薄而出。

之后，疲惫和蜡烛的热气让我在枞树下打起了瞌睡，瞌睡中，我看见了丢下一朵白玫瑰的安徒生。从那时起，我对他的认识总是和这个愉快的梦境联系在一起。

当然，那时我还不理解安徒生童话中的双重含义。我不知道，在每一个儿童童话中都包含着另一个只有成年人才能完全理解的童话。

这是我过了很久之后才理解的。我知道我很幸运，能够在艰难而伟大的二十世纪前夜遇到一个可爱的怪人——诗人安徒生，他教会我相信，太阳永远会战胜阴霾，人类善良的心灵永远会战胜罪恶。

安徒生在自己的一生中善于保持愉快的心情，虽然他的童年并没有为此提供任何愉快的条件。他生于拿破仑战争时期的一八〇五年，老欧登塞城一个鞋

匠的家里。

欧登塞位于富由恩岛群山中的一个盆地里。这个岛的盆地中几乎总有散不去的雾气,山顶上则盛开着杜鹃花。

如果仔细想想欧登塞像什么,那么,它多半会使人联想起用黑橡树雕成的玩具城。

欧登塞因其木雕大师而远近闻名,它并非徒有虚名。其中的一个雕刻师,中世纪的大师克劳斯·伯格,用黑木为欧登塞的教堂雕刻了一座巨大的圣坛。这座圣坛,宏伟而又威严,它使孩子们和成年人都感到敬畏。

但是,丹麦的雕刻师们不单单做圣坛和神像。他们更喜欢用大块木头雕刻装饰帆船艏柱的形象,这是海上的规矩。那些塑像粗糙但传神,有圣母、海神涅普顿、众海神、海豚和弯曲的海马。雕像漆成金色、赭石色和钴蓝色,并且,颜色涂得非常厚重,在很多年间海浪都不会冲掉或损坏它。

事实上,这些轮船塑像的雕刻师们就是表现大海和自己手艺的诗人。就是在这样一位雕刻师的家中,培养出了十九世纪最伟大的丹麦雕刻家、安徒生的朋友阿尔伯特·托瓦德森①,这是不足为奇的。

小安徒生看见了雕刻师独出心裁的作品,不仅在轮船上,而且在欧登塞的房屋上。可能,他知道欧登塞那所非常非常古旧的

---

① 阿尔伯特·托瓦德森(1768/1770—1844),丹麦雕塑家,古典主义代表,原著中阿尔伯特为错误,其正确名字为伯特。

房子，在那上面的一块厚木板上，在郁金香和玫瑰图案的边框中间，写着竣工时间。那儿还刻着一首诗，孩子们会背诵它。而在鞋匠的门上挂着一块木牌，上面画着一只双头鹰，表示鞋匠只缝制成双成对的鞋子。

安徒生的父亲是鞋匠，但是，他的门上没挂双头鹰木牌。这种牌子只有鞋匠行会的成员才有权利悬挂，而安徒生的父亲却穷得付不起入会费。

安徒生在贫穷中长大。安徒生家唯一能引以为荣的，就是他们家中非同寻常的整洁，还有一个长着茂密洋葱的泥土箱，以及窗台上的几个花瓶。

花瓶中鲜艳的郁金香盛开着。而窗外则可以听到钟声、兵营旁激昂的敲鼓声、流浪艺人的长笛声，还有沿着运河把简陋的平底驳船拖往临近海湾的海员们嘶哑的歌声。

这个安静小男孩身边充斥着各种各样的人与事、各种各样的色彩和声音，安徒生在其中为快乐的心情和各种故事的构思找到了理由。

在家中，小安徒生只有一个知恩的听众——一只名叫卡尔的猫。但是，卡尔有一个很大的缺点——它常常是还没听完一个有趣的童话，就睡着了。猫的生活，就像人们说的那样，总是自私的。

但是，小男孩从不生那只老猫的气。他总是原谅它，因为卡尔从来不怀疑世界上存在巫师和狡猾的克鲁姆培-杜姆培，还有机智的烟囱清洁工，它从来不怀疑会说话的花儿和头戴钻石王冠的青蛙。

最早的那些童话，小男孩是从父亲和隔壁养老院的老太太们那儿听来的。她们整天弓着腰纺织灰色的绸布，嘟哝着简单的故事。小男孩用自己的方式改编这些故事，给它们润色，像是添加了新的色彩，然后用自己的话复述给养老院的人听，令大家不敢辨认。而那些人赞叹不已，相互交头接耳地嘀咕说，小安徒生太聪明了，因此在世上肯定活不长。

在接着写下去之前，我应该在此稍做停留，讲讲我曾一笔带过的安徒生的特点——他具备在趣味横生的美好事物中发掘快乐的能力。

也许，把这种特点称为能力不太恰当，更应该把它称作禀赋，称作善于捕捉在懒人眼前会溜走的那些东西的罕见本领。

我们在大地上行走，但是，我们是否经常想到，要弯下身子仔细看看这片大地，看看我们脚下的一切？而如果我们弯下身子，甚至趴在地上，仔细地观察大地，那么在每一寸土地上我们都会找到很多奇妙的东西。

睡莲上散落的如星星绿宝石般的干苔藓，或是样子酷似紫红色士兵帽缨的矢车菊花朵，这些难道不有趣吗？还有珍珠贝的碎片——那样小，甚至无法用它给娃娃做一个随身用的小镜子，但是，若想要它无穷地变幻，并且闪耀出多种恬淡的色彩，像清晨朝霞升起时波罗的海上空的那些色彩，它却又足够大了。

每一棵充盈着馥郁汁水的小草，每一粒飞翔的椴树种子，难道不都是美好的吗？那粒种子一定会长成一棵参天大树。

还有什么你在自己的脚下看不到呢！可以把所有这些写成

故事或童话，对于这样的童话，人们只能吃惊地摇晃着头，相互说：

> 在这个瘦高个儿、这个欧登塞鞋匠的儿子身上，从哪里来的如此值得称道的天赋呢？也许，他就是一个巫师？

使孩子们进入童话世界的不仅是民间诗歌，还有剧院。孩子们总是把演出理解为童话。鲜艳的舞台装饰，彩灯灯光，哗啦啦响的骑士盔甲，和战场上的轰鸣声一样的音乐，蓝睫毛公主的眼泪，紧握锯齿型长剑手柄的红胡子坏蛋，穿着薄纱衣会跳舞的女孩——这些无论怎样都不像现实，毫无疑问，它们只可能存在于童话之中。

欧登塞有自己的剧院。在那里，小安徒生第一次观看了一出有着浪漫名字的话剧《多瑙河的姑娘》。他被这部话剧惊呆了，从那时起，他成了一名狂热的戏剧爱好者，终其一生，直至去世。

没有钱去看戏。小安徒生就用想象中的演出去代替现实的演出。他和城里贴海报的彼得交上了朋友，帮他的忙，而彼得因此送给安徒生每一部新戏的海报。

安徒生把海报带回家，躲到角落里，读完剧名和剧中人物的名字，便马上开始构思自己吸引人的话剧，而他用的是和海报上一样的名字。

这种构思能持续好几天。如此这般，一座假想儿童剧院的秘密演出开始了，在这里，小男孩承担了一切：作者和演员，作曲和舞美，灯光和歌手。

安徒生是家里的独生子，虽然父母生活贫寒，但他仍然过得自由自在，无忧无虑。他从未受过惩罚。他所做的唯一的事情就是不断地幻想。这种状态甚至妨碍了他及时地学会读写。比起同龄人，他很晚才识字，直至成年仍不能完全自信地书写，常犯一些拼写错误。

更多的时间安徒生是在欧登塞河畔的一间老磨坊里度过的。这间磨坊因年久失修而摇摇欲坠，在它的四周，水花飞溅，水流不断。水藻的绿胡子从水槽上垂落下来。河坝边的浮萍下游动着慵懒的鱼儿。

不知是谁对小男孩说，就在磨坊的下面，在地球的另一端，坐落着中国，还说，中国人可以非常轻松地挖一条通向欧登塞的地下通道，他们会穿着自己绣着金龙的红色绸缎袍子，手拿优雅的扇子，突然出现在落后的丹麦小城的街头。

小男孩久久地等待着这个奇迹的到来，但是不知为什么却没有发生。

在欧登塞，除了磨坊，还有一个地方吸引着小安徒生。在运河岸边坐落着一个退休老海员的庄园。海员在自己的花园里安置了几门不大的木头炮，而旁边则站着一个也是木制的高大士兵。当运河里的轮船开过来时，这些木头炮进行空弹射击，而士兵则用木枪射击。老海员就用这种方式为自己幸运的同伴——那些尚未退休的船长鸣放礼炮。

几年后，安徒生又一次来到了这个庄园，那时他已经成了一名大学生。老海员已经死了，在鲜花盛开的花坛中迎接年轻诗人的是一群美丽热情的少女——老船长的孙女们。

那时，安徒生第一次感受到了对其中一个姑娘的爱，遗憾的是，这只是无望而迷茫的爱。在他动荡的有生之年，所有对女人的爱都是以这样的情形告终的。

安徒生幻想他所能想象到的一切事物。父母期望小男孩成为一个好裁缝。母亲教他裁剪缝纫。但是，小男孩一旦缝点儿什么，肯定是给自己的木偶们（他已经有了一个自己的家庭木偶剧院）做的鲜艳的连衣裙。而他学会的并不是裁剪，而是用纸精巧地剪出一些别致的花边，或是剪出一些单脚旋转的小舞女。他这门独特的手艺让所有人感到震惊，甚至在他年老的时候。

缝纫手艺对于日后成为作家的安徒生大有裨益。他常把手稿弄得很脏，以至于没有地方做修改。于是安徒生把这些改动的地方誊写在另外的纸上，然后仔细地用线把它们缝在手稿上——在手稿上打补丁。

安徒生十四岁时，父亲去世了。回想起父亲的去世，安徒生说，有一只蟋蟀在父亲遗体上方叫了一整夜，与此同时，小安徒生也哭了一整夜。

就这样，在炉子后面那只蟋蟀的歌声中，腼腆的鞋匠离开了人世，他没有什么可值得称道的东西，除了把自己的儿子——一位童话作家和诗人——奉献给了世界。

父亲死后不久，安徒生征得母亲的同意，带着微不足道的盘缠离开欧登塞来到首都哥本哈根，去追求幸福，虽然他自己还不清楚究竟什么是幸福。

在安徒生复杂的生平中，很难确定他是什么时候开始写自己神奇的童话处女作的。

自幼年起，他的记忆中就充满了各种神奇的故事。但是，它们藏匿得很深。青年安徒生认为自己可以从事任何一种职业——歌唱家、舞蹈家、朗诵演员、诗人、讽刺作家、剧作家，唯独不是童话作家。即使是这样，童话若隐若现的声音很早出现了，时而在此部、时而在彼部作品中，就像刚刚被触碰又戛然而止的琴弦发出的声音。

在我们周遭的生活中，自由的想象捕捉到成百上千的细节，并把它们组成优美而智慧的故事。任何事物，无论是啤酒瓶颈，黄鹂掉落的羽毛上的一滴露水，还是街头生锈的路灯，都不会被一位童话作家忽视。任何一个思想，最有力、最伟大的思想，都可以在这些小东西的友好协助下被表达出来。

是什么推动安徒生进入了童话领域？

他自己说，写童话时最轻松，他能与大自然独处，"聆听它的声音"，尤其是他在西兰岛的森林中休息时，那里的森林几乎永远白雾缭绕，在星星的微弱光亮中打着瞌睡。大海遥远的喁喁私语传到森林深处，给森林添加了一种独特的神秘感。

但是，我们也知道，安徒生的很多童话是冬天写成的，在孩子们热闹地庆祝圣诞节的时候写的，他使童话绚丽缤纷，就像小枞树上的装饰品。

还需要说些什么呢？北方的冬天，地毯般的白雪，炉子里噼啪作响的火苗，还有冬日夜晚里的灯光——这一切都孕育着童话。但是也可能，是发生在哥本哈根街头的一个偶然事件，促使安徒生成了一名童话大师。

一个小男孩在哥本哈根一所老房子的窗台上玩耍。玩具并不太多，只有几幅拼图，一匹用硬纸板做的秃尾巴马，它已经不止一次被水洗过并因此褪了色，此外还有一个缺胳膊少腿的小锡兵。

小男孩的母亲，一个年轻的妇人，坐在窗前绣花。

这时，从老港口的方向——那里的天边飘荡着一艘艘轮船，让人昏昏欲睡，从空荡的大街的深处，走来一个穿着黑衣的人，他又高又瘦，脚步迅疾，略不自信，这个人挥动长长的双臂，自言自语着。

帽子被他拿在手里，因此能非常清楚地看到他宽大的额头、细长的鹰鼻和眯起来的灰色眼睛。

他并不漂亮，但是很优雅，让人觉得他是一个外国人。一片芳香的薄荷叶插在他的常礼服扣襻里。

假如能听见这个陌生人的自言自语，我们就能分辨出他在缓缓地读着一首诗：

我把你保存在自己的胸膛，
啊，饱含我所有回忆的温柔玫瑰……

绣架旁的女人抬起头，对男孩说：

"我们的诗人安徒生先生来了。听着他的摇篮曲，你就能睡得很香了。"

男孩皱着眉头看了看穿黑衣服的陌生人，抓起自己唯一的瘸腿小锡兵，跑到街上，把小锡兵塞到安徒生手里，然后马上跑开了。

这是一件罕见的慷慨礼物。安徒生明白这一点。他把小锡兵和薄荷叶并排插到常礼服的扣襻里，就像是佩戴上一枚勋章，之后拿出手帕，轻轻地按在眼睛上——显然，朋友们抱怨他过分敏感并非毫无根据。

而那个妇人停止绣花，抬起头来，心里想，假如她能爱上这个诗人，和他共同生活，将是一件多么美好而又多么艰难的事啊。有这样一种说法，说安徒生无论如何都不愿放弃自己写诗的习惯和奇思怪想，哪怕是为了他热爱的年轻歌唱家燕妮·林德——大家都叫她"耀眼的燕妮"，安徒生也不愿意。

而这些奇思怪想是很多的。有一天，他甚至想把一只风鸣竖琴固定在帆船的桅杆上，想听听它在丹麦常刮的西北风下发出的凄婉歌声。

安徒生认为自己的生活很美好，近乎无忧无虑，但毫无疑问，这只是因为他那孩子式的乐观态度。这种对生活的善待一般来说是内心丰富的可靠标志。像安徒生这样的人，不愿意把时间和精力浪费在和生活中的失意做斗争上，当周围如此清新地闪耀着诗歌的光芒，应该生活在诗中，依靠它生活并且不错过春天的嘴唇亲吻树木的那一瞬间。永远都不去想生活中的痛苦该有多好啊！和这令人陶醉、芳香扑鼻的春天比起来，那些痛苦又算得上什么呢！

安徒生愿意这样思考，这样生活，但是，现实对他并非像他应该得到的那样宽厚。

曾有过很多、非常之多的痛苦和委屈，尤其是他在哥本哈根最初的岁月里，当时，他一穷二白，面对的是来自出名诗人们、作家们和音乐家们的轻蔑庇护。

甚至到了老年，安徒生也频频意识到，他是丹麦文学中的"穷亲戚"，他，一个穷鞋匠的儿子，应该在达官贵人和教授中间辨清自己的位置。

安徒生在谈到自己时说，他在自己的生命历程中不止一次饮下了苦酒。人们对他避而不谈，制造关于他的流言蜚语，嘲笑他。为什么？

因为他身体中流淌着"农夫的血"，因为他与那些目空一切、生活富足的庸才们不相像，因为他是"上天仁慈"造就的真正诗人，因为他贫穷，最后，还因为他"不善于生活"。

在丹麦的市民社会中，不善于生活被认为是最严重的缺陷。安徒生在这个社会中非常不自在，——这个怪人，用哲学家克尔凯郭尔的话来说，是活生生的可笑的诗歌主人公，他突然从诗集中跑了出来，却忘了返回图书馆书架的秘诀。

"我身上一切美好的东西都被踩进了污泥。"安徒生在讲到自己时说。他还说过一些更为痛苦的话，把自己比作一只落水狗，小孩子们向这只落水狗扔石头，甚至不是出于恶意，而是为了打发无聊。

是啊，这个人的生活道路并不是铺满玫瑰的，虽然他善于在夜空中看见酷似白夜之闪亮的蔷薇的辉光，善于听见森林里老树桩的低吟。

安徒生饱经苦难，我们不得不折服于这个人的勇气。在生活的道路上，他既未丧失对人们的善心，也没丧失对平等的渴望，更没失去在任何地方发现诗意的能力。

他痛苦，但是并未屈服。他愤懑。他以自己和穷人——即农民和工人们——亲如血肉的联系而骄傲。他加入了"工人联盟"，并且是丹麦作家中第一个给工人们朗读童话的人。

如果他遇到了对普通人的蔑视，遇到了不公和谎言，他会变得充满嘲讽、毫不留情。在他身上，孩童般的真诚和辛辣的讽刺共生。在自己那篇关于皇帝的新衣的故事中，他非常有力地体现了这种讽刺。

在穷人的儿子、安徒生的朋友，建筑师托瓦德森去世的时候，安徒生无法忍受丹麦贵族们在大师的棺材前装模作样行进这样的想法。

安徒生写了一首悼念托瓦德森的诗。他把全哥本哈根的穷人孩子都召集到了葬礼上来。这些孩子沿着送葬的队伍围成一圈，唱着安徒生的颂诗，那首颂诗是这样开头的：

让穷苦人走到棺材前，
逝者本人就出身于穷人……

安徒生写过自己的诗人朋友英格曼[①]，写到他在农民的土壤上寻找诗歌的种子。这些话语更适合用来描绘安徒生本人。他从农民的土地上拾起诗歌的种子，在自己的心中温暖它们，把它们撒在低矮的茅舍里，这些种子长大，开出了使穷人的心灵感到欣慰的、独特而艳丽的诗歌之花。

曾经有过艰苦而屈辱的学习生涯，安徒生不得不和比他小很多岁的男孩子同坐在一张课桌后面。

曾经有过心乱如麻和找寻属于自己的道路的艰难岁月。安徒生本人很长时间都不知道，哪些艺术领域才适合于他的天赋。

安徒生在老年时如此评价自己：

> 就像山民在大理石悬崖上挖台阶一样，我缓慢而艰难地在文学中占据了自己的一席之地。

他并不清楚自己的能力，直到诗人英格曼开玩笑似的对他说：

> 你有在任何污水沟中找到珍珠的宝贵天赋。

这句话使安徒生找到了自己。

就在他生命的第二十三个年头，第一本真正的安徒生作品出

---

① 伯恩哈德·英格曼（1789—1862），丹麦诗人、散文家、剧作家。

版了，这就是《阿迈厄岛步行记》①。在这本书中，安徒生终于决定把"自己那串五光十色的想象"放飞到世界中去。

整个丹麦都在由衷地赞叹这位此前毫无名气的诗人。他的未来变得清晰了。

安徒生带着自己作品的第一笔微薄稿酬，开始了在欧洲的旅行。

完全有理由认为，安徒生接连不断的旅行不仅是游山玩水，而且更是对自己那些伟大的同时代人的拜谒。因为安徒生无论到了什么地方，都要去结识自己喜爱的作家、诗人、音乐家和画家。

安徒生认为，这样的结识不仅是自然的，而且是必要的。安徒生伟大的同时代人的智慧和天才的闪光，使他感受到了自身的力量，充实了自己。

长久的激动不安，频繁的国家、城市、民族以及旅伴的更迭，"旅行诗歌"的浪涛，美妙的相遇和同样美妙的想象，这就是安徒生全部的生活。

在哪里遭遇了写作的激情，他就在哪里写作。在罗马和巴黎，在雅典和君士坦丁堡，在伦敦和阿姆斯特丹的旅馆中，他尖锐而急促的鹅毛笔在锡制的墨水瓶上究竟留下了多少道划痕，谁又能数得清呢！

我提到了安徒生急促的笔。为了解释这句话，不得不暂时停

---

① 《阿迈厄岛步行记》，全名为《一八二八年和一八二九年从霍尔门运河至阿迈厄岛东角步行记》。

止讲述他的旅行。

安徒生的写作速度很快，不过在写成之后他还要长时间挑剔地修改自己的手稿。

他写得快，是因为他拥有即兴写作的天赋。安徒生是一个纯粹的即兴作家。

即兴写作，就是诗人对每一个陌生想法、对每一个外来推动力的迅速回应，并且，他能把这种思路快速地转变成一组组形象以及和谐的画面。只有在大量观察和精确记忆的基础上，才可能产生即兴创作。

那个关于意大利的中篇小说，就是安徒生即兴写就的。因此，他用这个词命名了那篇小说——《即兴诗人》。也可能，安徒生对海涅的深深敬爱可以解释为，他在这个德国诗人的身上看到了即兴创作的志同道合者。

还是让我们回到安徒生的旅行上吧。

他的第一次旅行是在挤满了上千只轮船的卡特加海峡完成的。这是一次非常愉快的旅行。那时，卡特加海峡中出现了最早的蒸汽轮船："丹麦"号和"卡列多尼亚"号。它们引起了帆船船长们风暴般的愤怒。

当蒸汽轮船把烟雾喷满整个海湾，窘迫地穿过一排排帆船时，它们遭受了闻所未闻的嘲笑。帆船船长们用扬声器喊出了最不堪入耳的骂人话。蒸汽轮船被称为"烟囱清洁工""排烟船""熏黑的尾巴""臭木盆"。这残酷的海上内讧使安徒生感到非常好玩。

不过，在卡特加海峡的航行算不了什么。在这之后，安徒生开始了"真正的旅行"。他多次游历整个欧洲，到过小亚细亚，甚至还到过非洲。

他在巴黎结识了维克多·雨果以及伟大的演员拉舍尔，和巴尔扎克交谈过，在海涅家做过客。在他见到那位年轻的德国诗人时，海涅年轻美丽的巴黎妻子正被一大群吵嚷的孩子包围着。海涅发现了安徒生的不知所措（童话大师暗地里有些害怕孩子们），便说道：

"您别害怕。这不是我们的孩子。他们是我们从邻居那里借来的。"

仲马带安徒生去廉价的巴黎剧院。有一天，安徒生看见仲马在写自己的又一部小说，他一会儿大声地与自己的主人公们对骂，一会儿又笑弯了腰。

瓦格纳、舒曼、门德尔松、罗西尼和李斯特为安徒生演奏过自己的作品。安徒生称李斯特为"琴弦上的暴风雨精灵"。

在伦敦，安徒生见到了狄更斯。他们相互望着对方的眼睛。安徒生没忍住，转过身哭了。那是面对狄更斯伟大的心灵而流出的激动的泪水。

之后，安徒生去狄更斯海边的小屋做客。院子里，一位意大利流浪手风琴师凄凉地演奏着，窗外，黄昏中闪烁着灯塔的亮光，房子旁边，笨重的轮船从泰晤士河驶进大海，而远方的河岸，好像煤炭在燃烧，——那是伦敦的船坞在喷云吐雾。

"我们家里满是孩子。"狄更斯对安徒生说，他拍拍巴掌，马上，几个男孩女孩——狄更斯的儿女们——便跑进了房间，围住安徒生，吻他，以表达对他的童话故事的感谢。

但是，安徒生最常去，也待得更长久的地方是意大利。

对于他来说，就像对于很多作家和艺术家一样，罗马就是第二故乡。

意大利征服了安徒生。他爱上意大利的一切：长满了茂盛常春藤的石板桥，被黝黑的孩子们划得斑驳的楼房，酸橙林，"盛开的莲花"威尼斯，拉特兰的塑像，凉爽而醉人的秋天的空气，罗马上空圆屋顶的闪耀，古老的油画，暖融融的太阳，还有那些因为意大利而生出的硕果累累的构思。

安徒生死于一八七五年。

尽管遭遇过频繁的痛苦，但他还是获得了真正的幸福，受到了自己人民的爱戴。

我不想列举安徒生所有的作品。这也并非是必要的。我只想给出一幅关于这位诗人和童话家的速写。这个迷人的怪人，他直到去世都还是一个心灵纯净的孩子，这个充满灵感的即兴作家，他能抓住人类的灵魂，无论是儿童的灵魂还是成年人的灵魂。

他是穷人们的诗人，尽管国王们也把能握到他那干瘦的手当作一种荣耀。

他是平民歌手。他的全部生活证明，真正的艺术宝藏只存在于对人民的意识中，别无他处。

诗歌使人民的心灵充实，就好像无数湿润的雨滴浸润着丹麦的空气。因此人们说,无论在哪里,都没有丹麦这样的宽阔鲜艳的彩虹。

就让这彩虹更多地闪耀吧,就像一道多彩的凯旋门,竖立在童话大师安徒生的墓地上方,竖立在他所钟爱的白玫瑰丛的上方。

一九五五年

吉里亚伊叔叔：弗·阿·吉里亚罗夫斯基*

我们经常谈起"契诃夫时代"，但在这个字眼中，我们添加的主要是我们抽象的书面概念。那个并不久远的时代的氛围，它的色彩，它由无数特征组成的风格，对我们来说，终究还是失却了。我们这一代人已经无法像感受某个全然明了的有机整体那样，去感受契诃夫时代。

作为对那个时代的见证，我们只剩下了历史、艺术、报纸和回忆。另外，还有为数不多的那个时代的人。

---

* 弗·阿·吉里亚罗夫斯基（1853—1935），笔名是"吉里亚伊叔叔"。他一生从事过多种职业，如伏尔加河纤夫、装卸工人、消防队员、驯马员、流浪演员、俄土战争时期的士兵。1883年发表第一部小说《平凡的事件》，其中反映了莫斯科生活的各个层面，他的报道以敏锐的观察和视角而著称，后来吉里亚罗夫斯基因此被称为"报道之王"。他作为一个记者、小说家、诗人，与多种杂志有合作关系。1917年革命后，他写过一些有关文学的文章，还有反映革命前俄国以及旧莫斯科风尚习俗的特写集《贫民窟的人们》《莫斯科与莫斯科人》《我的流浪生活》《一个莫斯科人的札记》《报纸上的莫斯科》《剧院人士》等。

有关过去,最生动的概念来自与那一时代人的会面,特别是与像弗拉基米尔·阿列克谢耶维奇·吉里亚罗夫斯基这样独特而富有才华的人的会面,这是一个精力充沛的人,心地善良。

在吉里亚罗夫斯基身上,首先使我们感到震撼的是他性格的完整和生动。"如诗如画的性格",如果存在这样的表达方式的话,那么它是完全可以用来形容吉里亚罗夫斯基的。

他的如诗如画表现在各个方面——生平,谈话方式,童心,整个外表,雷霆万钧的多面才华。

这是一个快乐的劳动者。他一生都在工作(他更换过很多职业,从伏尔加河上的纤夫到演员和作家),但他总是把俄罗斯真正精湛的技艺,智慧的敏捷,甚至还有一些剽悍带入到每一份工作之中。

对于他来说,似乎身边生活中的每一件事都值得去专心观察。

他从来不是一个袖手旁观者。他义无返顾地投身到生活之中。他会去尝试一切可能的东西,学会亲手做每一件事。这种特点只有对生活抱有巨大热情的人以及具有天赋的人才能拥有。

契诃夫的同时代人吉里亚罗夫斯基,就其性格而言,毫无疑问，并不属于当时那个契诃夫时代。他的一生只是在时间上和契诃夫时代相吻合而已。

虽然吉里亚罗夫斯基与契诃夫有着不同一般的友谊，但是在我看来，他内心并不赞赏，并不能接受契诃夫笔下那些倾向于深刻自我分析、倾向于思考的主人公。所有这些与吉里亚罗夫斯基都是格格不入的。

吉里亚罗夫斯基本该生活在扎波罗热营地[①]时代，生活在充满自由、大无畏的突袭和无所畏惧的时代。

就天性而言，吉里亚罗夫斯基是一个扎波罗热人。列宾并不是毫无根据地以他为原型绘制了给土耳其苏丹写信的众多哥萨克中的一位，而雕刻家安德烈耶夫则以他为模特，在自己绝妙的果戈理纪念碑上雕刻了塔拉斯·布尔巴[②]的浅浮雕像。

吉里亚罗夫斯基是我们称为"宽广个性"的那种性格的体现。这在吉里亚罗夫斯基身上不仅体现为不同寻常的慷慨、善良，也体现在他对生活同样多的索求上。

如果是地上的美景，它就应该震慑心灵；如果是工作，它就应该让双手酸疼；如果要捶打，就要用上全部的力气。

就连吉里亚罗夫斯基的外表（我第一次看见他时，他年事已高）也是引人注目、使人着迷的——花白的胡子，眼神带着些嘲

---

① 扎波罗热营地，十六世纪中叶第聂伯河下游地区的一个哥萨克组织。
② 塔拉斯·布尔巴，果戈理同名小说中的主人公。

讽，戴着一顶灰色的羔羊皮帽，穿着一件短上衣，他能马上使与他交谈的人感到震惊，以他精彩的谈话、热情的力量以及可以明显感知到的其内心的伟大。

在天才的许多品质中有一种品质，当它出现在经历过漫长而艰难生活的成年人身上时，能够完全征服我们。这种品质，就是不泯的童心。

每个人都有自己孩子气的爱好和幻想。高尔基喜欢点篝火，甚至是在烟灰缸里；普希金喜欢"抽签"（请回忆一下他为好心的伯父瓦西里·里沃维奇抽的那个好签）；格林喜欢做弓箭，然后对准目标射箭；契诃夫喜欢钓鲫鱼；盖达尔喜欢放风筝；巴格里茨基喜欢套鸟。

吉里亚罗夫斯基有着无穷无尽的孩子式的幻想。有一天，他决定给某个他编造出来的澳大利亚收信人邮一封信，他只是想在这封信被退回来的时候，根据上面的许多邮戳来判断这封信走过了怎样一段神奇而诱人的路途。

吉里亚罗夫斯基来自传统的俄罗斯家庭，这样的家庭以严格的规矩和一代代沿袭下来的不慌不忙的生活方式著称。

当然，在这样的家庭里出生的人，性格完整，意志坚强，身体健壮。吉里亚罗夫斯基能轻易地把银卢布用手折成两半，把马蹄铁掰直。

有一次，他回到父亲家里，为了展示自己的力量，把火钩打了一个结。年迈的父亲因为儿子损坏了家里的东西，当真生了儿子的气，并马上气愤地把结拧开，弄直了火钩。

吉里亚罗夫斯基的生活中发生了很多事，这使他在我们的想象中简直成了一个传奇人物。

当然，有着像吉里亚罗夫斯基那样派头和个性的人，不可能置身在自己时代的进步人群和作家之外。和吉里亚罗夫斯基交朋友的不仅有契诃夫，还有库普林、布宁和其他一些作家、演员和画家。

但是，很显然，比起和名人们的友谊，更让吉里亚罗夫斯基引以为荣的是他在莫斯科贫民中的家喻户晓和受人爱戴。他熟知莫斯科"底层"，熟知著名的希特洛夫卡——那个穷人、流浪汉和社会弃儿的庇护所，在他们中间不乏天资聪慧和纯朴善良的人，但在那时的生活中，他们既未找到自己的位置，也无事可做。

希特洛夫卡人喜欢吉里亚罗夫斯基，将他当作一个保护人，一个能理解希特洛夫卡的痛苦、不幸和颓丧的人。

需要多少胆量、多少对人的善意和纯朴，才能够配得上孤苦伶仃并且充满愤恨的人们的爱？

只有吉里亚罗夫斯基一个人能够毫发不损地在白天或夜晚的任何时间来到希特洛夫卡最危险的贫民区。谁都不敢碰他一指头。他的宽厚就是他最好的安全证书，即使最残酷的心灵也会被它安抚。

作家中没有谁像吉里亚罗夫斯基这样全方位地了解莫斯科。一个人的记忆居然可以留存这么多关于人物、街道、集市、教堂、广场、剧院、花园，以及关于老莫斯科几乎每一家旅馆的故事，这太神奇了。

每一个旅馆都有自己的面孔,自己的老主顾,从商人和贵族的集居地帕尔金,到彼得罗夫门旁大学生们集居的"科马洛夫卡",从萨维洛夫车站旁边给"冷漠的"鞋匠们开设的旅馆,到卡卢加关卡附近著名的古谢夫旅馆,在那里,全莫斯科最好的旅馆自动演奏机轰鸣着,定音鼓咚咚响,重复着那首一直不变的歌曲——《莫斯科的大火噼啪燃烧》。

每一个时代都需要自己的编年史家,不仅需要历史事件的编年史家,而且需要生活习俗和生活方式的编年史家。

生活习俗的编年史以其特殊的清晰度和能见度使我们接近过去的事情。为了彻底理解列夫·托尔斯泰或者契诃夫,我们就必须了解那个时代的生活习俗。甚至可以说,只有面对那些熟悉普希金时代生活习俗的人,普希金的诗歌才会放出全部的光芒。因此,吉里亚罗夫斯基一类作家们的作品才显得非常珍贵。他可以被称为"其时代的诠释者"。

很遗憾,我们过去几乎没有过这样的作家,现在也没有。而他们却完成了,并正在完成着一项伟大的文化事业。

关于莫斯科,吉里亚罗夫斯基完全有权利说"我的莫斯科"。对于十九世纪末二十世纪初的莫斯科来说,吉里亚罗夫斯基是不可或缺的,就像艺术剧院、夏里亚平和特列季亚科夫画廊是不可或缺的一样。

吉里亚罗夫斯基的家是莫斯科一个独特的中心,它热情好客,大门敞开,永远热热闹闹。实质上,它曾经是(现在依然是)一个罕见的契诃夫时代的文化、绘画和习俗博物馆。有必要精心地把它保留起来，作为莫斯科十九世纪日常生活的一个样板。

有这样一些人，没有他们，就很难想象社会和文学的存在。这是一种酵母，一种冒着气泡流动着的酒。

他们写作得多少并不重要。重要的是，他们生活过，他们身旁曾沸腾着文学的和社会的生活，他们那个年代的历史就折射在他们的活动之中。重要的是，他们用自身定义了自己的时代。

弗拉基米尔·阿列克谢耶维奇·吉里亚罗夫斯基就是这样一个人，他是一位诗人、作家，一位莫斯科和俄罗斯的作家，一个心胸宽广的人，我们民族智慧的最纯粹的典范。

一九五五年

亚历山大·格林*的一生

作家格林,即亚历山大·斯杰潘诺维奇·格里涅夫斯基,一九三二年七月在旧克里米亚市——一个长满百年核桃树的小城里去世了。

格林度过了沉重的一生。生活中发生的一切,仿佛存心想把格林变成一个罪犯或者一个凶恶的庸人。但是,令人难以理解的是,这个天性忧郁的人却没有受到一点玷污,在痛苦的生活中保持了自己的天赋,他拥有丰富的想象、纯洁的感情和腼腆的微笑。

格林的生平是对革命前人与人之间关系结构的无情批判。旧俄罗斯给格林的馈赠是残酷的,它从格林的童年时代起就剥夺了他对现实的热爱。周遭是恐怖的,生活是难以承受的。它活像一出野蛮的刑罚。格林活了下来,但对现实的不信任却留存了一生。他一直试图逃离生活,认为活在虚无缥缈的梦中比每天面对"破烂和垃圾"要好得多。

---

* 亚历山大·格林(1880—1932),原名亚历山大·斯杰潘诺维奇·格里涅夫斯基,代表作有长篇小说《灿烂的世界》《穷途末路》和中篇小说《红帆》等。

格林开始了写作，并在自己的书中创造了一个快乐和勇敢之人的世界，创造了一片长满芳香树林和遍洒阳光的大地——一片地图上没有的大地，创造了那些像美酒一般使人头晕目眩的美妙故事。

"我总是觉得，"马克西姆·高尔基在《我的大学》中写道，"人们之所以喜欢有趣的故事，就是因为这些故事能使他们暂时忘记沉重的，但已经习以为常的生活。"

这些话完全适用于格林。

对他来说，俄罗斯的生活就等于无聊的维亚特卡①、肮脏的手工艺学校、小客栈、力不胜任的劳动、监牢和长期的饥饿。但是在灰色天际的尽头，若隐若现着一些由光明、海风和花草组成的国度。在那里居住的人们，被阳光晒得黝黑，那是一群淘金者、猎人、艺术家、从不气馁的流浪汉、无私的妇女，他们快乐而又温柔，像孩子一般，但他们首先都是海员。

对于格林来说，如果不相信在某个海岛上存在着一些百花盛开、热热闹闹的处所，那么，生活就过于沉重了，有时甚至是不

---

① 维亚特卡，城市名。

堪忍受的。

革命来临了。它动摇了压迫格林的很多东西：人与人之间陈旧而又野蛮的关系结构，剥削，背叛——亦即所有那些迫使格林逃离生活、躲避到梦幻和书本之中去的东西。

格林真心为革命到来而欣喜，但是召唤人们投身革命生活的崭新前景还不是十分清晰，而格林属于永远急不可耐的人群中的一员。

革命并非身着节日盛装，而是像一个风尘仆仆的战士，像一个外科大夫那样到来了。它割除了生活中已堆积了上千年的陈腐习俗。

光明的未来对于格林来说非常遥远，他却想马上触摸到它，刻不容缓。他想在树叶作响、孩童欢笑的未来城市中呼吸清新的空气，想迈进人们未来的家，想和他们一起参加引人入胜的考察，和他们一起过快乐而有意义的生活。

现实不能立刻把这一切给格林。只能使他步入他所盼望的场景，步入非凡事件和非凡人群的世界。

这种持久的、有些孩子气的焦躁，马上看见伟大事件最终结果的愿望，关于一切都还遥远、改造生活是件长期事业的认识，所有这些都引起了格林的懊丧。

从前他急于否定现实，现在他急于对新社会的创建者提出要求。他没觉察到各种事物的急剧进程，并认为它们的步伐缓慢得让人无法忍受。

假如社会主义制度能像在童话中那样一夜之间繁荣兴盛，格林将欣喜万分。但是他不善于等待，也不想等待。等待使他烦闷，破坏了他充满诗意的感觉。

可能，令我们感到不解的格林与时代之间的那种格格不入，其原因就在这里。

格林逝世于社会主义社会来临的时候，但他自己并不知道自己死于什么时代。他走得太早了。

格林在心灵骤变之初遭遇了死亡。他刚刚开始倾听和凝视现实。如果不是死亡，他也许将作为一个风格最为独特的、善于把现实主义和自由大胆的想象有机结合在一起的作家，跨入我们的文学队伍。

*　　*　　*

格林的父亲，一名一八六三年波兰起义的参加者，被流放到了维亚特卡，在当地的一家医院里当会计，他嗜酒如命，后来死于贫困。

儿子亚历山大，未来的作家，是一个喜欢幻想、性情急躁而又漫不经心的男孩。他对很多东西感兴趣，但不能善始善终。他学习糟糕，却大量地阅读了梅奈·里德[①]、凡尔纳、古斯塔夫·埃马尔[②]和雅科利奥[③]的作品。

[①] 梅奈·里德（1818—1883），英国作家，著有多部惊险小说，最著名的有《无头骑士》。
[②] 古斯塔夫·埃马尔（1818—1883），法国作家，著有《追踪野兽的猎人》《草原大盗》等。
[③] 雅科利奥（1837—1890），法国作家。

格林后来谈起这段日子时说道：

"奥里诺科"①，"密西西比"，"苏门答腊"，这些词的发音对我来说就好比音乐。

当今的年轻人很难理解，上述那些作家如何强烈地影响了旧俄罗斯腹地之中的年轻人。"想弄清楚这个，"格林在自传中写道，"就得了解当时外省的习俗，了解偏僻小城的习俗。关于这种极度折磨人、充满虚假自尊和羞耻的环境，契诃夫在其小说《我的一生》中做了最好的描述。读这部小说时，我读到的仿佛完全就是维亚特卡。"

从八岁起，格林开始幻想旅行。对旅行的渴望伴随了他的一生。每一次旅行，甚至一次最不足挂齿的旅行，都能引起他深深的激动。

格林从小时候起就具有非常细腻的想象力。成为作家后，他想象出了若干现实中并不存在的国家，他的小说情节就发生在那些地方，那不是一些隐隐约约的风景，而是一些被认真研究过、走过无数次的地方。

他能画出这些地方的详细地图，能指出街道的每一个转弯和植物的特性，能指出每一个河湾和楼房的位置，最后，他还能列举出所有停泊在虚幻的港湾中的船只，它们所有的航海特征以及

---

① 奥里诺科，流经委内瑞拉、哥伦比亚两国的一条河流。

全体船员逍遥自在、无忧无虑的生活习性。

　　这里举一个例子来说明如此精确,而现实中不存在的图景。在短篇小说《兰菲耶尔王国》中,格林写道:

　　　　北边,一片静谧的、绿色的森林变暗了,一连串悬崖压向地平线,悬崖上裂缝斑驳,生长着稀落的灌木丛。
　　　　东边,在湖的后面,细长的白色道路弯弯曲曲,伸向城外。树木在路的尽头摇曳,它们看起来那么纤小,就像莴笋的嫩芽。
　　　　西边,波光粼粼的蓝色大海一望无际,它环绕着遍布沟壑和小山包的凸凹不平的低地。
　　　　而在南方,不经意栽下的树木围拢着五颜六色的楼房和牧场,从它们所在的缓坡中心,绵延着兰菲耶尔王国不规整的方形种植园和耕地。

　　从童年时代起,格林就过够了痛苦的生活。
　　在家里,小男孩经常挨打,就连病恹恹的、被家务弄得精疲力竭的母亲,也带着某种奇怪的快感,用歌谣来挖苦儿子:

　　　　愿不愿意,
　　　　也得愿意,
　　　　勉强活着吧,
　　　　像只野狗。

"听到它时我感到痛苦，"格林说，"因为歌谣是说我的，它预言了我的未来。"

父亲费了很大的劲儿才把格林送进实科中学。

因为几首毫无恶意的写自己班主任的小诗，格林被学校开除了。

父亲把他暴打了一顿，之后一连几天，他低声下气地踏破中学校长的门槛，又去省长家请求别开除他的儿子，但一点儿用都没有。

父亲想让格林去寄读学校，但那里也没有接受他。城市已经给这个小孩子发了一张"黑籍证"①。只得把格林送到市立中学。

母亲死了。格林的父亲很快娶了一个颂诗士的寡妇。继母生了一个小孩。

生活和以往一样，在一贫如洗、拥挤不堪的屋子里，在肮脏的尿布和粗野的争吵里，没有发生任何改变。学校里盛行野兽般的斗殴，酸溜溜的墨水味顽强地渗进了皮肤、头发和穿旧了的学生制服里。

小男孩不得不为市医院付的几戈比去做粉刷工，装订书籍，去糊尼古拉二世"登基日"用的纸灯笼，给省剧院的演员抄写台词。

格林属于在生活中不善于安顿自己的那一类人。不幸的时候他不知所措，躲避人群，为自己的贫寒感到羞耻。丰富的想象在

---

① "黑籍证"，旧俄时代发给革命者的证书，持此证者无法再入学或在机关工作。

他第一次和严峻的现实接触时就背叛了他。

已经成年了的格林,为了躲避穷困,想出了用胶合板粘小盒在市场上卖的主意。在旧克里米亚城,只能艰难无比地售出一两个小盒。格林想摆脱饥饿的尝试也是如此无力。格林做了一张弓,带着它去旧克里米亚城郊猎鸟,期望捕到哪怕一只,吃点儿新鲜的肉。但是,他当然一无所获。

像所有倒霉的人一样,格林总是寄希望于偶然和不期而至的运气。

格林的所有小说中都充满了对"惊人的运气"的向往,充满了喜悦,但是,最多幻想和喜悦的,则是他的中篇小说《红帆》。值得注意的是,这部神话般迷人的书,格林是一九二〇年在彼得格勒构思和开始写作的,那时,他伤寒初愈,徘徊于天寒地冻的城市中,每天夜里在偶遇的、不太熟悉的人那里寻找新的栖身之处。

《红帆》——一部坚信人类精神力量的长诗,对生活的爱,对年轻的心灵的爱,对人在幸福的激情中可以亲手创造奇迹的信念,就像清晨的阳光一般,洒满了整部小说。

维亚特卡的生活阴暗而单调地持续着,直到一八九五年春天,格林在码头上看见了一辆马车,车上坐着两个身着白色海军服的实习领航员。

* * *

关于这件事格林这样写道:

我停了下来，就像中了魔一样，盯着那两个客人，对于我来说，他们来自神秘而美好的世界。我没有嫉妒。我只是感到喜悦和忧郁。

从那时起，对海上工作的向往，对"如诗如画的航海工作"的向往，以一种特殊的力量占据了格林。他准备到敖德萨去。

格林是家里的负担。父亲为儿子上路张罗到二十五卢布，然后就匆匆地与自己那个既未受到父亲照料也未领受过父爱的满面愁容的儿子道了别。

格林随身带着油画颜料——他相信在某个地方，在印度，在恒河，他会用这些颜料作画，他带着叫花子般的家当，在既慌乱不安又兴高采烈的心情下离开了维亚特卡。

格林这样描写自己的离别：

在码头上的人群中，我长久地凝视着父亲那张胡子花白、若有所失的脸。而我自己则幻想着帆船悠然飘荡的大海。

在敖德萨，格林第一次见到了大海——那片后来用耀眼的光芒充溢其小说的大海。

他写了很多关于大海的书。一大批作家和研究者曾试图表达不同寻常的、可称之为"大海情结"的第六感。他们对海的感受是各种各样的，但没有一个作家能像格林这样，在其作品中描绘出如此喧嚣欢腾的节日般的大海。

格林喜欢的与其说是大海,不如说是他想象中的海岸,在那里,聚集了世界上所有他认为美好至极的事物:传说中的群岛,开满鲜花的沙丘,泛着白沫的远方的海面,装满了鱼、闪着青铜光泽的暖和的木桶,夹杂着咸咸的微风和树木香味的古老森林,最后,还有安逸的滨海城市。

几乎在格林的每一部小说中都能见到这些并不存在的城市——里萨、祖尔巴甘、格里格尤和格尔东。

格林把他见过的黑海港口的全部特征都赋予了他虚构的这些城市。

理想实现了。大海像一条奇迹之路展现在格林面前,但是维亚特卡陈旧的过去却立刻现出了原形。在大海旁边,格林非常敏锐地感到了自己的无助、无用和孤独。

格林写道:

> 我并不需要这个新世界,在这儿,我感到自己很窘迫,是个外人,就像在所有地方一样。我有些忧伤。

* * *

海上的生活迅速地让格林看了个一清二楚。

他一连几个星期在码头上徘徊,胆怯地请求船长让他上船做水手,但大家或是粗暴地拒绝他,或是当面嘲笑他——一个身体瘦弱、眼里充满幻想的青年怎么能当水手!

格林终于"走了运"。他被雇用了,在一艘从敖德萨到巴统的轮船上当学员,没有工资。格林在船上跑了两次秋季航行。

在这两次航行中,格林记住的只有雅尔塔和高加索山脉。

>记得最清楚的是雅尔塔的灯火。港口的灯火和模糊的城市灯火融为一体。轮船伴随着花园里清晰的乐队弹奏声靠近防波堤。飘来一阵阵花香和一阵阵温暖的风。能听见远远的说话声和笑声。
>
>航行的其他部分我已经忘记了,只记得一直蜿蜒在天边的一座座雪山。它们直耸云天的山顶,甚至从远处也能呈现出一幅庞大世界的风貌。这是一连串高高耸立的国家,它们闪耀着沉默的冰雪之光。

很快,船长就把格林赶下了船,因为他没钱付伙食费。

一个富农,赫尔松市[①]"杜博克"[②]的主人,雇格林给他打下手,他就像对一条狗那样随意地支使他。格林几乎不能睡觉,因为主人给他的不是枕头,而是一块碎瓦片。在赫尔松,他被赶到岸上,没拿到一分钱。

格林从赫尔松回到敖德萨,在码头货栈做标记员,并以亚历

---

① 赫尔松市,乌克兰南部海港城市。
② "杜博克",一种大型木船的俗称,有"小橡树"之意。

山德里亚①为目的地完成了唯一一次出国航行，但由于和船长的冲突，他又被开除了。

在敖德萨的全部生活中，给格林留下美好印象的就是在码头仓库的工作。

> 我喜欢货栈里饼干的味道，还有周围满是东西，尤其是柠檬和橙子的那种感觉。一切都散发着香气：香子兰，枣，咖啡，茶。伴着海水、煤和石油的凉爽味道，这里的呼吸让人舒服得难以描述，尤其出太阳的时候。

格林厌倦了敖德萨的生活，决定回到维亚特卡。他一路逃票回到家里。最后两百公里不得不在稀泥中步行前进，因为总是阴雨连绵。

在维亚特卡，父亲问格林他的行李哪儿去了。

"行李寄放在驿站。"格林撒谎说，"没有马车。"

格林写道：

> 父亲挤出一丝微笑，满心疑惑地不作声了，但隔了一天，当他弄明白格林什么行李都没有时，便问道（他身上散发着浓烈的伏特加味儿）：
>
> "你为什么撒谎？你是走着回来的。你的行李呢？你谎

---

① 亚历山德里亚，罗马尼亚港口城市。

话连篇！"

维亚特卡该死的生活又开始了。

*　　*　　*

之后多年，作家徒劳地寻找他在生活中的位置，或者，就像市民家庭里的习惯说法，在找"活儿"。

格林在维亚特卡附近的穆拉希车站当过澡堂服务员，做过办公厅抄写员，在旅馆里为农民写过诉状。

他无法在维亚特卡忍受太久，离家去了巴库。巴库的生活沉重得令人绝望，格林对它的回忆只有连续不断的饥饿和阴郁的心情。许多细节他都不记得了。

他随遇而安，靠收入微薄的零工过日子：在港口打木桩，给旧轮船清除油漆，搬木材，和流浪汉一起受雇在石油井架上灭火。他在渔民村受尽疟疾的折磨，在巴库和杰尔宾特之间致命的里海沙滩上差一点儿渴死。

格林在码头上的空锅炉里过夜，在倒扣过来的船下面过夜，或者就直接睡在围墙下边。

巴库的生活给格林留下了残酷的烙印。他变得忧郁，不爱说话，而巴库生活的外部痕迹——过早的衰老——则永远刻在了格林身上。就是从那时起，用格林的话说，他的脸变得就像一张揉皱了的一卢布纸币。

比语言更能说明格林生活本质的是他的外貌：这是一个瘦得异乎寻常的人，他身材高大，有些驼背，脸上刻着成千上万道皱纹和伤疤，双眼充满疲惫，这双眼睛只有在阅读或构思不同凡响的故事时，才闪烁着美丽的光芒。

格林并不漂亮，但充满着含蓄的魅力。他走起路来很沉重，就像那些被工作累坏了的搬运工。

他曾经非常信任他人，这种信任的外部表现为友好而坦诚的握手。格林说过，了解一个人最好的方式就是看他如何握手。

格林的生活，尤其在巴库的生活，有很多特征使人想起高尔基的青年时代。高尔基和格林都经历过流浪生活，但是高尔基成了一个具有高度公民勇气的人，一个最伟大的现实主义作家，而格林则成了一名幻想型的作家。

在巴库，格林陷入了极为窘迫的境地，但是他没有背叛自己纯真的、孩童般的想象力。他驻足在摄影师的橱窗前，久久研究那些照片，在那成百上千张愚钝的、被疾病揉皱了的面孔中，他试图找到哪怕是一张能使人感到生活之愉悦、高尚和自由的面孔。他终于找到了这样的面孔，一个姑娘的面孔，并在自己的日记中描述了她。日记落到了夜店老板的手中，这个卑鄙而狡猾的人开始嘲笑格林和那位陌生的姑娘。事情几乎以流血的打斗而告终。

格林离开巴库，又一次回到了维亚特卡，在那儿，酒鬼父亲向他要钱。但是，钱自然是没有的。

为了活下去，必须重新想些办法。格林对此并不擅长。对意外运气的渴望又一次占据了他的心，于是，冬天，在凛冽的严寒中,他步行去了乌拉尔——去淘金。父亲给了他三卢布做路费。

格林看见了乌拉尔——野蛮的黄金之国,他的胸中重又燃起了天真的幻想。去金矿的路上,他不断地搬起遍布在脚下的石头,仔细察看,盼望着找到天然的金块。

格林在舒瓦洛夫斯基金矿工作,和一个心地善良的小老头、流浪汉(后来看出,他实际上是个杀人犯、窃贼)一道在乌拉尔地区四处奔波,他还干过樵夫和流运木材工人。

乌拉尔生活结束后,格林在船主布雷乔夫的驳船上做水手,有名的布雷乔夫曾被高尔基用作其一部著名话剧中的原型。

但这份工作也中止了。

生活似乎画了一个圆圈,格林在其中再无快乐可言,他也没有可做的事。于是,他决定去当兵。在训练苛刻得几乎愚蠢的沙皇军队中当一个志愿兵,这使人感到沉重和羞愧,但更为沉重的是,他已经成了年老父亲的累赘。

格林在奔萨步兵团服役。

在步兵团里,格林第一次接触到了社会革命党人,并且开始阅读革命书籍。

格林说:

> 从那时起,生活在我面前彻底露出了谜底,而从前,它于我而言是神秘莫测的。我的革命热情无穷无尽。我听从一个社会革命党人的建议,拿了一千份传单在兵营里散发。

服役一年左右，格林开小差离开步兵团，去进行革命工作。他生活中的这一段鲜有人知。

格林在基辅和塞瓦斯托波尔工作，在水手和要塞炮兵团战士中间做宣传工作，就像一个热情而可爱的地下演说家。

但是，在革命工作的危险和压力下，格林和从前一样，仍然成了一名旁观者。他说，生活中的各种现象主要是在视觉上使他感兴趣，这并不是毫无原因的——他喜欢观察，并将一切记在心头。

在塞瓦斯托波尔，格林住了一个秋天，那是一个晴朗的克里米亚的秋天，空气显得清新温暖、沁人心脾，它浸染着街路、海湾和群山，即使最细微的声响掠过，也能激起一阵轻盈的、久久不能停息的颤动。

"塞瓦斯托波尔的一些色调进入了我的作品。"格林承认。但是，每一个读过格林作品也了解塞瓦斯托波尔的人都清楚，神奇的祖尔巴甘几乎就是塞瓦斯托波尔的真实写照，在这个城市中，有透明的海湾、衰老的船夫、太阳的反光、军舰，有鲜鱼、金合欢和大地的味道，还有壮观的落日，它把黑海海水映射出的光亮送上了天际。

如果没有塞瓦斯托波尔，就没有格林的祖尔巴甘，没有其中的渔网、钉着铁掌的水手靴在沙地上踩出的沙沙声、午夜的微风，以及高高的桅杆和港外停泊场上千百盏闪烁的灯光。

在苏联，没有一个城市能像塞瓦斯托波尔那样，使人如此清晰地感受到格林在以下词句中表达出的海洋生活的诗意：

不安全，冒险，大自然的威力，远方国度的影子，神秘的未知世界，因约会和别离而十分美好的短暂爱情；各种人与事此起彼伏地喧哗着；生活多彩绚烂得无以复加；高空中，时而南极星、时而大熊星闪烁，而世界各大洲全都历历在目，虽然你的船舱满载着那挥之不去的祖国，还有它的书籍、画片、信件和干花……

一九〇三年秋天，格林在塞瓦斯托波尔的格拉夫斯基码头被捕，并在塞瓦斯托波尔和费奥多西亚的两所监狱中一直服刑到一九〇五年十月末。

在塞瓦斯托波尔的监狱，格林首次尝试了写作。但是，对于自己最初的文学实验，他感到非常害羞，从未给任何人看过。

* * *

格林很少讲述自己，他没来得及写完自传，因此，他生活中的很多岁月几乎不为任何人知晓。

塞瓦斯托波尔之后，格林的生平中出现了一段低谷。我们只知道他再度被捕，随即被流放到托博尔斯克，但是，他中途逃跑了，跑到了维亚特卡，夜间回到了年迈体弱的父亲家里。父亲在市立医院里为他偷了一本护照，那是教堂执事马里吉诺夫已故儿子的。格林用这个姓生活了很长时间，就连他的第一部短篇小说也是以此署名的。

格林拿着别人的护照去了彼得堡,在那里,在《交易所新闻报》上,他的第一部短篇小说发表了。

这是格林一生中第一次真正的快乐。买到了印着自己小说的那一期报纸,他几乎吻晕了那个唠唠叨叨的卖报人。他竭力让卖报人相信这篇小说是他写的,但是那个卖报的老头却不相信,他怀疑地看着这个双腿修长、满脸雀斑的年轻人。由于激动,格林无法走路,他的腿在颤抖,不听他使唤。

在社会革命党组织里的工作显然已经让格林感到厌烦。他很快退出了,拒绝了委托给他的刺杀计划。他念念不忘写作。几十个构思萦绕在他脑际,他焦急地为它们寻找框架,但是,最初他并没有找到。

他写得还有些拘谨,小心翼翼地考虑着编辑和读者的感受,他带着一种起步作家非常熟悉的感觉写着,就好像在他的身后站着讥讽的人群,挑剔地研读每一个字眼。格林还惧怕故事激起的风暴,这种风暴在他体内沸腾,要求被释放。

格林不是小心翼翼,而是服从内心自由的需要而写成的第一个作品,就是短篇小说《列诺岛》。这部作品中包含了后来格林的所有特点。这部朴实无华的小说写的是热带大自然原始的美和力量,以及一个从军舰上逃下来并因此被船长下令处死的水兵对自由的渴望。

格林开始发表作品。饱受欺凌和饥饿之苦的年月,虽然实际上消逝得非常缓慢,但是毕竟变成了过去。格林所喜爱的自由的劳动,在最初几个月里,对他来说仿佛就是一个奇迹。

不久后，格林又一次因为从前和社会革命党的瓜葛被逮捕了，他坐了一年牢，之后被流放到阿尔汉格尔斯克省，起先是在皮涅加，后来又到了科格斯特罗夫。

在流放中，他大量地写作、阅读、打猎，还有，用他自己的话说，甚至休整好了过去在苦役生活中饱受折磨的身体。

一九一二年，格林回到了彼得堡。在这里，他生命中最好的阶段开始了，这也是某种意义上的"鲍罗金诺之秋"①。这段时间格林几乎一刻不停地写作。他带着永不满足的渴望读了许多书，他想了解一切，想体验一切，然后把它们写进自己的小说。

很快，他把自己的第一本书带给了维亚特卡的父亲。格林想让早已认为儿子注定是个无用流浪汉的老人高兴一下。父亲不相信格林。不得不给老人看与出版社签订的合同以及其他文件，好说服他格林的确成了一个"人物"。这是父亲和儿子的最后一次见面：老人很快去世了。

二月革命开始的时候，格林在芬兰一个叫卢纳吉奥基的小镇上，他激动万分地迎接了这场革命。听到革命的消息之后，格林立刻步行前往彼得格勒，因为那时火车已经停运了。他把自己所有的物品和书籍都丢在了卢纳吉奥基，甚至丢下了向来都带在身边的爱伦·坡的肖像。

---

① "鲍罗金诺之秋"，1830年秋，普希金去鲍罗金诺料理财产，因瘟疫不得不在那里停留数月，这期间他完成了诗体小说《叶甫盖尼·奥涅金》、四部小悲剧以及其他作品，他的这段创作丰收期后被文学史家称为"鲍罗金诺之秋"。

几乎每一个写过格林的人,都谈到了格林和爱伦·坡、康拉德①、斯蒂文森②、吉卜林③的相似之处。

格林热爱"疯狂的爱伦",但是,关于他模仿爱伦、模仿上述几位作家的说法是不正确的,因为他们中的很多人,格林是在成为成熟作家之后才知道的。

他高度评价梅里美,并认为他的《卡门》是世界文学中最优秀的作品之一。格林读过莫泊桑、福楼拜、司汤达、契诃夫(契诃夫的短篇小说使格林产生了深刻的印象)、高尔基、斯威夫特以及杰克·伦敦的大量作品。他常常重读普希金的传记,而成年后,热衷于阅读百科全书。

格林没有被人们的关注宠坏,因此,他十分珍视这种关注。

在人与人的交往中,哪怕是那些最平常的关爱和友好的举动,都能引起他深深的激动。

比如,当命运安排格林首次邂逅马克西姆·高尔基的时候,格林就曾经有过这样深深的激动。那是一九二〇年。格林应征参加红军,在普斯科夫附近的奥斯特罗夫城警卫团服役。他在那儿得了伤寒病。他被送到彼得格勒,和上千名伤寒病人一起住进了波特金隔

---

① 康拉德(1857—1924),英国小说家,代表作有《水仙号上的黑家伙》《黑暗的中心》《吉姆老爷》等。
② 斯蒂文森(1850—1894),英国作家,代表作有《金银岛》《化身博士》。
③ 吉卜林(1865—1936),英国小说家,诗人,代表作有《丛林故事》《丛林故事续篇》。1907年获得诺贝尔文学奖。

离医院。格林病得很厉害。出院的时候，他几乎成了残废。

格林整日在花岗岩建成的城市中徘徊，寻找食物和温暖，他无家可归，身体尚未痊愈，又饥肠辘辘，头晕得厉害。那时，恰好是排长队、口粮配给、点油灯、吃发霉的面包皮、住冰冷房屋的时候。寻死的念头变得越来越频繁，越来越顽固。

作家的妻子在未公开发表的回忆录中写道：

> 这时，马克西姆·高尔基成了格林的救星。他听说格林的窘境后，为他做了一切事。由于高尔基的请求，格林分得了一份在那时极为罕见的学术界人士的口粮，得到了莫伊卡大街艺术之家里的一个房间，那里温暖明亮，有被褥和桌子。对于备受折磨的格林来说，这张桌子尤为珍贵，因为他可以在那上面写作。除此之外，高尔基还给了格林一份工作。
>
> 是高尔基的双手把格林从深深的绝望和对死亡的等待中重新拉回了生活。在深夜，格林常常回忆自己艰难的生活，回忆高尔基的帮助，这让疾病尚未痊愈的他感激涕零。

一九二四年，格林迁居至费奥多西亚。他渴望住在安静的地方，住在离心爱的大海近一些的地方。在格林的这一举动中，反映出一个作家可信的本能——海滨生活就是现实的创作环境，这种环境赋予他构思自己小说的可能性。

格林在费奥多西亚一直住到一九三〇年。他在那里写了很多作品。他多半是在冬天写作的，在清晨。有时，他一连几个小时坐在扶手椅上,一边抽烟一边思考,而这个时候谁也不能去打扰他。在这些思考的时刻,在这些想象任意驰骋的时刻,格林比在写作时更需要集中精力。格林深深地陷入思考之中,他这样专注,以至于他几乎什么都看不见,什么都听不见,要使他摆脱这种状态是非常困难的。

夏天时,格林休息,他做弓箭,在海滨散步,照顾无家可归的小狗,驯鹰,读书,和快乐的费奥多西亚居民——那些热那亚和希腊人的后代——一起打台球。格林喜欢费奥多西亚,那是一座炎热的城市,一座建在白石头土地上的城市,一座位于碧绿又透些混浊的大海边的城市。

一九三〇年秋天,格林从费奥多西亚搬到了旧克里米亚城,一座遍布着鲜花和瓦砾场的宁静城市。在这里,他由于折磨人的疾病——胃癌和肺癌,在孤独中死去。

格林的死是这样忧郁,就像他的一生一样。他请人把他的床搬到窗前。窗外,遥远的克里米亚群山若隐若现,天空闪烁着光芒,就像是他即将永远失去的心爱大海的闪光。

在格林的一篇小说《归来》中,有这样几句话,似乎就是格林用来描写自己的死亡的,这几句话非常准确地描述了格林去世时的场景:

> 在透过敞开的窗户所投进来的亮光中,面对着遍野的鲜花,最后的时刻到来了。他已经气喘吁吁了,他请求人们把他抬到窗前。他望着山丘,竭力用他充血的、残缺不全的肺

做了最后一次呼吸。

格林死前极想见人，从前这种感觉在他身上未曾有过。

去世前几天，格林收到了从列宁格勒寄来的他最后一本书《自传体小说》的清样。

格林虚弱地笑了笑，试图读出扉页上的标题，但是，他已经看不清楚了。书从他的指尖滑落。他的眼睛中现出了一片沉重而茫然的空旷。格林的眼睛，曾经善于如此独特地观察世界的眼睛，已经死去了。

格林的最后一句话，既像是呻吟，又像是低语："我要死了……"

*　　*　　*

格林去世两年后，我有机会去了旧克里米亚城，去了格林去世的那幢房子，还去了他的墓地。

在白色的小房子周围，绿草葱茏之中，野花盛开。核桃树的叶子被酷热晒得打不起精神，散发出一种刺鼻的药味。布局规整简单的房间里一片寂静，耀眼的太阳光照射在白石灰墙上。阳光落在墙上唯一的一幅画像上，那是爱伦·坡的肖像。

格林的墓在老清真寺墓地后面，那上面已经长满了荆棘。

风从南方吹来。远远地，在费奥多西亚那边，大海翻腾着，就像一堵碧蓝色的墙。而在万物上空，在格林故居、墓地和旧克里米亚城的上空，荡漾着无云夏日的一片沉寂。

格林死了，给我们留下一个需要解答的问题，这个问题就是：我们的时代是否需要像他这样热情的幻想者。

是的，我们需要幻想者。是时候改变对这个词汇的可笑态度了。有很多人至今仍然不会幻想，可能，这也是他们无论怎样都不能适应时代的原因。

如果剥夺人类幻想的天赋，那么，一个强有力的源泉将会消失殆尽，而这种源泉能够产生文化、艺术、科学，以及为美好未来而斗争的愿望。但是，幻想又不能脱离现实。它们应该预示未来，并且使我们感觉到我们已经生活在未来，我们已经变了样。

我们习惯于认为，格林的幻想脱离了生活，是荒诞不经而又毫无意义的智力游戏。我们还习惯于认为，格林是一个惊险小说作家，的确，他是情节大师，但我们还习惯于认为，他是一位其作品没有什么社会意义的作家。

每个作家的意义，取决于他以何种方式影响我们，他的作品唤起了什么样的感情、思想和行为，这些作品是否以其知识丰富我们的身心，还是读起来就像是一些可笑的词汇的集合。

格林把一群勇敢、如孩童般单纯的人，把一群骄傲、勇于自我牺牲、善良的人，带进了自己的作品。

格林笔下大自然那新鲜宜人的空气滋养着这些率真可爱的人，这种大自然是完全真实的，它以美丽占据了人们的心灵。只有那些心灵贫瘠的人，才会觉得格林的主人公所生活的世界是虚假的。第一次闻到海岸上咸涩而又温暖的海风时，感到轻微头晕的人，会立刻体验到格林笔下风景中的那种真实，以及格林笔下国度中那种开阔的呼吸。

格林的小说唤起人们去体验丰富的、充满惊险和勇气的生活的愿望，唤起只有探险者、水手和旅行家们才特有的那种"崇高的感觉"。读完格林的小说，我们渴望看见整个地球，不是被格林虚构的那个国度，而是真正的、天然的国度，充满了阳光、森林、港口上多声部喧哗的国度，充满了人类激情和友爱的国度。

格林写道：

> 大地使我激动，它有壮观的海洋，数不清的岛屿，还有无数奇妙的、趣味横生的角落。

不仅孩子们需要童话，成年人也需要。童话唤起激动——一种高尚的人类激情的源泉。童话使我们难以平静，它展示给我们历久弥新、闪耀着光芒的远方和别样的生活，它使我们不安，使我们狂热地向往那样的生活。这就是它的价值，这也是格林小说中有时难以言表，但又清晰而强烈的魅力之价值所在。

我们的时代向造作、愚蠢、虚伪的人们展开了毫不留情的战争。只有虚伪的人才会说，应该满足于已取得的成果并驻足不前。伟大的事业已经成功，但前方仍然有更伟大的事业在等待着我们。在未来不远的远方，出现了崇高的新难题，那就是塑造新人类，培养新感情和新关系。然而，为了争取到这样的未来，我们需要学会热情、深入、积极地幻想，需要不间断地培养自身对理性和美好事物的愿望。格林富有这样的愿望，并把它通过自己的作品传递给了我们。

有人说格林的故事情节中有惊险性。这是对的，但是，他的惊险情节只不过是为了容纳更加深刻的内容。只有瞎子才看不见格林书中对人类的爱。

格林不仅是杰出的风景大师，情节高手，他还是一位非常细腻的心理学家。他写自我牺牲，写勇气，写这些蕴藏在最最普通的人身上的英雄气质。他写对劳动、对自己职业的爱，写大自然的奥妙和强大。最后，格林也像很多作家所做的那样，纯洁、小心翼翼、充满激动地描写了对女性的爱。

在格林的作品中，能使那些在美好景致面前还未失去激动能力的人们产生激动的片段，我可以在此处列举出成百上千处，但是，读者自己可以找到它们。

格林说过：

大地和它之上所存在的一切，都是为了我们的生活，是为了让我们承认这种生活的无处不在而赐予我们的。

格林——一个我们时代所需要的作家，因为他为培育崇高情感的事业做出了自己的贡献，没有这种事业，社会主义社会是不可能存在的。

一九三九年至一九五六年

伊里亚·爱伦堡*

在伊里亚·格里戈里耶维奇·爱伦堡的很多作品、特写和文章中,零散分布着一些关于文学以及作家创作之本质的思考,它们表述得非常准确,大部分言辞尖刻,令人感到不快,它们或是值得争论的,或是不容置疑的,但总是合乎规律的。

这些无可争辩的真知灼见之一就是:文学是因为人的内在需要而产生的。只有听从于这种内在需要之吩咐的人,才能够创作出不朽之作。

但是,若想表现出内在需要,若想把自己美好一生的经验、自己心灵和道德的声音传达给周围的人们,对于爱伦堡本人来说,仅用文学创作这一种方式是不够的。

爱伦堡,这是一个比作家更为伟大的现象。他不仅是一位公认的杰出作家,不仅是一位诗人、记者、演说家、社会活动家,而且还是一位坚忍不拔的和平斗士,一个有自我献身精神的文化卫士,

---

* 伊里亚·爱伦堡(1891—1967),著有长篇回忆录《人·岁月·生活》,其中篇小说《解冻》掀起了文艺界的"解冻"思潮。

他反对所有对文化残暴而恶毒的破坏，无论它们出于何种目的。

假如魔术师克里斯蒂安·安徒生活着，那么他可能会写一个严肃的童话故事，写一个勇敢的老作家，他用双手捧着文化，就像捧着一汪珍贵的活水，他穿过时间的废墟，穿过战争以及前所未闻的苦难岁月，力求不溅出一滴水花。老作家不允许任何人搅浑这汪水，因为这生命的湿润他是为热爱和平的芸芸众生的幸福送去的。

爱伦堡在保卫我们的文化，同时也在保卫未来的文化，保卫那些现在和将来均应存在的庞大的人类财富。

伊里亚·格里戈里耶维奇·爱伦堡是我们的同胞和同时代人，我们有权为此感到骄傲。同样，我们也因为他是俄罗斯文学传统的承载者而感到骄傲，这是世界上最人道的文学，它存在过，还将永远存在下去，就像是一种具有巨大教育力量的综合的道德和审美因素。

我们有权为爱伦堡而骄傲，我们感谢他并且希望他知道这一切。

爱伦堡的生平极其复杂，有时还很矛盾，它总能引起人们的极大兴趣，并有着重大的意义，这首先是因为，他的命运和他所处的动荡而伟大的时代命运不可分割地融为了一体。毫无疑问，

爱伦堡的生平，当然就是他内心特征自然而直接的体现。因此，这是一个真正的、伟大的作家生平。好的作家意味着好的生平，反之，好的生平对一个人来说，多半意味着他有成为作家的可能。

我回想起自己的文学老师。他对我们这些基辅的中学生们说："如果你们想成为作家，那么首先就要努力成为一个有趣的人。"

爱伦堡的生平可资借鉴，即使是对于老一辈作家而言，但是，主要还是对于我们的文学青年而言的。

一些与时代的所有复杂性背道而驰的年轻作家，用自己贫乏而平庸的生平使我们中的许多人感到疲惫不堪。

就好比在普希金和契诃夫之后，就无法再用那种含混不清、空泛得像白开水一样的语言写作了，同样，在那些紧张的生平之后，如同普希金、赫尔岑、高尔基曾有过的生平，而在当代人中，如同马雅可夫斯基、费定、弗谢沃洛德·伊万诺夫和爱伦堡有过的生平，再带着那种小学生以及学识浅薄之人的生平，已无法在文学中生存下去了。

大作家们的继承者在哪里？他们为数甚少。爱伦堡的继承者在哪里？老一辈作家把所有争取到的、积累下来的东西，把心灵的所有热情、所有爱和恨，把自己笔端所有建设性和破坏性的力量，交到谁的手里？

此刻这些话我不是对爱伦堡说的，而是对文学青年们说的，我想，爱伦堡会理解我，并且原谅我的这个插笔。

爱伦堡用自己的一生证明了一个真理：作家，这是一个骄傲而又神圣的称谓。我们，作家们，无论是年长的还是年轻的，都不应该忘记这一点。

爱伦堡的命运是幸福而又令人羡慕的，他应该享有那样的命运。那是令人羡慕的命运，虽然创作——这世界上最美好的事业——充满了艰辛、严酷的劳作、徘徊、挫败以及永远繁重的探索。但是，任何一个真正的作家，都不会用这种为了实现自己理想所承受的艰苦，来换取内心的祥和与顺遂。

爱伦堡的作家命运令人羡慕，他多年来独立创作，不受任何外部影响，因此他现在有资格与整个世界对话。他的每个字眼都不会无影无踪地消失，他写下并道出的一切，会在千百万人的心中激起回响。在人民的认同之中，就包含着爱伦堡的幸福命运；在这之中就包含着他的胜利；在这之中就包含着那些生命的顶峰，那些只要永远不去提心吊胆地回头张望就可以攀登上去的生命顶峰。

有一些东西乍一看毫不出众，但是，如果换一种角度去看它们，则会发现它们近乎神奇的本质。

有什么会比夜晚时分作家书房里灯火闪亮的窗户更平常的呢？爱伦堡先生，请原谅，我在此稍稍放任一下自己的想象。但是，我有时在夜间沿着高尔基大街从您居住的楼房前走过，看见一扇点着灯的窗子，我就觉得，那就是您的窗子。于是我想，作家就是这样在全然的孤独中、在宁静的深夜坐在桌旁，手里拿着笔，在这个谁也不知道的房间里，开始了与整个世界的对话。

当刚刚流出笔端的思想即将战胜空间和时间的时候，在作家的孤独中诞生的这种全世界状态爱伦堡显然是十分熟悉的。他令人羡慕的命运也表现在此处。

我不想在爱伦堡的个别作品上多耽搁。它们广为人知。我喜欢很多东西，甚至喜欢在我看来爱伦堡本人现在并不完全喜欢的那些东西。

我喜欢令人感到压抑的、充满苦难的《流动的胡同》以及心地善良的冉娜·涅伊。还有迸发着年轻时代快乐的怀疑主义的《胡利奥·胡列尼托》，还有爱伦堡另外一些早期（当然是相对早的）作品。我还喜欢他的诗作。

我最早读到的作品，是一本书里的一些诗歌，那本书是很早很早以前出版的，如果我没记错的话，那就是爱伦堡的第一本书——《蒲公英》。在这本书名如此平常而温柔的书中，我记住了几首诗。这些诗现在听起来就像是遥远童年的声音：

> 我给你们讲一讲逝去的童年和妈妈，
> 还有妈妈温暖的头巾，
> 讲一讲有小卖部和大挂钟的食堂，
> 还有那只白色的小狗……
> 我给你们讲一讲每分钟，每一分钟，
> 和每一个逝去的日子。
> 我喜欢这生活，怀着永不满足的渴望
> 我依偎在它的身旁……

我，一个基辅人，在那时却爱上了莫斯科。因此我记住了爱

伦堡写莫斯科的那些诗句,其中充满了他对莫斯科的思念:

> 在阿尔巴特、多罗戈密洛沃①这些名称中,
> 有着多少温情,多少爱意……

从这些诗到《第二天》,到《巴黎的陷落》,到《暴风雨》和《解冻》,到那些军事题材的文章,到保卫和平的斗争,到爱伦堡作为一个诗人和斗士进行的广阔活动,这是一段多么漫长的路啊!

每一个作家都有进行思考的时刻。作品就诞生于这些思考。思考进行得迅速,而作品却写得缓慢。因此,每一个作家的思考都多于作品。

对于我们全体读者来说,那些大量的思考、构思、形象和有趣的故事都是不可知晓的。没有流入到作品中去的思考痕迹,最容易在诗歌中被发现。诗歌是浓缩而又紧凑的,有时一行诗就能囊括整整一段故事。

这种未在小说中表现出来的思考之一,我在爱伦堡后期的诗歌中找到了。

它们表现了爱伦堡对自然的仿佛隐秘的爱。尤为优美的,是他关于树木的思考,那些思考令人感到意外,同时又很朴实无华。还有那些关于欧洲的思考。"飞翔的绿色星辰,我的爱,我的欧洲。"

---

① 阿尔巴特、多罗戈密洛沃,均为莫斯科最古老的街道。

我不想停留在爱伦堡的个别作品上，然而，我还是不能不说说他十分迷人的旅行特写，哪怕只说几句话。

爱伦堡是一位永恒的流浪者。他知道欧洲的每一颗石子。他的第二故乡是法国，他心中的城市是巴黎。

爱伦堡了解法国，也许并不比司汤达知道得少。当他写法国时，这种了解帮助他找到那些唯一的词汇来描绘准确而生动的整体画面。

他描写布列塔尼①风景的严酷和坦荡，写到"雾蒙蒙的天空，榆树，十字路口的风，渔民，穿着古老连衣裙的苗条的布列塔尼姑娘，她们在稀有的外国人的注视下纯洁而温柔的惊慌"。

只有彻头彻尾了解法国的人才能谈起法国的外省，说它"单调而悲怆"，才能说到法国的文学，说它诞生在"法国外省清脆的寂寞中"。

在爱伦堡的旅行特写中，无论他写什么——丹麦、德国、英国、瑞士或是美国，一切都可以清晰地被感觉到，色彩浓厚，包含了许多准确挑选出来的知识，它们是耳闻目睹的，而非在书本中获得的。

阅读这些特写，你不仅仅能看见一切，而且还能闻到开满杜鹃的田野、大海和城市的气息；你几乎能在一瞬间掌握爱伦堡所描写的国家中包含的所有独特细节，它们总是充满着浓厚的当代色彩。

① 布列塔尼，法国西部旧时的一个省。

我不想讲述巴黎。这是爱伦堡生活和创作中一个非常庞大而美好的主题。它出现在爱伦堡的书页上，饱含着自己几百年来的魅力，饱含着时代的动感和闪光，——这是一座聚积了所有国家、所有时代之魅力和精神财富的城市。

请原谅我的简洁，更主要的是，请原谅我语言的杂乱无章。只是心灵的声音很难服从逻辑的构建。

我们每个人都想象着人们向往的那个时代——一个充满牢固而美满的和平、充满自由智慧的劳动的时代，一个值得人们为之付出苦难的宁静与幸福的时代。

当这样的时代来临，当明媚的太阳在没有恐惧和暴力的大地上升起，人们会心怀深深的感激，想起那些为这样时代的来临而贡献出自己的劳动、天才和生命的人。

在人们脱口而出的这些人中，伊里亚·爱伦堡就将是其中之一。

一九五六年

生命的湍流：关于库普林*散文的札记

一九二一年，在敖德萨的多家报纸上发布了一则讣告，报道了一个名叫阿隆·戈尔施泰因的人的死讯，人们对他知之甚少。

在那些饥肠辘辘但却快活的革命岁月里，若不是在戈尔施泰因那个名字后面的括号中加印了"《甘勃里努斯》中的乐师萨什卡"这样一行字，也许谁都不会留意这个讣告。

读了这个讣告后，我感到很惊讶。这就是说，他真的在这个世界上生活过，这个乐师萨什卡，他并不仅仅是库普林在《甘勃里努斯》中描写的一个年代久远的原型。也就是说，库普林在这篇小说中叙述的全部内容，都是真实的。

这一点令人难以置信，因为在我们的观念中，生活和艺术从未这样密不可分地交融在一起。

原来，对于我们来说早就成了一个传奇故事、一个文学主人公的乐师萨什卡，就和我们一起生活在冰天雪地的敖德萨，就死

---

* 库普林（1870—1938），著有小说《决斗》《阿列霞》《石榴石手镯》等。

在敖德萨一处老房子的阁楼上。全敖德萨的码头工人和城郊居民安葬了他。这葬礼似乎就是库普林小说的结尾。

几匹瘸腿的马,走走停停地拉着装棺材的架子车。从哪里找来的那么多匹马?在连人都缺吃少喝的饥饿年代里,它们是怎么活下来的?

赶车的是一个身材高大、长着一头棕红色头发的老头,可能是摩尔达维亚某个有名的出租马车车主。他头上歪戴着一顶破帽子。车主一边抽着马合烟,一边漠然地吐着唾沫,以此表达他对生与死全然的蔑视。"如果在市场上连春小麦面包都买不到,一个打火机要价二百万,过这样的日子,死和活还有什么不一样!"

棺材后面跟着一大群吵吵嚷嚷的人。胖老太太们裹着暖和的大围巾,一瘸一拐地走着。送葬对她们来说,是她们可以不用唠叨葵花油和煤油价格的唯一去处,在这里可以谈谈彼此生活的空虚和家庭的不幸,——谈一谈,就像敖德萨人常说的,"是为了活下去"。

女人们不太多。我先提到她们,是因为按照敖德萨穷人堆儿里的礼仪和习俗,人们往往让她们走在紧靠棺材的地方。

女人们后面是乐师们,他们——萨什卡的同行们,穿着瘦瘦的、被风吹得啪啪作响的大衣。他们腋下都夹着乐器。当出殡的队伍在已经关闭了的"甘勃里努斯"酒馆门口停下来时,他们拿出了自己的乐器,骤然间,一支古老浪漫曲的忧伤旋律在人们的头顶上响了起来:

春天不是为我而来临，
布格河水不是为我泛滥……

小提琴声令人伤感，人群中开始有人擤鼻涕、咳嗽、抹眼泪。

当乐师们停止演奏的时候，有个沙哑的声音喊道：

"来一支萨什卡的歌吧！"

乐师们彼此对视了一下，运起弓弦，人群上方立即响起了一串欢快跳动的音符：

别了，我的敖德萨！
别了，我的卡拉金区！
明天我们将被赶走，
赶到那萨哈林岛去！

关于"甘勃里努斯"酒馆的顾客们，库普林写道，他们都是水手、渔民、司炉工、码头扒手、司机、工人、船夫、搬运工、潜水工和走私贩子——他们年轻健康，浑身散发着一股浓烈的海水味和鱼腥味。现在，正是这些人走在乐师萨什卡的棺材后面。但从前的青春和激情已经荡然无存。"被生活压垮了！"老水手们说。而生活给他们留下了什么呢？是撕心裂肺的咳嗽、被烟熏黄的白胡子和青筋暴露的双手上肿胀的关节。即使这样也得说，你愚弄不了生活！必须支撑住，生活好比是一个几十公斤重的大包袱——你得把它扛到底舱，然后再扔下去。这不是吗，扔下去了，但你仍然不得喘息——年龄不饶人啊！现在，萨什卡就在棺材里躺着，形容枯槁，就像一只猴子。

我在人群中听这些谈话，但他们的苦痛并没有感染到我。那时我还年轻，革命在各地风起云涌，接连不断的事件如此迅速地发生，以至于人们根本来不及彻底弄个明白。

记者洛文加德走到我跟前，这是一个满脸花白胡子、大眼睛中充满童稚的穷老头。

洛文加德，正如一些年轻而无礼的记者们开玩笑时说的那样，一个字母都说不清楚，因此人们往往不能立刻明白他在说什么。而且，这个洛文加德还有点儿喜欢咬文嚼字。

他对我说："是我最先把亚历山大·伊万诺维奇·库普林领到'甘勃里努斯'酒馆去的。他坐在那儿，抽着烟，喝着啤酒，笑着，——过了一年，这篇小说突然就发表了！我一边读一边流泪，年轻人。这是对人类之爱的杰作，是生活败絮中的一颗珍珠。"

洛文加德说得对。我从前并不知道他认识库普林，但从那时起，我却时常觉得，库普林只是没来得及写一写洛文加德本人。

他是一个不折不扣的库普林笔下的人物。这个老人孤苦伶仃，唯一的爱好就是敖德萨港口。曾经有几家报社编辑部想聘用他，工作随他挑选，待遇优厚，但他拒绝了所有机会，把港口留给了自己。

从早到晚，一年四季，无论天气好坏，他总是不急不忙地走遍所有港口和码头，这个瘦得不可思议的人昂首阔步，十足一个堂吉诃德,只不过他手持的不是骑士的长矛,而是一根粗木棒。

他俨然是格林著名小说中的"港口船长",所有的轮船他都要上去看看,详细询问水手在航行中的一切细节。他能熟练地说好几种外语,甚至能讲现代希腊语。他常常文质彬彬地同船长们、同港口上不顾死活的流浪汉们闲谈,而且,一边说着还一边不断摘下旧帽子向所有人致意问好。

在港口,大家戏称他为"编年史家"。虽然在举止粗野、言语尖刻的港口居民中间,他旧式的外表有些荒唐,但从来没人招惹过他,也没人欺侮过他。对于水手们来说,他就是又一个乐师萨什卡。

我认为,洛文加德在谈及库普林创作的最主要特点——他对人的爱和人性问题时,说得非常简单,甚至过于简单了。

几乎库普林所有的中短篇小说,尽管它们题材多样,情节不同,却都在字里行间清晰地表露出了他对人类的热爱。这种爱是他许多作品的基础,如《阿列霞》《诅咒》《神奇的医生》和《里斯特黎冈》。

库普林并不经常不加掩饰地讲述他对人类的热爱,但他用自己的每一部作品呼唤人性。

他四处寻求一种力量,那种能使人心灵完美、获得幸福的力量。在不断的求索中,他走过了不同的路,常常迷失方向,但最后还是得到了唯一正确的答案,那就是,在这个矛盾深重、苦不堪言的世界上,只有伟大的社会主义才能够使人性之花盛开。

这个结论他得到得迟了些,在他经历了艰难复杂的人生之后，在他与高尔基交往及决裂之后，在他自己对革命事件所持的矛盾的、时常模糊不清的态度之后，在他某种程度上的无政府个人主义倾向之后——他已经步入老年，羸弱多病，长年累月的写作使他精疲力竭。这时，他才从侨居地回到了祖国，回到俄罗斯，回到苏联，并以此为自己的求索和思辨画上了一个句号。

亚历山大·伊万诺维奇·库普林于一八七〇年九月八日出生在奔萨省的小城纳罗夫恰特。

这个小城市，用库普林自己的话说，位于一个尘土飞扬的平原中心，每年几乎总有半个城市会被火灾烧毁。这是一个凄凉而又干旱的地方。

纳罗夫恰特因为它的微不足道，很久以来一直是作为一个"编外城市"而存在的。城里有一些做筛子和木桶的手工工厂，还有一直延伸到城门边的黑麦田，除此之外，没有任何值得一提的东西。

事实上，这个小城没有历史，也没有自己的编年史家。在革命前的文学中，纳罗夫恰特也从未被提到过。

总的说来，仅有过两件文学大事与这个偏僻小城的名字有过关系：一是库普林在此地的出生，一是费定的《纳罗夫恰特纪事》一书，那本书部分地谈及了纳罗夫恰特（费定母亲的出生地）。

在奔萨的大地上，曾经出过许多非凡的人物。契诃夫在写给奔萨人拉德任斯基的一封信中开玩笑地欢呼道："奔萨万岁[①]！奔萨万岁！"这也不是平白无故的。

在这些杰出的奔萨人中，库普林是位于前列的。

库普林的父亲是一个破落贵族，一个在县里地位低下的文牍员。

库普林的幼年是在极其枯燥的纳罗夫恰特、在充满市侩习气的贫困环境中度过的，但是，库普林从未怨恨过这座城市。相反，他爱它，大概就像人们爱一个被遗弃的丑孩子那样。后来，当库普林已成了作家的时候，他还多次回故乡探访。无论如何，纳罗夫恰特，这座默默无闻的小城，是他的故乡，是他熟知的土地。是这座城市首先给他展示了这片土地朴素的美丽。

在对自己故乡的深情厚爱中，常常会有一部分难以解释，或者确切地说，无法解释明白的东西。有时候这种爱使我们陷入困惑，使我们惊讶，然而，这无疑是在这种爱和我们自己的故乡无关的时候。

纳罗夫恰特就是一个例子！这个平淡无奇、尘土飞扬的小城有什么值得爱的呢？

要想揭示出这种爱的奥秘，首先得生活在其中，只有在那时，您一个外来人，才有可能看得起并爱上这个小城。只有那时，隐藏在四周绵延静谧的田野中的诗意才会渐渐苏醒，被畜群

[①] 原文为法语。

扬起的尘土弥漫了的晚霞，轮廓清晰、油漆斑驳的窗框，枝叶丰厚、陡然间簌簌作响的大榆树，暖雨浇淋过的榕树，满脸雀斑的孩童，还有，当晚霞在峡谷和田野的远处燃烧、空气中散发出雨水过后路上泥土的芬芳时，那干爽的夜晚，都传达着一种诗意。

所有这些丰富多彩的画面，无论在何处看到它们，我们都会感到同样的熟悉和亲切，对自己家乡的热爱之情也从中升腾而出。

从幼年起，这种故乡之爱就深深根植在库普林心里，之后则变成了一种对生活的强烈渴望。这大概就是库普林作为一名作家以及作为一个人的最显著特点。对他来说，在祖国的现实生活中，任何一件小事都不可能是无关痛痒的。

在《亚玛街》中，他用普拉东诺夫的一段话描述了他自己：

> 我是流浪者，我十分热爱生活。我当过车工和排字工，种过烟草，也卖过烟叶和银白叶马合烟，在亚速海的船上当过司炉工，在黑海畔杜宾宁的工厂当过渔工，在第聂伯河上运过西瓜和砖，还曾跟一个马戏团巡回演出，当过演员，——我无法一一列举。我从未受过贫困的折磨。没有过，我有的只是对生活无尽的渴望和难以遏制的好奇……我幻想自己有那么几天能变成一匹马，变成一棵树或者一条鱼，或者变成一个女人，尝试一下分娩的滋味，我希望我能过一种内在的生活，用我所遇到的每一个人的目光去观察世界。

这些话语表达出来的，正是库普林作为一个人和作为一名作家的风貌。

具体地观察世界是他的特点。他不是泛泛谈到马合烟叶，而是只谈到其中一种银白叶马合烟；不是黑海上一般的渔业，而是杜宾宁的工厂。我们非常清楚，关于马合烟和工厂，库普林能写出十分有趣的小说，但他仅仅是一带而过，没有细说，我们正是因此而感到遗憾。

有一门学科，或者确切地说，是一个知识领域，它起了个令人乏味的名称，叫"商品学"。它详尽地介绍一切所谓的商品，比如，如果说到某种马合烟，则一定要说出它所有的等级和质量，培植和加工的方法，以及"克列缅丘格细末烟"比"涅仁粗梗烟"好的原因。可以把商品学教科书当成娱乐小说来读。

可以想象，生活就是这样一个知识领域，就是一部独特的生活学百科全书。在这个领域，库普林是一个行家，是一个伟大的生活学专家。周围的一切，尤其是人的生活和日常琐事，对他来说，就是人类内心生活及其非常复杂的心理状态的最准确标志。

但是，了解人类还不是全部的原因。库普林真正使我们深感震惊的是，他对生活的任何一个领域都有自己独到的认识。

这些认识之所以特别珍贵，是因为它们都是观察日常生活的结果，所有感受都是作家自己耳闻目睹并且亲身经历过的现实。所有这些都赋予了库普林的散文一种永不衰败的新鲜和丰富。

随意翻开库普林作品集中的任何一卷，在每一部小说中都可以找到零散的但却是深刻而多层面的知识内容。

譬如，在出色的小说《诅咒》中，库普林展示了自己是一名宗教祈祷仪式的专家，他熟知教会圣歌、圣礼、教规、教义。《决斗》和一系列军事题材小说则显示出，库普林是一位深谙军事和军营生活的无可比拟的专家。

他写马戏团，写演员的工作，写狩猎，写赛马和动物的习性——无论写什么，他都是行家里手。

库普林的作品不难读。这是大家共同的意见。事实的确如此。然而，要深入领会库普林"提纯"出来的生活素材，要对库普林在生活科学方面的广泛认识做出评价，就必须不慌不忙地读他，必须记住大量准确精细的生活细节，作家用锐利的目光捕捉到了它们，又将其完整地从生活中移植到了书页上，在那里，如同在现实生活中一样，它们继续着它们的生活。人们就是这样移植花木的，常常带上一块原来的土壤，以使花木不至凋萎。

库普林篇幅不大的《基辅人种种》，就是其"生活学"最初的体现之一。它像是一个青年作者写下的一部出色的文学素描。

这是一个画廊，其中陈列着基辅小市民（基辅的市侩习气有某种与众不同的西方式的特点）和愚昧无知的善于钻营者——从大学生"阔少"到赌棍的肖像。

你必须具备非凡的洞察力，才能够正确无误地深入芸芸众生的内心世界，就像库普林在《基辅人种种》中所做的那样。

在这里，我不想详述库普林的履历。他的一生都包含在他的中短篇小说之中。在这一方面，无疑，没有任何人能比库普林本人的叙述更完整。而且，库普林还写道：

对于一个读者而言，纠缠于作家生活中的琐碎小事是毫无意义的，因为这种好奇心有害而无益，无谓而庸俗。

因此，我只着眼于他一生中的几个重大事件。

他的父亲去世很早。从那时起，小库普林跟随孤立无援的母亲开始了他孤苦伶仃的生活，生活中没有一点欢乐，只有无尽的欺凌和贫困。库普林在短篇小说《生命的河流》中，带着极大的苦涩描写了这段孤儿生活：

我的母亲……早早就守了寡，我对童年的最早记忆是与沿街挨家挨户的乞讨、卑躬屈膝的微笑、很小的却难以忍受的欺凌、泪水满面博取别人怜悯的巴结逢迎分不开的，还有那些下贱的、令人痛苦的话：一小块儿，一小口儿，一小杯茶……总是逼着我去亲吻施舍人——或是男人、或是女人——的手。母亲告诉我，我不喜欢吃这样或那样好吃的东西，撒谎说我有结核病，因为她知道，主人们的孩子会因此多得到些吃的，而主人们也会感到高兴。仆人们偷着讥笑我们，戏弄说我是个驼背，因为我在童年时背就有点儿弯，还当着我的面说我母亲是寄生虫和长舌妇……我恨这些不把我当人看的施舍者，他们睡眼惺忪、漫不经心、故作宽容地把手伸过来让我亲吻，我对他们又恨又怕，就像我现在又恨又怕所有那些孤芳自赏、自以为是、死板保守、扬言对未来的一切都能未卜先知的清醒人一样。

库普林的母亲被安置到了莫斯科库德林斯基广场上的孀妇福利院。开始，孩子跟着母亲生活在那儿，之后被送到孤儿寄宿学校。

在我们革命前的文学中很少有人写过"慈善机构"——孤儿院、孀妇福利院和老年庇护所。在这些地方，对人的凌辱已经到了富有艺术的地步。只有完全陷入绝境的人才能够进入这些场所，而从这里，除了被送进医院或墓地，再无别的出路可言。

在《逃犯》《神圣的谎言》《退职》等短篇小说中，库普林极其准确地描述了这些场所里的生活。在我们的作家中，库普林或许是第一个大胆地写到了这些作为无用之物被逐出生活的人。他满怀着某种刺痛人的怜悯写到了这一题材。

但是，库普林有一颗善良的心。有时，他也忍受不了自己笔下暗无天日的痛苦，于是，按照自己的创作意愿，尽量温和地处理了主人公的命运。然而，这种努力收效甚微，读者，是的，很显然，还有作者自己，把这当成了一种无济于事的慰藉，或是一个圣诞故事迫不得已的结尾。

孤儿生活结束后，库普林开始了他生活中的第二个历程——当兵。这一时期持续时间很长，有十四年之久。

少年库普林有幸进入一所士官武备学校。在那个时代，武备学校是潦倒的官员与贵族子弟接受教育的唯一机会——教育是免费的，而学员们的生活，正如当时所说的，"全是现成的"。

库普林从士官武备学校又转到了莫斯科的亚历山大士官学

校。他以少尉军衔从那里毕业,被派到第涅伯第四十六步兵团,参加"队列勤务"。军队驻扎在波多利斯克省的两个偏远小城——普洛斯库洛夫和伏洛契斯克。

在自己的军事题材短篇小说里,库普林非常简洁地描写了这两个鲜为人知的城市。

这些短篇首次展示了库普林的天赋(如布宁所说,这是一种"非同寻常的天赋")之罕见特色——他善于迅速而扎实地深入任何一种环境,任何一种生活方式,任何一种景色。无论库普林写什么,开头的几句话就能以充分的可信度吸引住读者。

他写过敖德萨、西部边区、基辅、梁赞边区的森林和小城镇、巴拉克拉瓦、顿河流域、波列西耶①、莫斯科,写过农村和小车站,无论他写哪里,他总是赋予自己的小说一种特色,这种特色是通过敏锐的观察得到的,能使我们这些读者身临其境,让我们成为那里的居民以及当地事件的目击者。

库普林的这种能力来自于他对生活的热爱,对现实生活中所有现象长久不衰的关注,来自于想了解一切、观察一切、理解一切的渴望。

库普林在军队总共只服役了四年。但对于他来说,这段时间足够用于详尽地研究军营生活,并在数年后完成俄国文学中最杰出、最不留情的作品之一——中篇小说《决斗》。

《决斗》发表于一九〇五年五月,刊发于《知识》文集第六辑。

① 波列西耶,白俄罗斯、乌克兰的沼泽地名称。

这本书的问世给了俄国沙皇制度一记沉重的耳光。《决斗》的成就确实是空前绝后的。

我那时还是个小孩子,刚满十三岁,但我记得那个严酷的年代,也记得库普林的新书给我留下的印象。

满洲战争接近了不祥的、耻辱的尾声。由于将军们的无能和触目惊心的愚蠢,成千上万士兵牺牲在高粱地里。年老昏聩的狂热分子利涅维奇将军换下了多嘴多舌的库罗帕特金①。在后方,人们偷盗,酗酒。部队甚至连撤退都不会。国家愤怒了。

就像是致命的最后一击,传来了我们的舰队在对马海峡全军覆没的消息,这几乎令人难以置信。

我见到了对马战役失败后工人和学生的第一次游行。甚至连街头的流浪艺人都唱起了新歌:

行了!行了!对马的英雄们,
你们躺下了,是最后的牺牲!
我们亲爱祖国的自由,
离我们不远了,近在咫尺!

《决斗》就是在此时出版的。

所有人都在寻找满洲战败的原因。库普林在《决斗》中如此

---

① 库罗帕特金(1848—1925),俄国步兵上将,日俄战争中在满洲指挥俄军,在辽阳和奉天之战中败北。

不容置疑地发表了自己对这些原因的看法,竟使沙皇制度的支持者们感到惊恐万状。

显在的事实是无法去争辩的。而《决斗》就是这样一个显在的事实——它是小说,同时也是一份文件,证明了愚蠢而又腐朽透顶的军官帮派的存在,证明了军队是靠恐吓、欺凌士兵维持生存,而它的建立似乎就是有意为了刚一开战就落得一场注定的、耻辱的失败。

愤怒的浪潮席卷了全国。甚至有部分优秀军官欢迎库普林,给他发致谢电报。但是,大多数军官,即《决斗》中的典型人物们,却恼羞成怒,暴跳如雷。

那时的我,一名基辅的中学生,独自生活,在季基胡同罗姆亚尔达·科兹洛夫斯基步兵少尉廉价而拥挤的住宅中租了一个房间。少尉和他的母亲——一个视力极差、态度温和的老太太,生活在一起。

读完《决斗》后,我觉得在这本书里缺少一个罗姆亚尔达·科兹洛夫斯基。尽管其父亲是个二流子,这个妄自尊大的军官却很喜欢吹嘘自己的贵族出身,满怀愚蠢透顶的荣誉感。他是一个狂妄分子,非常好斗,常常盼望着与一些无礼的"草包"发生冲突。他甚至等待这些冲突的发生,巴不得多发生几次,借此可以在日后保护自己的贵族荣誉和步兵军官的光荣。

因为身材不高,他总是穿着一双高跟皮靴,胸前的衣服被他挺直的身体绷得紧紧的,他就像是一只脖子伸得老长、站在垃圾堆上准备喔喔叫的公鸡。

每天早晨，他在厨房里喝大麦咖啡，穿着蓝色衬裤，嘴角两边留着胡子。他身上有一股发蜡和浓烈的廉价香水的味道。为了掩饰某种药物的酸味，罗姆亚尔达老爷拼命地喷香水，他徒劳地用这种药治疗梅毒。那种令人作呕的气味从他的房间里渗出来，扩散到整个住宅。

少尉自认为善解人意，对爱情忠贞不渝。听说，他经常殴打士兵。有时候，他把吉他拨得乱响，还一边哼着小曲：

> 您的小脚丫
> 有点儿胖，
> 但我喜欢
> 把它亲吻！

他对母亲态度粗暴。他母亲害怕他。而我则对中尉充满憎恨。

有一天，我和科兹洛夫斯卡娅老太太正在厨房里喝"喜马拉雅谷物"牌咖啡，罗姆亚尔达老爷走了进来。他厌恶地用两根手指捏着一本书，把它扔到了垃圾桶里。

"把它烧了！"他对自己的妈妈说，"烧掉这罪恶的东西，是哪个穿不上军装的混蛋竟敢这样诽谤我们俄国军官。他要是落到我手里，我用人格担保，非给他点儿颜色看看。我要让他在我手心里跳舞。"

这本书就是《决斗》。

我发现这已是我第二次想起那种能够进入库普林小说中的人

物了。我认为，这绝非偶然，这恰好证明了他笔下那些离我们已经很久远的主人公，均有着那个时代不同寻常的典型性。

《决斗》的力量在于对军队情况的熟知和准确无误的描写。《决斗》中的军官群像，既激起了做人的耻辱感，也激起了呼唤拯救军队的义愤。

军队中凌辱人的手段愈演愈烈：将军粗鲁轻蔑地对待团长，司令也一样，就像那时所说的，"驱赶"着军官们，而军官则"驱赶"士兵。军官们把失意小人物的所有怨恨和心中所有积怨都发泄到士兵们头上了。

在《决斗》中，几乎所有军官都是些卑微的小人物、笨蛋、醉鬼、胆小如鼠的名利主义者、不学无术的人，对于他们来说，普希金也不过是"一个草包"。

他们完全脱离了人民。他们沉湎于肮脏无聊的生活。有人有意让他们变成了一群傲慢的人，一群毫无根据地夸大自己在国家生活中重要作用的人，夸大"军人荣誉"的人。

关于这一点，库普林在《决斗》中用主人公之一——那个天才加酒鬼、蹩脚的尼采信徒——军官纳赞斯基——的话做了最好的说明：

> 请您想想我们这些不幸的军人，军队中的步兵，想想这光荣勇猛的俄罗斯军队的核心。要知道这都是些残次品、无赖、废物……这是些对艰深知识望而生畏的文科中学学生、实科中学学生，甚至还没毕业的进修生。我以我们团为例。

什么人在我们团干得好、待得久？是家庭负担沉重的贫农、穷光蛋，他们什么都能忍，什么残忍的事都肯干，甚至去杀人，去偷士兵的几个小钱，而这一切都是为了自己能喝上一小碗菜汤。给他下一道命令："开枪！"他马上就开枪，打谁？为什么打？或许是冤枉的？他都无所谓，也不去考虑。他知道，家里邋邋遢遢、害着佝偻病的孩子在哭闹，而他，茫然地瞪着眼睛，像只啄木鸟，反复地只说着两个字："宣誓！"所有稍具才华、有点儿能力的人都变成了酒鬼。军官队伍中有百分之七十五的人得了梅毒。

……如果奴役的时间持续几个世纪，那么它的崩溃将非常可怕。暴力行动越猛烈，反过来的镇压就越血腥。而我深信，我坚信，总有一天妇女们会替我们[①]感到害臊，士兵最终也不再服从我们。而这并不是因为我们把无能自卫的人打得头破血流，也不是因为维护军服的荣誉，我们侮辱女性的行径没有受到惩罚，更不是因为我们醉酒后在酒馆里把所有看到的和碍事的东西打得稀烂。当然，这些也都是原因，但还有最可怕、最无法挽回的过错。这就是，我们对一切视而不见，充耳不闻。离我们又脏又臭的驻扎地很远的地方，正在进行着一种浩大而崭新明亮的生活。出现了一群崭新、无畏、自豪的人，火焰般自由的思想在他们脑海中燃烧……而我们，却像只火鸡，摆出一副不可一世的样子，眨巴着眼睛

---

① 我们，即军官们。——康·帕乌斯托夫斯基注

大喊大叫:"什么?在哪里?安静!造反!我毙了你!"而人们不能原谅我们的,就是这种火鸡似的对人类自由灵魂的轻蔑——永生永世都不能原谅。

谈到士兵们无助的命运时,库普林如同谈到军官们一样,尖锐有力。

罗马绍夫和赫列布尼科夫——一个饱受折磨、被打得神经错乱、企图卧轨自杀的士兵——之间的谈话,是使人痛心的一幕,是俄罗斯文学最优秀的场景之一。任何人读到它,内心都会受到深深的震颤。

可以和《决斗》并列的,还有库普林的其他一些军事题材小说:《夜勤》《行军》《审问》。

《决斗》发表后很久,库普林完成了一部关于一个日本间谍的小说——《雷勃尼科夫上尉》,这是一部优秀且精练的作品。

小说非常出色地描写了一个日本间谍,在某种程度上,他能使人想起果戈理笔下的上尉科佩金。库普林写道,这是一个"军医部门或军需部门的真正典型"。由于长官的疏忽和好心肠,由于俄国知识分子过分的惰性,这个间谍长期活动,竟然没受到惩罚。

《决斗》成为俄罗斯革命的一个路标。库普林在塞瓦斯托波尔朗读《决斗》时,中尉施密德[①]走到他跟前,紧紧地握了他的

[①] 彼得·彼得罗维奇·施密德(1867—1906),黑海舰队退伍军官,塞瓦斯托波尔起义的领导者,后被枪决。

手,这并不是平白无故的。这件事发生在"奥恰科夫"号①起义前不久。

《决斗》问世后,库普林不仅在俄罗斯扬名,而且获得了世界范围的赞誉。但是,库普林非但没有自我陶醉,反而因此感到受累。

据布宁说,对待自己的声誉,库普林"视若无物,就好像在自己的生活中什么都未曾发生过一样;他似乎认为这没有任何意义,也不重要"。

库普林常说自己成为作家很偶然,因此,他并不因为自己的声誉而感到受宠若惊。

一八九四年,库普林从军队退役,定居基辅。

起初,他生活拮据,但不久后,他开始给基辅的一些报社写小品文,并写起了他所说的"小小说"。

在此之前,库普林写得很少。一八八九年,还是当士官生的时候,他在莫斯科一家幽默杂志《俄国讽刺之页》上发表了自己的处女作——短篇小说《最后的演出》。在中等武备学校时,库普林写过几首带有革命色彩的抒情诗,语调激昂而又有些童稚。

库普林写小说时很轻松,不用苦思冥想,他以天分获得了成功,但他非常清楚,没有丰富的生活素材,光靠天分是不能持久的。在自己的一封信中,他写道,从部队退伍的时候,"最困难

---

① "奥恰科夫"号,黑海舰队巡航舰,其船员参加过1905年在塞瓦斯托波尔的起义。起义领导者施密德曾在舰船上。

的是我没有任何知识，无论科技知识，还是生活方面的知识。直到现在，我仍怀着十分贪婪的渴望积极投入到生活和书籍之中"。

应该走进生活，于是，库普林不假思索地投入了进去。他走遍了整个俄罗斯，变换了一个又一个职业。他研究国家，了解它的各种性质，他喜欢过普通人的生活，询问他们，观察他们，牢记他们的语言和说话时的腔调。

就这样，年复一年，库普林渐渐变成了一个阅历丰富的人，就像他后来交的朋友高尔基一样，就像列斯科夫[①]一样，成了熟悉自己民族的行家，成了人民的描写者。因此，他从未感到过素材的匮乏。什么都使他着迷，他写什么都栩栩如生，富有品位，他一分钟也不用担心他写的东西能否让身边所有人也感到有趣。作家正是在这种广泛深入人民生活的过程中成熟起来的。在这个层面上，对比一下短篇小说《基辅人种种》和《生命的河流》是很有意思的。

这两部小说都和库普林在基辅的生活有关。它们的素材是一样的，但是，与小品文式的、无疑也非常杰出的作品《基辅人种种》不同，小说《生命的河流》因为自身的力度称得上是经典之作。

我年轻时就住在基辅的旅馆中，它和库普林笔下的"塞尔维亚"是一模一样的，每当我重读这部小说时，都会为它的典型性感到震惊。我没在"塞尔维亚"旅馆住过。但我住过"进步"

[①] 尼古拉·列斯科夫（1831—1895），出生于奥廖尔，被称为最具俄罗斯特色的作家。

旅馆的房间。那里的一切和库普林笔下的"塞尔维亚"完全相同——所有的陈设，女主人，她的管理员情人，还有那些可憎而多疑的住户。

就在那时，顺便说说，我第一次，也是唯一一次见到了库普林。他在基辅马戏团朗读自己的小说。他读得非常棒。库普林的外表使我惊讶。在此之前我看过他的照片，我觉得他像一个善良的俄国牲口贩子。他有着一张近乎蒙古人的宽脸盘，长相普通。

而在马戏团里，我却见到了一个结实的、有点儿粗壮的人，他外表和内心的优雅，包括别在西服领扣上的红色康乃馨，同样夺人眼目。

* * *

一八九六年，库普林在顿巴斯一座冶金工厂的锻造车间里工作。此后不久，他完成了中篇《摩洛①》。

在那些岁月中，顿涅茨克大地迅速失去了契诃夫在《草原》中所描写的古朴风貌。工厂放出的黑烟弥漫在草原的天际。《伊戈尔远征记》中的草原美景成为一去不返的往事。对此，勃洛克写道：

不，那里没有大公的旗帜，

① 摩洛，古代腓尼基和迦太基人信奉的太阳神。当地有以火烙儿童作为祭品上供的习俗，后世遂以该名称象征惨无人道的暴力。

人们不是用头盔从顿河汲水,
而瓦兰人的美丽的孙女
也未将波洛伏齐俘虏唾弃……

不,不是鬈曲的额发在迎风拂动,
不是缤纷的旌旗在草原上汇集……
那里立着的是工厂的黑烟囱,
那里回荡的是工厂的汽笛。

草原上的路没有始终,
草原和风儿,还是风儿,
可突然,这多层的厂房,
工人的小屋变成了一座座城市……

对利润丰厚的煤矿业的狂热席卷了顿涅茨克盆地。人们以天价购买产煤地段。成立了很多股份公司,建起了大批矿井和工厂。在俄国企业家和外国企业家之间展开了残酷的竞争。占上风的几乎总是外国人。他们有熟练的老技术,而俄国大财主,不久前还是商人或承包商,仍在估量、适应这个行业,他们只知道一种攫取利润的方法——榨干所有的工人、土地和机器。

反复阅读库普林的时候,我惊讶地发现,在自己一生的漂泊中,我似乎是沿着他的足迹在前进。西部边区,基辅,敖德萨,顿巴斯,巴拉克拉瓦,梁赞附近的梅晓拉森林——这些地方我一生中都到过，几乎和库普林在生活中到过的顺序一样。不同的只是时间，但那也相差不多，不超过二十年。

我遇到的生活，也和库普林时代的差不多，因此，我有一定的权利来证实，库普林笔下的人物、事件以及他全部的文学创作都具有不同寻常的新意。

一八九六年，库普林在尤佐夫工厂。整整二十年之后的一九一六年我曾有机会在那里工作，但早在顿巴斯的时候，我就遇到了库普林《摩洛》中所描写的全部场景。我仍记得那些泥瓦房和简易房组成的工人村，纳哈洛夫卡和上海①矿工们不见天日的劳动和贫困，星期天和哥萨克人的斗殴，沮丧，煤渣，苛刻又傲慢的工程师，还有那些"摩洛"——股份公司的老板和工厂暴君，连大臣也要巴结他们。

库普林在自己的任何一部作品中，都没有像在《摩洛》中那样有力地表达他对资本主义制度及其肆无忌惮的代表者的愤恨，对善良而又软弱、关键时刻歇斯底里的知识分子们的批判，对饥寒交迫的工人们的同情。

小说非常尖锐、笔墨浓重地描写了一个生意人、工厂主科瓦什宁——这个"摩洛"，这个"装满金子的口袋"。库普林不时还赋予他一些怪诞特征。

* * *

① 纳哈洛夫卡和上海，工人村名称。

与库普林同时代的部分评论者，所谓"有文学洁癖的人"，曾指责作家，尤其是因为《摩洛》，说他还没有从"文学院"毕业，其作品中有许多语言和修辞上的潦草之处。

这种指责表明，库普林总是力图"在第一时间"说出他想说的一切，从不拖延工作，也不成年累月地思考它。他认为重要的是用自己的情绪、自己的思想、自己的愤怒或欢乐、自己珍视的理想去感染人们，而他并没有为此去寻求特别的阶层和特别的修饰词。

库普林喜爱并精通俄语，但他从来没有从中制定出一个一劳永逸的文学规范。

有时候他的语言接近口语，接近口头讲故事人的语言，在这方面，他的语言和托尔斯泰有些相似。与此同时，库普林总是赞叹契诃夫的语言——"馥郁，精确，明快"。这种语言的明快、光彩、力度及其鲜明的色调，也是库普林语言固有的特点。

库普林在使用俄语的亲缘语种（尤其是乌克兰语）和方言时，有着令人惊讶的分寸感和技巧。特别是他的波列西耶短篇小说系列，其中波列西耶人说的方言使整个作品具有一种异常美丽的地方色彩。

此外，库普林还熟悉俄语中的各种行话，包括窃贼、妓女、小市民和半吊子知识分子的语言。这个特点赋予其短篇小说以突出的典型性。库普林自如运用他写人的技巧，借助他们富有特色的语言，借助他们的对话，他不仅能描写某一特定群体，而且能描写俄国社会更大的阶层。

可列举的例子很多,仅举两例就足以说明问题:《摩洛》中的工程师博布罗夫,短篇小说《生命的河流》中大学生们的说话方式。

没有什么比他们的语言更能揭露这些"知识分子"内心的贫瘠了,他们的语言是激昂慷慨的,有时候甚至是矫揉造作的,是书面的、冗长的而"好心"的,但却是一种丧失了坚定和力量的语言。

凭着自己伟大的才能及生动的语言,库普林毕业的学校不只是一所"文学院",而是好几所文学科学院。

* * *

还是当军官的时候,库普林投考总参谋部学院。他没考上,但这次旅行帮助他与《俄罗斯财富》杂志和几位作家建立了联系。

从那时候起,尽管库普林不断地漫游全国各地,有时候去的还是被人遗忘的偏僻地区,但是他从未中断过这些联系。他结识了契诃夫,常到阿乌特卡河边的雅尔塔,去他家里做客,并在那里与布宁、高尔基、费奥多罗夫[1]、医生作家叶尔帕季耶夫斯基[2]以及契诃夫周围的所有人交上了朋友。

在众多的作家中间,他因为直爽、单纯和有别于一般作家的生活方式而显得与众不同。库普林和作家们成了朋友,但从未背

---

[1] 亚历山大·费奥多罗夫(1868—1949),诗人,作家。
[2] 谢尔盖·叶尔帕季耶夫斯基(1854—1933),作家。

叛过他在工人、渔民、农民、水手和平民中交下的朋友，而为了与他们交往，他能轻松地放弃文学圈。

他没有虚荣心。他从来不说自己是作家，可能他干脆就忘记了这一点。但是，他从来不放过任何帮助新起步作家的机会，尤其当这个作家出身于他倍感亲近的平民阶层的时候。

作家尼·尼坎德罗夫曾经给我讲过，为了把他"锤炼"成一名作家，库普林是怎样不懈地指引他，怎样严格地督促他工作的。

总的说来，用这个故事来描述那一时代的特征是很有趣的。

一九○五年，尼坎德罗夫，这位从前的黑海渔民，因为参加社会革命党在塞瓦斯托波尔蹲了监狱。

塞瓦斯托波尔监狱位于集市广场附近，在一个相当热闹的地方。当时是夏天。天气炎热，因此，牢房的窗户敞开着。

尼坎德罗夫，一个非常乐观又能说会道的人，在牢房里无所事事，感到寂寞，于是，他想给自己找些乐子。他站在窗户旁，注视着去市场的行人，多半是看那些喜欢大声嚷嚷的南方主妇。当主妇们一见面，停下来开始聊天的时候，尼坎德罗夫就开始大声地编造她们的谈话——滑稽逗笑、非常生动的谈话。尼坎德罗夫很熟悉南方人的生活和脾性。

听了尼坎德罗夫站在打开的窗户旁边讲的故事，监狱里所有的人总是以笑声和掌声表示褒奖。

有一天，扫牢房的刑事犯给尼坎德罗夫捎来一张纸条，上面写着，如果尼坎德罗夫把自己口述的故事写在纸上，并交给写这张字条的人，这些口述的故事将会在塞瓦斯托波尔的报纸上发表，甚至还能因此获得稿酬。字条下方签着一个尼坎德罗夫不熟悉的名字——格里涅夫斯基。这个人就是亚·谢·格林。

尼坎德罗夫把自己杜撰的故事写了下来，转寄给了格林，不久，这些故事真的发表了。

从狱中获释后，尼坎德罗夫顺路去过塞瓦斯托波尔那家报纸的编辑部。那里放着一封库普林自巴拉克拉瓦市写给他的信。库普林对尼坎德罗夫的故事很赞赏，并邀请这位不知名的作者去他那里见面。

尼坎德罗夫去巴拉克拉瓦见库普林了，他们很快交上了朋友，接下来，库普林简直就是在逼他进行写作，长时间耐心地教他创作的基本技巧。

在巴拉克拉瓦，库普林创作了自己最吸引人的小说之一——《里斯特黎冈》。

我已经说过，库普林几乎所有的创作都有自传性质。他作品中所有的幻想者和所有热爱生活的人，就是他自己，就是库普林，一个内心完整、胸怀坦荡的人，一个从不伪装自己、从不装腔作势、从不空洞说教的人。因此，他不禁要去接近这样一个和他一样平凡而性格鲜明的人。

巴拉克拉瓦的希腊人——里斯特黎冈，就是这样一些人。

总的说来，《里斯特黎冈》在库普林的创作中占据着一个特殊的位置，这是由于其中饱含的诗意、流畅的叙述以及其中图画般具体的人物、场面和景色。

《里斯特黎冈》就其简练和优美而言，称得上是独具一格的俄国散文长诗。每一个性格、每一个细节都能让你发出会心的微笑——一切都如此真实，朴素，可以感知。

库普林用上简练的三言两语，就能使人们对巴拉克拉瓦产生一个精确的、富有激情的（如果可以这样表达的话）印象。

比如，这里就有这样一个句子：

> 在全俄罗斯的任何地方——而我已经无数次地在俄罗斯走南闯北——无论在哪儿我都没有感受过巴拉克拉瓦这样幽深的、浑然的寂静。一走上阳台，你整个人就会立即融入黑暗和沉寂。漆黑的天空，海湾中漆黑的水，漆黑的群山。海水是这样的浓，这样的重，这样的宁静，连倒映在其中的星星都既不闪烁，也不眨眼。

库普林在巴拉克拉瓦的日子没有白过。是的，我认为对于写作来说，再也没有比这儿更好的地方了（当然，是在冬季，在巴拉克拉瓦一片空荡的时候）。

在这座小城中，在希腊式房屋那已经不放雕像的空壁龛中，在一直晾晒到海边的蓝色细眼儿渔网中，在舒适的小楼梯中，在小巷子和小通道中，在它的宁静中，在它近在眼前的大海中，有一些格林式的东西。依稀的风声近在耳边，近在海岬的这端，那时它宁静得就像巴拉克拉瓦海岬的水，那水与老沿岸街齐平，纹丝不动，在干枯的金合欢树叶中，连风都不发出一丝声响。

但最惊人的，事实上确实神奇、非同一般的是巴拉克拉瓦的夜。当城里最后一盏路灯的光亮淹没在夜幕之中，在阳台上，置身在伸手不见五指的黑暗中，进行思考并体味无边的静谧，或者，我想说，是某种心灵的静谧，这是多么美好的事啊。可能，就是在这种静谧的环境中产生了美妙的思想，以及像《里斯特黎冈》那样美妙的书。

* * *

库普林写过一个短篇小说系列——《密林深处》《沼泽》《打松鸡》。是故事的发生地——森林，把它们联系到一起的，但就内容而言，它们却各不相同。

库普林对大自然的爱虔诚而平静，十分富有感染力，从中可以感觉得到他的天分所传达出来的力量。

库普林如此描述大自然、森林和波列西耶树脂工人住的小房，以致忧郁开始啃噬你的心灵，这种忧郁源自你现在不在那儿，不在那些地方，源自一种想立刻见到其天然的冷峻与美丽的渴望。

有一段时间，库普林住在梅晓拉林区他姐夫——克列乌希的一个林务官家里。短篇小说《沼泽》的故事就发生在梅晓拉。

许多梅晓拉的造林员和护林员迄今还记得库普林的姐夫和库普林本人。他们甚至能告诉你，库普林在《沼泽》中描写的守林人斯捷潘的小屋在什么地方，斯捷潘是一个温顺驯服、沉默寡言的人，他和他全家人一样，后来死于疟疾。

守林小屋在一个叫林中沼泽的地方，在一片大沼泽中。这样的大沼泽在梁赞州叫作苔藓沼泽。现在，林中沼泽几乎干涸了，守林人也已经不住在那里。守林人的板房搬出沼泽，到了一个所谓的"岛"，其实是松林中的沙丘上。

沙丘干燥而温暖，但夏天在那里生活，则是地狱般的苦难。蚊子多得不得了，守林人一家一连几个星期都不出门，待在熏蚊虫的浓烟中。睡觉只能在纱帐中。到了秋天，蚊子没了，因此，秋季对于林中居民来说是最幸福的季节。空气清新，最后一丝余热给密实的松林带来了温暖。

关于蚊子的伟大力量，最好的证明莫过于沼泽和湖岸上的杨树叶，白天，树叶不是绿色而是灰色的，因为树叶上面密密地趴着一层蚊子。而晚间，所有的沼泽地都发出嗡嗡声，仿佛全世界的蚊子都在拼命地嗡嗡叫。

有一次，我偶然在苔藓沼泽地过夜。无论是篝火，还是铺得高高的松树枝，都无法挡住凛冽潮湿的寒气，那寒气不断地从地下、从地下的最深层冒出来。而雾又那样浓重，篝火无论怎样都点不着。

以上所说的一切，只不过是《沼泽》的外部环境。这部短篇小说还以令人震撼的力量揭露了乡村生活的愚蠢，以及人在面对当时社会制度里的恶势力时所表现出的十足的奴性。守林人斯捷潘全部的孤立无助、他全部的唯命是从的哲学，都可以归结为一句话："不是我们，就会是其他人。"

库普林有一个神圣的主题。触及它时，库普林是纯真、虔诚和不安的。而以其他方式对待这个主题是不可能的。这个主题，就是爱情。

有时，我们觉得，世界文学中爱情这个主题仿佛已经被写尽写绝了。有了《特里斯当和伊瑟》[①]，有了彼特拉克的十四行诗，有了普希金的《为了遥远祖国的海岸》，有了莱蒙托夫的《别笑我预言家的苦闷》，有了《安娜·卡列尼娜》，有了契诃夫的《带小狗的女人》，关于爱情还有什么可写的呢？

但是，爱情有成千上万个层面，每一个层面都有自己的世界，自己的痛苦，自己的幸福，自己的芬芳。

在许多脍炙人口、令人陶醉的爱情故事中，库普林的《石榴石手镯》是最浓烈、最让人痴迷，也是最忧郁的爱情故事之一。

库普林为《石榴石手镯》的手稿流过泪，他流的是克制的、缓解痛苦的泪。但遗憾的是，不是每个作家都如此经常地为自己的手稿哭泣或欢笑。我之所以说"遗憾"，是因为正是这泪水和欢笑说明了作家创作中深刻的逼真性。有时候，他们自己都不能完全意识到，这正是自己天才的表现。

库普林谈到《石榴石手镯》时说，他还没写过比这更纯真的东西。

确实如此。库普林写了很多细腻优美的爱情小说，写对爱情的期待，写爱情的悲惨结局，写爱情的诗情画意、忧伤和永恒的活力。无论何时，无论何地，库普林都会为爱祝福。他"为一切

[①] 《特里斯当和伊瑟》，中世纪凯尔特民族的一个爱情传说。

送上祝福：大地、江河、树木、花草、蓝天、芬芳、人类、野兽、女人身上永恒的仁慈和永恒的美丽"。

尤为特别的是，伟大的爱情震动了一个最普通的人——弓着腰坐在办公桌旁的检察院小官吏日尔特科夫。

当你读到小说的结尾，读到优雅的重复句"你的芳名神圣不可侵犯"时，你不可能不感到内心强烈的震颤。《石榴石手镯》这部中篇小说之所以具有特殊的魅力，是因为在日常琐事中，在清醒的现实和僵化的生活中，故事中的爱情仿佛是一个意外的惊喜。它富有诗意，使生活充满了阳光。

《石榴石手镯》中的所有人物都实际存在过。库普林本人在自己的一封信中谈到过这一点：

> 记得电报局的小官吏波·波·热尔季科夫吗？他绝望地、令人感动地、不顾一切地爱上了柳比莫夫的妻子。这就是他的故事。

我提及此事只是想强调，库普林的许多作品是绝对真实的。库普林并未把自己的小说排除在虚构和诗意的世界之外。相反，他在现实生活中展开了如此深邃、纯洁、富有诗意的层面，让人觉得它们似乎是随意的虚构。

我不可能谈及《石榴石手镯》的所有优点，但有一点是不能不说的，即库普林准确无误的艺术品位，他把一个悲剧性的、独一无二的爱情故事融入了南方沿海的秋天。

很难说清原因，但是，绚烂的晚秋，透明的日子，沉默的大海，干枯的玉米秆，冬季空荡荡的别墅，最后的花草气息，——这一切使库普林的叙述具有了一种特别的苦楚与力量。

库普林欣喜地接受了二月革命，但对十月革命却持反对态度。他愤怒地起来反对十月革命的敌人，同时又怀疑十月革命的成就，怀疑它真正的人民性实质。

在这种惘然若失的心境下，库普林于一九一九年侨居法国。

这个举动对他来说不是本能的，而是偶然的。在国外，他深深地思念俄罗斯，几乎放弃了写作，最终，在一九三七年春天，他回到了故乡莫斯科。

他身患重病，于一九三八年八月二十五日去世。

"甚至连祖国的花香也是特别的。"他在临死前这样写道，这几个字表达出了他对自己国家最深切的爱。

我们应该感谢库普林，感谢他为我们所做的一切——他深刻的人道主义，超凡的天分，对祖国的爱，对人们能够拥有幸福的坚定信念，最后，还有他不朽的才能——在与诗歌即使最微不足道的联系中，他也能燃起火一样的热情，并把这一切自由轻松地付诸笔端。

一九五七年

米哈伊尔·洛斯库托夫[*]

三十年代,我们的作家又一次发现了很久以前就已经被发现但发现得并不十分理想的中亚。再一次发现了它,是因为苏联政权来到了村庄、绿洲和沙漠,那是一个引人入胜的现象。

中亚各国几百年来固定下来的习俗产生了深深的裂缝。每逢春天,在清真寺的废墟上就会绽放羞怯的紫红色花朵。它们很小,但是顽强而富有活力。新生活也如此顽强,就像这些花儿一样,开放在这些炎热的千年古国,并且获得了前所未有的风貌。

写这些东西很难,但是有趣。行动敏捷、经受过锻炼的作家们动身前往卡拉库姆沙漠松散的沙地,前往帕米尔,前往费尔干纳茂盛的绿洲和被瓷砖墙映得发蓝的萨马尔罕要塞。这些作家中有尼古拉·吉洪诺夫[①]、弗拉基米尔·卢戈夫斯科伊[②]、科

---

[*] 米哈伊尔·洛斯库托夫(1906—1940),擅写随笔,著有小说集《第十三驼队》《白象》等。

[①] 尼古拉·吉洪诺夫(1896—1979),著有《列宁格勒短篇小说》等作品集。

[②] 弗拉基米尔·卢戈夫斯科伊(1901—1957),著有诗集《肌肉》《沙漠和春天》等。

津①、尼古拉·尼基京②、米哈伊尔·洛斯库托夫等等。而我那时也注意到了中亚,写作了中篇小说《卡拉·布加兹海湾》。

那时,我结识了洛斯库托夫。

三十年代,我们在全国走过特别多地方,冬天回到莫斯科,过着非常和睦快乐的友爱生活。我们差不多每天都在作家弗拉叶尔曼那里聚会。此刻,我多么后悔那时没有记录下来,哪怕简短地,把在那些聚会上听到的许多故事,许多有趣的争论、交锋和大胆的文学构想记录下来。我们每个人都把给其他所有人朗读自己的新作当作神圣的职责。

阿尔卡季·盖达尔显然是按照普希金的"阿尔扎马斯"的例子,给这些在弗拉叶尔曼家的聚会起了外号,叫作"科诺托普"③。

"大科诺托普"每月活动一次,有大约二十名作家参加。每周有一次"中科诺托普",最后,每个晚上还有一次"小科诺托普"。

---

① 科津(1879—1956),哲学家,蒙古学家,苏联科学院院士。
② 尼古拉·尼基京(1895—1963),代表作有小说集《风中篝火》《晚霞》《活水》。
③ "科诺托普",俄罗斯地名,此处是仿照"阿尔扎马斯"(也是城市名)给聚会起的名字。

参加者基本不变，除了主人弗拉叶尔曼，还有阿尔卡季·盖达尔、亚历山大·罗斯金、米哈伊尔·洛斯库托夫、谢苗·戈赫特、我、《我们的成就》杂志的编辑瓦西里·鲍勃雷舍夫、伊万·哈尔图林、《少先队》杂志编辑鲍勃·伊万特尔。

在"科诺托普"，我听到了盖达尔编的许多歌曲和诗。他从来没把它们记录下来。现在，这些幽默小诗几乎已经被遗忘了。我还记得一首，在那首诗中，盖达尔以非常感人的音调思索了自己未来的死亡：

> 科诺托普的女人们
> 在坟上将把芬芳的花环编织，
> 科诺托普的姑娘们会问：
> "这个小伙子为何死去？"

诗句是以哀婉的呼喊结束的：

> 啊，让汽车开得再快些吧！
> 啊，快带我去"科诺托普"！

米哈伊尔·洛斯库托夫静悄悄地、沉默地出现在作家们喧闹的聚会上。这是一个非常安静腼腆，但又略带些嘲讽的人。

他擅长用寥寥几语表达幽默。但是，他首先是一个天才，一个"鬼才"作家。

他有一种天赋，能够在最平凡的事物中看到那些在表面的或是疲惫的目光下会溜走的特征。他的创作视野以不同寻常的成熟而著称。他善于用一句话展示人的内涵以及他生活态度中全部的复杂性和独特性。

他的思想永远是自己的，不是从任何地方租借来的，总是明亮而又新鲜。它源自"湍急的生活中的细节"，它总是以具体事物和对世界的观察为基础的。但与此同时，洛斯库托夫的思想还充满了对生活本质的诗意感觉，这种感觉甚至出现在那些似乎没有诗歌容身之处的地方。

洛斯库托夫的生活就像是连续不断的探索，他探索生活中各不相同的领域，但是，他最喜欢的是中亚。从本性上看，他是一个旅行者和细致的观察家。如果在地球上还存在一个尚未被发现、被描述的大陆，那么，洛斯库托夫就会第一个纵身跃入那危险而又诱人的偏远之地。但是，他不会怀着幼稚的感叹与热情，而是从容地，带着镇定自若和经验，像一个真正的旅行家那样，比如，就像普尔热瓦利斯基[1]、利文斯敦[2]或者奥布鲁切夫[3]那样。

他善于在最日常的事物中发现不同寻常的特征，这种禀赋使

---

[1] 普尔热瓦利斯基（1839—1888），旅行家，中亚考察家，第一个描述中亚自然情况的俄国人
[2] 利文斯敦（1813—1873），英国的非洲考察家，发现了维多利亚瀑布等。
[3] 奥布鲁切夫（1863—1956），地质学家，地理学家，从事西伯利亚、中央亚细亚、中亚地区研究。

他成为一名真正的艺术家。对于他来说，生活中没有乏味的东西。

请你们读一读他书中关于卡车的一个片段。

汽车停在路旁，马达空转着，看上去汽车似乎在因为愤怒而颤抖。

司机坐在旁边的草地上，疑心重重地盯着汽车。过路人想，可能马达出了故障，于是停下来想帮帮忙。但是，司机却阴沉着脸拒绝了，他说：

"没关系。它停一停就会走了。这是它在耍小性儿呢。"

这乍一看平淡无奇、写得干巴巴的场面却充满了丰富的内容。

首先，我们在其中清楚地看到，一个倒霉的司机正在为汽车发愁，就像为一个倔强的、好争吵的东西发愁一样，勤劳的司机毫无怨言地在中亚的广袤土地上驶过上万公里的路程。

除此之外，在这个片段中包含了关于人与汽车之关系的思考，就好像与一个有生命物体的关系，它值得人们或是去爱或是去气愤或是去遗憾，它需要纯粹的父亲式的关怀。这样对待汽车的人，是真正的工人。

可以写任意一辆车，只要你喜欢它，像喜欢自己忠诚的助手那样——与它一起痛苦，一起欢笑。

这样准确的观察在洛斯库托夫的书中有很多，特别是在他的《第十三驼队》中，那些观察所能够引起的思考比乍看上去所感受的要深入得多，那是以作家内心世界丰富我们心灵的多元而又敏锐的观察。

只要回忆一下洛斯库托夫描写的这个片段就足够了，他写道：

> 当卡拉库姆沙漠上来了第一辆汽车，在沙地上留下了两排并列的花轮胎印时，牧民们是多么焦急。遇到这些车轮印记的牧民们马上在荒漠上散布开了不安的消息，他们说，夜里沙地上有两条蟒蛇在并排爬行，因为牧民们从来没见过汽车。他们只习惯看见动物和人的足迹。

在洛斯库托夫的作品中有很多各种各样提供知识的材料，通过它们我们首次知道了很多事，最起码知道，在沙漠灼人的炎热下，最普通的东西——类似牙膏或是轻便凉鞋等，会变成什么样子。

洛斯库托夫没来得及写完他思考过或是能够写出来的东西的百分之一。他悲剧性地英年早逝了。

他的书不仅证明了我们失去了一个大作家，我们国家有很多天才，而且告诉我们，应该怎样严格地爱惜每一个天才的人。

一九五七年

一抔克里米亚的泥土：记卢戈夫斯科伊*

以下所写的关于卢戈夫斯科伊的文字，只是能够回忆并记载下来的一小部分。但是，就让这寥寥数语成为他所喜爱的克里米亚大地的一抔泥土吧，一抔我没能及时地撒在这位诗人、我善良而又强大的朋友之墓上的泥土。

一九三五年的冬天，我和卢戈夫斯科伊走在雅尔塔空旷的马桑德拉①大街上。

天气阴沉，温暖，刮着风。干枯的枫树叶追赶着我们，簌簌作响地在马路上疾奔。树叶成堆地停在十字路口，似乎在掂量接下来该往哪儿走。但是，它们正在窃窃私语地讨论这个问题的时候，却刮来一阵风，把它们卷成一团吹走了。

卢戈夫斯科伊孩子般赞叹着，看着树叶的翻卷，之后拾起一

---

* 卢戈夫斯科伊（1901—1957），著有诗集《世纪之中》《蓝色的春天》等。
① 马桑德拉，俄罗斯克里米亚州城镇，以葡萄酒酿造业著称，文中所提街道以此命名。

片叶子，递给我看：

你看，所有干枫叶的叶尖都朝一个方向弯成直角。因此，只要有一丝微风，树叶就会用这些卷起来的边角向前跑，就像用五只尖尖的爪子在跑。活像一头小野兽！……

马桑德拉大街当时什么样，现在依然没变——风景如画，让人惊诧，是典型的海边街道。它美丽得令人惊诧，是因为在街上，像是有意似的，集中了很多古老的被风化了的台阶、挡土墙、常春藤、偏僻的小巷、粗石围墙、窗户上弯曲的百叶窗和残留着枯萎鲜花的小院。这些院子非常险峻地建在海滨的峭壁上。花朵被风吹得摇摇摆摆。风更猛烈的时候，咸涩的水珠就会飞进院子，然后落在露台那五彩缤纷的玻璃上。

我提到这些，是因为卢戈夫斯科伊喜爱马桑德拉大街，他经常领不熟悉雅尔塔这一角的朋友们参观它。

那天晚上，当大街上的枫树叶在我们身旁疾奔的时候，卢戈夫斯科伊来到我这里，显然有些不好意思地说道：

"你知道吗，这是多奇怪的事。我刚刚去电信局往莫斯科打电话，就在我们公园的大门口，一片枫树叶紧紧跟上了我。它就在我脚旁奔跑。我停下，它也停下。我快走，它也快走。它一步也没落下我，但是它没去电信局，因为那里的大理石台阶对它来说太陡了，再说，那可是一个单位。可能，那里不允许秋天的树叶进去。我摸摸它的背，它就在门口留下来等我。但是，当我出来的时候，它已经不在了。显然，有人把它赶走或者踩碎了。于是，你知道吗，我开始难过，仿佛我背叛了它，没保护好我可爱的小朋友。这很傻，是吗？"

"不知道，"我回答说，"更多的是伤感……"

卢戈夫斯科伊于是从夹克口袋里面掏出一个"卡兹贝克"牌香烟的空盒，读起他刚刚写在香烟盒上的关于这片枫树叶的一首诗，这首诗有些像一个忧郁而愧悔的微笑。

这样的微笑我时而也会在卢戈夫斯科伊的脸上见到。在他从自己的诗中返回到平常生活之时，这样的微笑就会出现。他从诗歌那里返回时，就好像眼睛发了花，要让眼睛习惯十二月白天的光线，还需要片刻的时间。

卢戈夫斯科伊有真正的诗人品质，他从来不是一个袖手旁观的诗人。他用诗歌充实了周围的世界以及其中所有的现象，无论它们是崇高的还是渺小的。

无论什么东西都会引起他的诗歌热情，无论是一片榨干的柠檬，还是拍岸浪涛巨大的轰鸣声，无论是一件沾了血而变硬的外套，还是山路上的一颗碎石子，或是船运代表处风向标的呼哨声。所有这一切在卢戈夫斯科伊的叙述中都被赋予了神话、史诗、童话或是抒情小说的特征。与此同时，这一切又真实可感。

卢戈夫斯科伊说，他创作诗歌时，会进入到一个神话般的，同时又很现实的心灵的"国度"。

有一次，他在早春时节来到雅尔塔。作家创作之家还没开放，它眼看就要盖好了。卢戈夫斯科伊在一个空荡荡的、刚刚刷完白浆的房子里，在刨花、糨糊桶和油漆桶中间住了下来。晚上，他一个人留在充满嘈杂声的空房子里，点着煤油灯在木工台上写作。但是，据他说，他从来没这样轻松地工作过。早上，他在木工锯的高音中醒来，锯子那富有节奏的歌唱，就好像一段动听的曲调，步入了他那时写的一首诗中。

卢戈夫斯科伊有很多钟爱的土地，他诗歌的世袭领地是中亚、北方、里海沿岸，莫斯科近郊以及莫斯科，但是，他，一个北方人，最为热爱的土地似乎一直是克里米亚。

他对它了如指掌，并以一种非常独特的方式去研究它。有一天，他从旅馆的阳台上看着夏季牧场，问我能不能看见一棵形状像五针松的老松树，就在牧场尽头的乌昌－苏瀑布右边。我借用望远镜，才艰难地找到那棵松树。

"我们从这里画一条直线到松树，"卢戈夫斯科伊建议道，"然后沿着这条线一直走过去。只有在特殊情况下才绕行障碍。行吗？"

"行！"我答应了。

他就是这样，时而一个人，或是和朋友们中的某个人一起，选定"一个可见的目的地"，在克里米亚徒步旅行。这些无拘无束的徒步旅行，就像所有第一次走的路，能给出很多意料之外的东西。卢戈夫斯科伊喜欢猜测着走路。这种活动中有某些孩子气的、浪漫的、神秘的东西。它使清醒而严肃的人兴奋起来。它的意义在于，连其公路上每个转弯都被我们熟知了的克里米亚，却呈现出它那些不为人知的侧面。百年的想象从它那里扑面而来。它不再仅仅是为了赞叹而提供的美景的集合。它获得了一种圆满的严酷，那些只知道其南岸的人是发现不了这种严酷的。

有一次在雅尔塔，冬天的夜晚，几个作家开始玩一种游戏：看谁能用给出的词语写出一个故事来，不能超过半小时。大家故意想出一些"死掉的"词语。它们甚至能让最富有敏锐想象力的人感到绝望。例如我，有一次得到的词就是"挤出的奶"。

词语写在纸头上，之后我们把它们从快乐的、像守护神一样个子矮小的老头阿勃拉姆·鲍里斯维奇·杰尔曼[①]的礼帽里抽出来。杰尔曼有一个外号叫"社头"，意即"社会主义老头"，因为，大家普遍认为，所有的社会主义老头都应该像杰尔曼这样活泼可爱。

卢戈夫斯科伊抽出了一个写着"扬声器"的纸条，他干咳了一声，皱起了眉头。杰尔曼没忍住，嘻嘻地笑了，搓了搓手。他预感到了卢戈夫斯科伊不可避免的大溃败。

"羞愧吧，老头！"卢戈夫斯科伊轻柔友好的低音响了起来，他努力想给它增添点恐吓的音调，但是，他白费力气，"您会在我这里哭起来的！我以诗人拉特加乌兹的灵魂发誓！"

[①] 阿勃拉姆·鲍利斯维奇·杰尔曼（1880—1952），文学理论家。

为什么他会想起诗人拉特加乌兹,这叫人莫名其妙。那是十九世纪末一个像药店伙计一样乏味而又空泛的诗人。

"马上就该坐下来写了,"杰尔曼担心地提醒到,他看了看自己旧式的、非常大的怀表,"时间快到了。"

"不行!"卢戈夫斯科伊大声说,"不行,我才不会在这里写故事呢!我要求加时。不少于一小时。我建议你们在利瓦季亚① 听我的故事。立即就去。只需要几分钟。"

"可怕!"亚历山大·约瑟夫维奇·罗斯金冷淡地说,"作家们前往利瓦季亚的一次教育游览!晚上!十二月份!冒着大雨和风暴!胡言乱语!"

窗外确实怒号着潮湿的风暴。风暴在老柏树间隆隆作响。重重的雨点击打在窗子上,一分钟大约有一次。能听见拍岸的浪涛在下面的沿岸街上哗哗作响,它越过护墙,汹涌着奔向柏油路。

"随你们便,"卢戈夫斯科伊干巴巴地说,"如果你们不同意,我退出游戏。"

所有人都嘘了起来,冲着罗斯金摆手。卢戈夫斯科伊的建议不合时宜,但是很诱人;麻烦,但是有趣,其中隐藏着秘密。在我们这个没有秘密的时代,仅仅这一个情形就足以激起大家的好奇心了。最终,我们所有人都去了利瓦季亚。

在这狂风暴雪大作、喧嚣潮湿、阴沉的风雪夜里,雅尔塔和平时一样,急切地闪烁着灯火。大海在怒吼,那原始的混乱就像

---

① 利瓦季亚,城镇名。

拍岸的浪涛一样，同我们一起来到岸边，然后又返回了波涛汹涌的黑暗。

我们几乎全凭摸索，在沙皇路前行。所有人都沉默着。雨稀稀落落地下着。潮湿的大地散发出酵母的味道。显然，掉落的树叶已经开始发酵了。

卢戈夫斯科伊停下了，划着火柴，照亮了一棵榆树潮湿的树干。树干上插着一根生锈的安全别针。

"到了！"卢戈夫斯科伊说，"跟我走。只是小心点儿。这里有碎石子儿。"

这时，罗斯金又一次愤怒了。

"我以韦谢洛夫斯基[①]的灵魂发誓，"他模仿着卢戈夫斯科伊说，"这是捉弄人！虚张声势！折磨人的玩意儿！巫师！我不想当傻瓜。"

"那您可以留在这儿，"杰尔曼生气地说，"我这个老头儿还没慷慨激昂呢。"

"岂有此理，我才不会半夜在这里像个木头人似的站着。"罗斯金嘟囔着，开始跟在所有人后面小心地往下走。

树丛中很黑，就像是在潮湿的地下。还没有落下的叶子像又冷又湿的手指在脸上划过。大海的声音更清晰了。卢戈夫斯科伊停住脚步。

① 亚历山大·韦谢洛夫斯基（1838—1906），语言学家，历史学家，文学理论家。

"现在，你们听吧！"他说，"静静地站着，听吧！"

我们不说话了。

在树叶的簌簌声中，在树枝微弱的咔嚓声和落到硬土地上的雨水滴答声中，我们听到了一个沙哑低沉的声音。它很微弱，有时还发出奇怪的刺耳声。

"在设计大楼里，"一个沙哑的声音说，"设计院预见到了运输剥离岩层时所用的不经济的方法……"

"可怕！"罗斯金低声说。

难听的吱吱声盖过了这些无聊的话。之后，在树丛的深处，有人随便地敲响了沮丧的钢琴琴键，接着，列梅舍夫唱了起来，不时伴有轻轻的杂音：

> 当我在驿站当马车夫，
> 我年轻，我有劲儿……

"怎么回事？"杰尔曼胆战心惊地问道。

列梅舍夫降低了嗓门，缓慢地、用仿佛腹语者的声音读道：

> 他
> 　想把马克思主义原理
> 　　藏在西服里……

"您是一个机灵的腹语者，"罗斯金平静地对卢戈夫斯科伊说,"但是,您还是快停下吧,我请求您,这不成体统。请您解释一下,这是怎么回事。因为这像是愚弄,像是嘲讽,像老爷式的蔑视,像形式主义的古怪举止,骗子的鬼把戏。"

"我既不是马戏团的演员也不是腹语者!"卢戈夫斯科伊回答道,"只不过我有出色的听力,我也很幸运。"

接下来他给我们讲,不久前的一个早晨,他在沙皇路上走着,听见树丛中有一阵沙哑的低语。那个人说了很长时间。那场景使卢戈夫斯科伊惊讶,那个人甚至富有某种激情地、表演似的说了很久,像卢戈夫斯科伊所说的,"声带抖动着、伴着泪水和哀号"。卢戈夫斯科伊穿过树丛,一直朝着声音走去,直到看见那只钉在高耸的山毛榉树干上的扬声器,它已经褪了色,歪挂在树干上。那扬声器正鼻音浓重地嘟囔着作曲家阿利亚别夫的作品。

很快,卢戈夫斯科伊明白了,在十月革命节前夕,利瓦季亚花园里挂上了几个扬声器。过完节后,所有的扬声器都摘下去了,显然,有一个被忘在了这里。

这只扬声器诚实地昼夜工作,它被雨水淋湿,在阳光下被晒干,吱吱作响,铁锈腐蚀了它的金属部分,风把飞翔的种子抛向它,让它的喉咙蒙上了一层碎屑。终于,它累了,因为要盖过大海和风的喧哗声,它的嗓子哑了,它感冒了,开始咳嗽,有时甚至完全失声,只发出刺耳的吱吱声。

它受尽寒冷和孤独的折磨,尤其是在那些荒凉的夜晚,天空中甚至连一颗最羞怯的、最小的、能够同情它的星星都没有。

但是，它一刻也没有停止做自己的事情。它不能沉默。它没有权利这样做，正如同灯塔的看护人不能不天天晚上点燃灯塔一样。

"这就是我的故事。"卢戈夫斯科伊说，"不是在纸上，而是在自然中。一个关于扬声器的故事。还是一个关于不起眼的主人公的故事。你们接不接受它？"

我们所有人都接受了卢戈夫斯科伊的这个故事，就像杰尔曼说的，这是一个"头等作品"，尽管卢戈夫斯科伊违反了比赛规则。

卢戈夫斯科伊得到了一等奖———一瓶被称为马桑德拉"珍藏品"的"萨贝拉维"牌葡萄酒。

在雅尔塔，我和卢戈夫斯科伊一起迎接了一九三六年。

一月一日，从早上起，城市后面的远山就好像陷入了昏睡，烟雾缭绕。天气暖和，睡意沉沉。屋内是幽深的寂静，只有在客厅的桌子上，一小片刚刚在公园摘下来的冬青树亮闪闪的叶子在簌簌作响。它黑色的枝叶间挂着又圆又硬、颜色血红的浆果。

屋里摆了一棵小枞树，我们大家两三天来一直在饶有兴致地装扮它。

大人变成了孩子。有人去尼基塔花园找加拿大松树巨大的松果，有人被派去弄金丝银线。作家尼坎德罗夫从渔民那儿要来了黑海熏羊鱼（他说这是"神仙的食物"）。尼坎德罗夫把这些金棕色的鱼顺着尾巴扎成了宽宽的扇形，然后就这样挂在了枞树上。

卢戈夫斯科伊负责小枞树上的蜡烛。他去塞瓦斯托波尔买蜡烛，很长时间也没回来，我们已经开始灰心丧气，觉得卢戈夫斯科伊会坏了我们的事。但是，就在需要点燃蜡烛前的两小时，整座房子里却喊声大作："沃洛佳①回来了！"所有人都冲到他的房间，被路上的风吹得满脸通红的他，小心翼翼地从口袋里掏出一个牛皮纸盒，里面装着五颜六色结成花的蜡烛。

"可以写一个美妙的故事，"他说，"写我怎样在轮船区找到了这些蜡烛。我以克里斯蒂安·安徒生的灵魂发誓。"

这，可能确实如此。

众人中最为枞树担心的就是格奥尔吉·伊万诺维奇·丘尔科夫——象征派的中坚之一，一个非常优雅的老人，长得像作曲家李斯特。

他甚至从城里给小枞树带来了穿纸裙子的玩具芭蕾舞女娃娃。

我用水粉画所有国家的国旗，包括不存在的国家，我把国旗结成一串装扮小枞树。若不是卢戈夫斯科伊，我什么有用的东西也做不出来。他极为出色地了解所有国家国旗的图案和颜色，甚至是像哥斯达黎加那样"口袋大小的"国家。

我一边给国旗涂颜色，一边思考着一个令人费解的规律：国家越小，它的国旗就越精致、越鲜艳。

我们用棉花做了一个圣诞老人，一位剧作家的妻子在最后一刻钟从莫斯科带来了长毛小熊。不知为什么，这只小熊最让卢戈夫斯科伊感到开心。他把它洗干净——小熊身上还有些尘土——

---

① 沃洛佳，卢戈夫斯科伊的名字弗拉基米尔的爱称。

放在了小枞树旁边的木板上。

新年夜过得十分热闹。而早上，暗淡的、仿佛还在打瞌睡的阳光照在所有房间里，却突出了宁静。卢戈夫斯科伊比所有人都起得早，他精神焕发，胡子刮得干干净净，关切地生起了壁炉。

"吃完早饭我俩一起去山上，"他对我说，"去多罗萨山后的保护区。我和一个天不怕地不怕的年轻司机说好了。白天太短。通向那里的路让人伤脑筋，我们得在汽车里过夜。"

所说的事情都发生了。我们在汽车里过的夜，在深渊上方的一片森林里。离我们几步远的地方，多云的天空像混浊的、闪烁的大海一样摇荡不止。天空从深渊中露出脸来，不知为什么竟和我们连在了一起。云雾时而接近汽车，撞了一下车身后，就像无声的大浪一样冲向树冠。

而在此之前，我们看到了如此之多的美景，以至于我后来长久地记住了这次游历，就是现在我也记得很清楚，也许，我一辈子都会记得……

我们多次看见许多无底的深渊。每一次它们都使我们心跳加速。山毛榉和松树林从可怕的深渊底端向高处生长，如果说，经年的大树没有时时刻刻从峭壁上栽倒，那可能是因为，浓密的、智慧的常春藤用一只手紧扒着悬崖，用另一只手扶着它们的枝叶和树干。

有时，狭窄的小径蜿蜒在老山毛榉浑圆的树干之间。但是，尽管这些树、这些森林有一种凯旋式的傲慢，但目光捕捉到的那些部分依然是如此生动、如此震撼，以至于我们时时刻刻都渴望停下车来，仔细看看它们，顺便吸一口浓烈的但同时又很柔和的丛林和岩石的气味。

将近午夜时分，云爬到峡谷底部，一轮血红色的月亮低低地出现了。面对着伟大而又荒凉的黑夜的大地，它在一分钟一分钟地变得苍白起来。

在月光的照耀下，恰特尔达格山在远处依稀可辨，一层神秘的暗影会不时地将它笼罩。它微微地冒着云雾。恰特尔达格山的加入，给夜晚添加了一种严酷而又浪漫的色彩。

我们碰上了一个沉默不语、很是腼腆的司机。但是，他所说的一切几乎都值得铭记。

"我很满意这汽车，"他说，"它好像也没在睡觉，它在听，在四处张望。它不是每天都有好运气经历这样的夜晚。以后就有可以回忆的东西了。"

我们下车，坐在石头上，久久地谛听着夜的声音。突然，卢戈夫斯科伊问道：

"你还记得长毛熊吗？"

"记得。怎么了？"

"没什么……不值一提……"

他沉默了很久。过了几天，他给我读了他的一首非常棒的诗。

> 人们送给女孩一只小熊，
> 它坐着，长长的毛，个头不小，
> 身上还残留着商店里的灰尘，

这端庄的小兽带有午夜的心灵。①

　　我听着这些简洁的诗句,那个我刚刚描述过的夜晚,在诗中散发着雾、风和湿树皮的味道,还有碎石子和含铁的灌木丛发出的硅味儿。
　　这首诗中,长毛熊还是在新年夜离开了人们,离开了人的温暖,离开了自己的女主人——小女孩。它离去了,"非常安静,满怀感激,迈着笨拙的小爪子"。

　　　　松树也向小熊弯腰鞠躬,
　　　　整个峡谷都开始轰鸣;
　　　　棕色的小熊向山中走去,
　　　　瞪着一双玻璃珠般的眼睛。

　　　　这时,一棵落了叶的榉树,
　　　　心事重重地轻声说道:
　　　　"午夜好,小熊!你好!
　　　　朋友,你在走向何方?"

　　　　小熊回答:

---

①　引自卢戈夫斯科伊诗作《小熊》。

"我连夜赶往山里，
　熊们正在那里欢庆，
　覆雪披云的恰特尔峰，
　就是庆祝新年的新居。"

我不想在这里从头至尾引用这首感伤的诗。但是，还是在我刚开始读的时候，这首诗和卢戈夫斯科伊关于干枫叶的那首故事诗的相似之处，就浮现在了我的眼前。无论是在这一首还是在那一首诗中，卢戈夫斯科伊就像那个聪明善良的格列佛①，用如同自己呼吸般的温暖心灵，温暖了所有活生生的东西。

他很善良。他对普通人和纯朴的动物都怀有善良的感情。

在这种善良中，在这种对幸福日子、幸福月份以及整个幸福世纪的企盼中，在这种希望真正的幸福永远扎根于我们大地的愿望中，诞生了他的诗歌。

一九三六年早春，我和卢戈夫斯科伊从雅尔塔去塞瓦斯托波尔。到达拜达尔山口的时候，已经是黄昏时分了。

我首先看见的，不是被酷热烤得发黄的克里米亚，而是湿润而凉爽的、茂密浓荫中的克里米亚。这里开放着不可胜数的花朵。每一朵都散发着一股淡淡的味道，所有花在一起发出的气味如此浓烈，以至于我们到塞瓦斯托波尔的时候，几乎要被熏昏过去了，好像在梦里。

---

① 格列佛，斯威夫特小说《格列佛游记》中的主人公。

我们从北坡往山下走时，卢戈夫斯科伊让我看天空，在群山的最高处，在无法想象的高度，可能已远远地超越了大气层，我看见了某种银光闪闪的涟漪和许多纤细的白羽毛。它们一闪一闪地照射出温柔的光芒。

"这是神奇的会发光的云朵。"卢戈夫斯科伊说，"它们是由氮的结晶体形成的，就像是巨大的小鸟羽毛。人们说，它们能带来幸运。"

的确，这些云朵给我们带来了幸运。这幸运就在塞瓦斯托波尔夜晚的灯火中，在这座城敏感的空气里，在环绕城市的宽广大海发出的隐约的呼啸声里，在一群年轻水手中间，在窗台上开放着红色仙客来花的舒适的咖啡屋里，在我们深夜乘着挤满水手的旧快艇去的北区所散发着的艾蒿味中。

水手们压低声音唱着《瓦兰人①》。卢戈夫斯科伊听着，之后站了起来，抓稳船舷，于是，水手们的声音中便出人意料地掺入了他的低音。

很快，卢戈夫斯科伊就征服了所有合唱的人，并且成了领唱：

我们骄傲的瓦兰人不会投降，
没有一个人会去祈求怜悯。

大家唱了很多歌。我们在北区下了船。卢戈夫斯科伊在海军

---

① 瓦兰人，旧时日尔曼人对斯拉夫人的称呼。

总部的旧铁锚上坐了下来,那铁锚被弃置在岸上,靠在一盏孤零零的码头路灯旁。在邻近一座窗户敞开的小房子里,一个女孩在一大丛丁香花后面笑着。

卢戈夫斯科伊小声地唱了起来。他是唱给自己听的。这是一个姑娘不太明智的怨诉歌,她在埋怨自己的爱人约翰。

> 他只有一个缺点,
> 他不了解妇人的心,
> 不了解爱人的魅力,
> 他不了解呀,我的约翰……

和我们一起下汽艇的水手们已经走得很远了。他们听见卢戈夫斯科伊的歌声,停下了脚步。之后,他们慢慢地、小心翼翼地返回来,在离我们不远的地方坐了下来,为了不惊扰卢戈夫斯科伊,他们远离我们,就直接坐在了地上,用手抱着膝盖。小房子里那个小姑娘的笑声也停止了。

所有的人都在听。卢戈夫斯科伊忧郁的声音仿佛独自停留在一望无际的黑漆漆的海边,那歌声是困倦的,似乎没有力气讲完那段注定要永远承受折磨的痛苦爱情……

卢戈夫斯科伊唱完了之后,水手们站起来,谢过他后,其中一个水手相当大声地对自己的同伴们说:

"这个人多么神奇!他可能是谁呢?"

"像是歌唱家。"黑暗中一个声音不太确定地回答道。

"不是什么歌唱家,而是诗人。"一个嘶哑的声音平静地反驳。

"我对他们这些诗人一生都感到惊奇。因为有时他们抓住你的心,让你一夜都睡不着。"

"谢谢,同志们。"卢戈夫斯科伊在这个声音之后说道,"无论怎样,我一生都在努力成为一名诗人。"

"要谢谢您才对,"那个嘶哑的声音回答道,"要知道我可没说错。我感觉得到。"

我们乘坐空荡荡的汽艇回到了城里。水在螺旋桨下哗啦啦响。停泊场上,浮标悲戚地呜呜响——海浪从海那边涌了过来。之后,我们久久地在塞瓦斯托波尔散步,去了火车站,在半昏半暗的火车站餐厅喝了葡萄酒。月台上有一棵年代十分久远的杨树,它的新枝叶在簌簌作响,这是一棵我们所有人早就熟悉和喜爱的杨树。卢戈夫斯科伊给我讲雪崩上方的白色彩虹。他独自一人住在蒙波兰山脚下的小宾馆里的时候,看见过那样的彩虹。

全世界,全世界所有的奇迹,全世界的伟大、美丽、各种各样的事件,全世界的斗争、悲伤,全世界的美妙诗篇以及总是不同寻常的春天里盛开的鲜花,全世界的爱和纯洁的芬芳——这个内涵丰富、可爱而又真诚的人把整个世界都融入了自己的体内,他平平常常、自由自在,他用自身美化了人们的生活,他憎恨虚假的智慧和恶言恶语。

在第一次作家代表大会上,他并非平白无故地用普希金的召唤结束了自己的发言:

燃烧吧,神圣的太阳!
这盏灯多么苍白,
面对灿烂的霞光,
骗人的聪明也像这样时隐时灭,
面对理智那不朽的太阳。
万岁,太阳!黑暗,赶快躲藏! ①

一九五八年二月于塔卢萨

---

① 引自普希金抒情诗《酒神歌》。

格奥尔格·托佩恰努*

我不知道,在罗马尼亚是否还有比格奥尔格·托佩恰努更耐人寻味、更为深刻的诗人。

他疾速划过的诗行中,不总是鲜明地,但永远弥漫着一种忧郁,这种忧郁来自于常年的病痛、生活的不公正和自己坚韧的民族所遭受的沉重苦难。一片碎玻璃就是这样隐藏在茂盛的草丛中。我们看不见它,哪怕它就在我们身旁,但是,当太阳突然照亮它时,它就会骤然闪现出灼人的火光,让我们不得不眯起眼睛。

罗马尼亚批评家米哈伊·加费察在评论托佩恰努的时候写道,他的忧郁总是被一种忐忑不安的快乐的烟雾所笼罩着,这话不是毫无依据的。反之,也可以说,他的快乐被悲剧性的忧郁的烟雾所笼罩。但是,这并不改变事情的实质。

---

* 格奥尔格·托佩恰努(1886—1937),罗马尼亚诗人。作品有诗集《欢乐与忧伤的叙事诗》《苦扁桃》《独特的摹拟作品》等,风格哀婉,含讥讽。

托佩恰努本人也不是毫无根据地把自己的诗歌比作由眼泪生成的肥皂泡。一旦爆裂,它缤纷的色彩会变成一颗颗咸咸的水滴。

接下来,我要对托佩恰努的诗歌说上几句话。现在我想,哪怕是非常简短地回忆一下这个杰出的、彻头彻尾的罗马尼亚人的形象,这个思维敏捷、才华突出、内心生活丰富的人的形象。

一想到托佩恰努,我就会回忆起他的国家。它曾经在我眼前一闪而过,那是在秋天,那时,小树林和花园、牧场,甚至遥远的天边,都泛出晾晒在太阳下面的玉米棒的红褐色。

它们被晾晒在你能看得见的每一个地方——房顶上,林中空地上,院子里,车站大楼的围墙上。它们结成一串挂在墙边上,乡村的房子像是穿上了生满铁锈的锁子甲。

普鲁特河变幻着绿色的旋涡流淌着,冲刷着古老的红褐色河岸。风儿吹动着杨树。喧嚣的城市之后,是寂静的葡萄园、谷物烘干房、多丘的田野和小巧的教堂。

多瑙河滚动着它那混浊的水流。它仿佛难以容身于河床之中,突然怒气冲天,威吓着要把沿岸的城镇淹没。

罗马尼亚就这样匆匆地在火车车窗外从我的眼前掠过,在自己的远处秘藏着乡村的安适和诗人们的歌谣。

我们的快速列车从早晨到傍晚疾驰着,穿过了罗马尼亚。托佩恰努的一首韵律非常优美的诗作,非常准确地描写了这轰隆作响的疾驰:

> 突然,
> 从睡眼惺忪的草原深处,
> 传来一个奇异的声音,
> 它那么遥远,那么单调,
> 仿佛冰冷河流的戏水声,
> 又像是春水愤怒的低语。
> 它越来越近,马上就要腾空而起,发出咆哮,
> 马上就要充斥天空……
> 它来了!

来的是运载着上千吨货物的快速列车,于是,一只小燕雀对所有那些惊慌的小鸟、森林居民们说道:

> 没什么,快速列车开过去了……

托佩恰努的这首诗(像他的所有诗一样),在韵律方面尤为突出,其韵律的快速节拍并不逊于一辆快速列车。

罗马尼亚人热爱托佩恰努,一个掌握了所有诗歌体裁(如果此处这个术语可以被接受的话)的诗人,怎能不被热爱呢。托佩

恰努是一位抒情诗人、尖刻的幽默作家，一位诗歌编年史、叙事诗和浪漫曲的大师，一位讽刺家和辩论家，一个不亚于任何一位俄国和法国同行的歌手，一位寓言家和通灵术士。

除此之外，他还是一个散文家。这个个子矮小的人，曾令人感慨地为自己矮小的身材而痛苦万分，他是个勇敢的人，参加过战争。他善于迅速地投入爱情，却未必充分地体验过人类普通的幸福。在这方面，他这个永远的流浪者，过于睿智和腼腆了：

> 一个月连着又一个月，
> 星期和岁月在飞逝……
> 女士啊，祝你健康！
> 我拿着箱子，我们走吧！
> 天晓得我会偶然走向哪里，
> 带着我的茨冈行李，
> 是什么样的奥秘吸引我，
> 在这陌生的世界流浪？
> 但在小房间里我感到烦闷，
> 我愿做一个流浪的居民，
> 在短暂的中途休息时分，
> 无休无止地更换侧幕。

他就是这样的人，这个在地球上仅仅度过五十个年头的诗人。（托佩恰努生于1886年3月20日，于1937年5月7日逝世。)表面上看,他瘦小羸弱,但即便如此,他仍步行走遍了整个罗马尼亚。

常常,某个诗人作品前言的作者会对其诗作进行一番转述。批评家会富有教诲性地给读者们讲解他们自己想象中的诗歌内容。

这是毫无用处、徒劳无益的事情,就好像试图用自己的语言去讲述勃洛克的《夜莺花园》。如果一个人要去艾尔米塔日博物馆看列奥纳多·达芬奇的《圣母丽达》,那么,给他讲述这幅画的内容是毫无意义的。这看起来永远显得幼稚,更不用说这种"图画的故事"是极其乏味的。

对诗歌的理解,也是一个复杂的、时而矛盾的现象。我们更多的是感受诗歌,而不是用理智去理解它,我们像感受一个整体那样去感受它,去感受,而不是去理解那个湿润的、静谧的秋夜,那是那样一个夜晚,当——

……星星一如平常,
在光坦的平原上
倾泻下
孤独而明亮的光……

每一首好诗都会在我们认知世界的天平上,在称量死水与活水的天平上,增加一个小小的、珍贵的砝码。这是一份明亮的、轻微的重量。

但愿读者们不会对这仿佛相互抵触的词语"轻微的重量"感

到惶惑。显然，若要表达这种时常出现在生活和诗歌中的独一无二的状态，我们的语言还不够完善。请回想一下普希金那种"明亮的忧伤"。

因此，我不想再来"分析"（有这样一个教学用语）托佩恰努笔下那一个个轻盈而又严整的著名诗歌片段。我仅仅需要提及它们。

当我了解了托佩恰努，我就不由自主地把他当作了"罗马尼亚的海涅"。这个善于尖刻讽刺而又温柔的人，他那向上的、神灵般自由的散文和诗歌，又有哪个作家和诗人没有向往过呢！

现在我来读几句：

> 在绿荫下，在树林中，
> 是我草丛中的小憩，
> 纤弱的牛蒡
> 在与我一起忧伤。

在这些诗句中，我听见了罗伯特·彭斯[①]的声音。在这两个诗人——海涅和彭斯——之间，生活着一个罗马尼亚人托佩恰努。

和托佩恰努相处，不像和彭斯那样容易。彭斯普普通通，就像一株黑麦，清澈见底，就像一股清泉。而托佩恰努则是复杂

---

① 罗伯特·彭斯（1759—1796），苏格兰诗人。

的。他的魅力往往不能马上对周围的人产生影响。

彭斯，如果可以这样表达的话，是一个有着单一的爱和单一的痛苦的人，不难把他看透，而托佩恰努则丰富多彩，他善变，深刻，瞬息万变——时而快乐得富有感染力，时而忧郁。经典式的准确在他身上与表演般的漫不经心同在，而严肃则和年少的轻浮并存。

所有这些特点同时存在，并赋予这个人的外貌以一种独特的魅力。

他并不是迈着轻快的步伐走过生活的。他知道什么是爱、什么是恨，但是，他却从不知道什么是安宁、休息和旁观。

他憎恨罗马尼亚资产阶级社会虚假的文明，那种虚伪、廉价、浮夸的文明，一句话，就像罗马尼亚人说的那样，那是纯粹的"施梅科利亚"——纯粹的欺骗。

通过以上的叙述，我们完全清楚，托佩恰努是和什么人站在一起的。当然是和穷人、手工艺者、农民和工人站在一起的，和患难的劳动者们，而不是和让穷人们受苦、出力的人站在一起的。

在《五月的夜》这首关于制鞋匠的诗中，他非常清晰地表达了这种思想：

啊，制鞋匠！
是什么该诅咒的魔法，
迫使你像从前一样，
牢坐在自己的小凳上？……

> 制鞋匠只渴望一件事：
>
> > 用鞋楦砸向国家，
> > 把它打得个粉碎！

诗人非常同情迫于生计的人民大众，其同情的力量如此之巨大，使得普通人，即使对他的诗歌还知之不多，就已经极其深沉地热爱他，并公正地把他称作自己人。

托佩恰努具有很多个完整的诗人风貌。其中之一，就是一位卓越而纯粹的风景描写大师的风貌。

对于大自然，托佩恰努接触得小心翼翼，就好像在触碰一丛被霜雾笼罩的灌木丛，生怕把它的雾气驱散，又好像触碰蝴蝶的翅膀，生怕拂去了它上面轻柔的蝶粉。

他如此小心翼翼地接触大自然，是因为他全身心地热爱它。

这是春天：

> 新耕地的花天鹅绒，
> 被你留在了身后，
> 你融化了昨日的雪，
> 在蔚蓝色的水洼……
> 在月光中一掠而过。

之后那些描写秋天的词语，也同样精确：

> 落叶在沙沙地作响，
> 白日变得愈加短暂，
> 一个个悲切的夜晚，
> 在月光中一掠而过。

不应该引用托佩恰努的作品，而应该去阅读他。平静而又自由地阅读，在他流动的诗歌中开启越来越新鲜的宝藏。

是的，罗马尼亚人如此热烈、如此真诚地热爱自己的诗人，自己诚实而天才、公正而卓越的同胞，不是没有道理的。

我不懂罗马尼亚语，但是，像许多人一样，我能够感觉它——感觉它独特的节奏，它独特的形象世界，它的音律，它与罗马尼亚邻近国家诸种语言的某些不同之处。

在卓越的大师格奥尔格·托佩恰努的俄文版诗歌中，我们也同样能找到这一切。

一九六〇年于雅尔塔

一个普通人:记康斯坦丁·费定[*]

终于是打破那种过分甜腻的纪念日传统的时候了。

契诃夫曾尖刻地说过,所谓的纪念日,就是将某个人淋漓尽致地痛骂一顿,然后赠给他一支鹅毛笔,在他的头顶上信口开河地说上一堆庄重的话。

很早以前就这样约定俗成,所有的纪念文章和发言都像是悼词。尤其是那些装在仿皮皮包里的官方"致辞":"今天,某天某日,是您光荣的纪念日,请允许我们代表……"等等,等等,一直读到被纪念的人进入昏厥状态,听众痉挛似的打起哈欠。

我想谈一谈的费定,就是一个有天分的普通人,而不是一个文学纪念碑,或一个"德高望重"的同时代人。

首先,费定热爱任何形式的生活,无论是庞大的还是微不足道的。他热爱人,热爱社会。就像谚语里所说的茨冈人一样,他"会为好伙伴献上性命"。

---

[*] 康斯坦丁·亚历山德罗维奇·费定(1892—1977),代表作有三部曲《初欢》《不平凡的夏天》《篝火》,长篇小说《城与年》等。

他喜欢热闹，喜欢餐桌后充满活力的谈话，喜欢细腻而出人意料的故事——别人的故事和自己的故事。自己的故事他讲得十分出色，通常会轻轻地挥动熄灭的烟斗，来突出所有最具特点的东西。

他爱开玩笑，容易发笑，禁不住开心事的诱惑，虽然表面上看起来他是很有节制的。

有一个情况通常大家不去讲述。它也和费定有关。这就是保持创作可能性的问题，创作是他唯一重要的事情，他为此而生。成千上万封的信件，从全国各地寄来的堆成山似的手稿，很多要求回答他们各种各样文学及生活问题或是请求帮助的人——这一切都合情合理，不足为怪，但是，它却超越了作家能力的限度，无法给他留下集中精力的时间。而如果不能精力集中，那么创作就无从谈起了。

爱心显现出了其困难的一面。如果其中再加上在作协和其他部门中的工作（确切地说是各种会议），那么作家的生活就已经具有一种悲剧性质。更何况，他已然并不年轻了，他的精力已然不那么充沛了。

我明白，这些话远非在纪念日上应该说的话。但是，我怜惜作家的精力，它可能耗费在了有益的事情上，而那些事情绝不是最主要的，也不是作家的天赋负有使命去完成的事情。而为自己的天赋负责的只有他本人。

但愿康斯坦丁·亚历山德罗维奇·费定不会抱怨我这自告奋勇的辩护。

我最初阅读费定是在第比利斯,在二十年代初期。

那时的第比利斯,仿佛离莫斯科非常遥远,就像是巴格达或是某个神秘的城市迪亚巴克尔①。

第比利斯的文学还生活在未来主义陈旧的残渣中。因此,"谢拉皮翁兄弟"②丛刊在城里的出现,便带来了一阵清新而奇异的印象。

那时,我读了费定的《果园》,我明白了,在和我们不久以前的伟大文学生活的联系中,出现了苏维埃文学的开端。年轻的苏联作家们——"谢拉皮翁兄弟"——没有丢弃经典作家作为遗产传留下来的技巧,而是有机地、天才地把它运用于新时代的内容。

之后,在接下来的几年里,我阅读了费定的所有作品,更是把《城与年》《弟兄们》《阿克图尔疗养院》和《高尔基在我们中间》当成了自己的样板。

关于费定的散文人们说得如此之多,我很难再对作家的风貌做什么补充了,其风貌早已被读者承认、被评论界细究了。因此,我仅在此给出几段笔记,它们能给出一个关于普通人费定的印象,当然,这个印象是很不全面的,速写式的。

① 迪亚巴克尔,土耳其城市。
② "谢拉皮翁兄弟",1921年在彼得格勒成立的一个文学团体,费定是其成员之一。

我于一九四一年和费定相识,就在战争爆发前几天。六月里一个蔚蓝色的宁静清晨,我和费定坐在他的佩列杰尔金诺[①]别墅的露台上,我们边喝咖啡边谈论文学,探寻着共同的观点和喜好。

突然,篱笆门打开了,花园里闯进来一个费定和我都不认识的红发妇女,她满眼惊恐,上气不接下气地喊道:"德国人已经越过国界……正在从空中轰炸基辅、明斯克!"

"什么时候?"费定大声问,但是,那个女人什么都没听见——她已经沿路跑到隔壁那幢别墅去了。

我们走出家门,知道应该去某个地方,不能独自留在家里。我们往火车站方向走去。我们遇到了两个中年钓鱼人。他们从火车站迎面往池塘走,扛着富有田园情调的钓竿。

"战争爆发了。"费定对他们说。

两个钓鱼人一句话都没回答。他俩默默地转过身,回头向车站走去。

在森林的上方,空中拦截汽艇闪烁着混浊的银光,已经升到了天上。

我们停在空地上,注视着它。三叶草在我们脚边盛开——如今它已经是战前的三叶草了——它沾满了露水,结着芳香的豆荚。地上腾起一阵盛夏的温暖味道。

我们沉默地吻别,分了手。可能,是永远地分别。不需要言语。应该和大家一起去莫斯科,迅速地行动起来。

① 佩列杰尔金诺,莫斯科市郊的一个别墅区,作家和艺术家的集居地。

　　　　　＊　　　＊　　　＊

秋天，我从南方前线来到费定的别墅，并住了下来——我在莫斯科的寓所遭到了轰炸。

所有的作家家庭都被疏散到了卡马河边的奇斯托波尔城。佩列杰尔金诺空了。

莫斯科每天夜里都遭到轰炸。法西斯的飞机编队在精确指定的时间里，颤抖地从西边呼啸而来。佩列杰尔金诺四周架有海军高射炮。它们急速地集中火力开火。炮弹的碎片击落了松枝，打在屋顶上。

每天晚上，我们几乎都要在黑暗而冰冷的露台上一直坐到黎明，不停地谈论着战争和亲爱的俄罗斯。

我们谈到过费定的故乡——萨拉托夫（我不知为什么觉得这是一个"地方自治"城市，其中住着许多知识渊博的老医生），谈到过位于叫纳罗夫恰特的那个地方的许多小巧而明亮的房子，还有那些山坡，它们仿佛支撑着一片灰蒙蒙的、多风的天空。我们坚持不懈地回忆着，像是着了魔，满怀着那使人隐隐作痛的爱和苦楚回忆着，那爱和苦楚马上就要化作眼泪流淌了出来：

　　啊，罗斯！我满怀忧伤，
　　在为你放声歌唱。
　　你是世上最可爱的地方，

啊，我亲爱的家。

有时，我们去森林中的避弹所。在那些冰冷的不眠夜和它们黎明前的冰冷之中，一颗颗照明弹不祥地闪亮在菲里①和莫斯科上空，就像上百盏吊灯一样。照明弹的光亮似乎放肆而又挑衅。

费定神情忧郁，威严又平静。他常说，胜利一定会到来。他的这些话语，以及对美好的俄罗斯之秋的感觉，使我们心里轻松、坚强了许多。

那时，我望着费定，明白了是一种什么样的力量饱含在他那明亮的智慧之中，在那些决定民族命运的日子里，这样的智慧不会出现丝毫的疑虑。

费定的特点是他对语言的至爱。这是一种求全责备、富有诗意的爱。他特别喜欢那些具有丰富色调的词汇。

对于一个大作家来说，仅仅懂得母语是不够的，甚至是极好地了解母语也是不够的。他应该一刻不停地生活在伟大而瑰丽、多姿多彩、不断发展着的俄语之中，就好像生活在一个精美而诗意荡漾的世界里。

每一个新词——每一个精确而非同寻常的新词——都会引起费定的感叹，而一个愚蠢的、意思含混的新词则会激起他的愤怒。

---

① 菲里，莫斯科西面的一个村落，二十世纪二十年代中期划入莫斯科市界内。

有一次，我和费定从加格拉市①乘车前往布济比河。我们遇到了一个奇怪的司机。他上了年纪，身材干瘦得像根竹竿，细软的胡须垂了下来，一张脸因为厌烦而扭曲了。一路上他一言不发，仔细听着我们的谈话。

终于，他暗中明白了我们是作家，便寻衅地对我们说道：

"作家同志们，恐怕你们还不知道在俄语中哪个单词最长吧。"我们说出了几个很长的单词，但是，司机却宽容地笑了笑。"你们知道得太少啦，作家同志们。你们听好了！最长的词是这样的：'尚未完全审查清楚的事情'！"

费定笑了起来。

"您是在哪儿看到的？"

"在议会决议里。"神秘的司机阴沉地回答，之后，他很长时间都不再说话，仔细地盯着灰蓝色的密林和近处的山顶。

我们沉默着，被司机说的那个词震惊了。最后，费定问："您是在哪里知道议会决议的？"

"当然是读到的。"司机回答道，从这一刻起，他的神秘比刚才又增加了一分，"可别在我干活的时候跟我说话！你们没看见这路有多糟糕吗？！"

* * *

回忆有具体的，有抒情的，可能还有悲怆的。而还有一些回

---

① 加格拉市，黑海港口城市。

忆纯粹是甜蜜的,几乎是孩子气的。

和费定、西蒙·契科瓦尼①一起去皮聪达②的旅行,就属于这样的回忆。

与冬天的气候正相反,海上是一片令人难以置信的风平浪静,天空晴朗,海水蔚蓝。在天空的微光照耀下,秋天所特有的光亮就像一片不知道飞向哪里又为何而飞的蛛网。这种连冷静的眼睛都几乎发现不了的光亮,被费定第一个看见了。他告诉了我们。于是,对于我们来说,那一天便立即走上了一条不同寻常的、轻松的路。

这是常有的事。每一个可爱的细节和一个同样可爱的新细节交融到一起,于是,一整天就完全变了样,就像是童话中的丝线。这是一些难以捕捉的细节,但是,我仍然尝试着更为具体地、笨拙地讲述它们。

首先,我们在沙滩上发现了许多被海浪漂白了的树根。它们一会儿使我们想起野兽,一会儿使我们想起古代西徐亚人的面具,一会儿是堂吉诃德和他手中的长矛,一会儿是一张日本女人的脸和脸上那双隐隐约约的、笑眯眯的杏仁眼。

我们收集到了整整一套这些神奇的树根。给任何一个树根翻个个儿,就能在上面看到不止一个,而是数个完全不同的形象。

其次,我们在沙滩上发现了一些晒黑的碎片,当然,我们后

---

① 西蒙·契科瓦尼(1902/1903—1966),格鲁吉亚诗人。
② 皮聪达,高加索黑海沿岸城镇,著名的疗养地。

来认定，这是希腊花瓶的碎片。

一定是希腊花瓶的碎片，因为我们脚边的大海曾微微泛着泡沫，用自己的浪涛把加生①的轮船带到科尔西达②。而沙粒粗糙、泛着红光的海滩在四周燃烧着，就像是金羊毛。

再次，我们在岸边找到了一只黑色的瓶子，把一张字条塞到了里面，上面写着："为了生活而生活。"我们塞紧瓶塞，把它扔到了海里。

之后，我们参观了一座非常古老的教堂。那里的空气仿佛从远古以来就凝固不动了，那么温暖，那么晦暗。

小径穿过松林通向灯塔。我们在路上遇到了两个腼腆的女孩，她们的眼睛闪闪发光，头上戴着红色的蝴蝶结。她们是灯塔管理员的女儿。她俩把我们带到了灯塔上。

我们沿着铁旋梯，沿着咚咚响的台阶向灯塔上爬，花了很长时间。擦拭得干干净净的仪器和透镜闪烁着几十道铜色的光芒。在灯塔小屋的墙上，挂着一份日落时刻表。

而在铺着格子地板的小阳台上，黑海那幸福的蓝色直逼眼帘。

"这应该就是幸福了。"费定说，"但这是非常少见的幸福。"他补充道，"这一切都是为了你。你不会忘记吧？"

"不会。"我回答，"我不会忘记。"

---

① 在古希腊神话中，加生曾率领勇士们去科尔西达取神龙守护的金羊毛。
② 科尔西达，格鲁吉亚南部的古希腊名称。

"看一看,然后写下来!"

但是,直到现在我也没写下来。那天的一切都过于完整了。我觉得,不能用详尽的描写把它割裂开来。但是,费定的"命令"仍然有效,我迟早都会去完成那道命令。

我有机会看见费定是如何工作的。

我没有在任何一个熟悉的作家身上见到过费定在工作中的那种执着和顽强。他对自己是残酷的。

他只在双眼因疲劳而疼痛时才从桌旁站起身来,站起身来之后,还会长时间地心事重重,若有所思。

钢笔放在了一旁,但是思想还在继续工作,很久才能停下来。

最好的休息,最迅速、最轻松的休息,就是从写作突然转换成某种纯粹小孩子式的玩意儿,转换成大学生歌曲,比如《果味伏特加》,或者,转换成在破旧的海边水上咖啡馆中不费脑筋的欢聚。

那是高加索海滨的一个冬天,暴风雨大声咆哮。水上咖啡馆被海浪击打得摇摇晃晃。远方地平线上的一股股旋风在缓缓地散去。破损的留声机颤颤巍巍地播放着古老的华尔兹舞曲。

我们所有人,即使已经上了年纪,都跳起了华尔兹——仅仅是因为好心情,出于顽皮。费定跳得非常出色,他平静地跳着,甚至有些迁就。在他身上,从前的演员又苏醒了。跳舞时,他和他棱角分明的侧影,使我觉得他就像是北方民间史诗中的一个英雄。

他跳着慢步华尔兹,眼睛一直没离开过咖啡馆被风吹得哗啦啦响的宽敞窗子。那里,狂怒的大海从黑暗之中奔涌向岸边。海面上，浮现出一些紫红色的、模模糊糊的斑点。那显然是层层乌云后面落日的反光。

费定默不作声地用眼神把大海指给我看。他仿佛在说："这多么有力！人的手会因为这景观而变得更加有力。"

我就是这样理解他的。而且，我显然也是对的，因为他中断舞步，马上回到自己有些冰冷的房间，坐到桌前，开始了写作，尽量不急于求成，克制着自己。他写了几乎整整一夜。

类似的和费定有关的"无情节"生活片段，我还可以列举很多。但是，关于费定对大自然的态度，我还想再说上几句，包括我们是怎样去钓鱼的。

我觉得，费定并不仅仅像一个旁观者那样去喜爱大自然，而且也像一个林务员，像一个园艺家，像一个种菜人和一个花匠那样去爱它。

在所有这些领域中，他都具有渊博的知识。这种对大自然的态度赋予费定的风景描写以一种绝对精确的特点。众所周知，没有知识和精确性，就没有诗歌。

在面对大自然的时候，费定非常严格，他不喜欢粗心大意和不求甚解。有人给我讲过，费定在别墅里最好的邻居，他的好朋友亚历山大·格奥尔吉耶维奇·马雷什金是怎样把他惹火的。费定发火是因为，马雷什金在森林里散步的时候使劲地扭弯树梢，从地里拔出几棵小白桦树，想立刻把它们种在自己的菜地上。

"简直就是胡作非为，"费定说，"用这种野蛮的方法栽白桦树，它们永远都不会长直，也不会长高，它们的根已经被拔断了。"

果然,那些白桦树死了。但是,就好像是为了故意作对,有三四株小白桦活了下来并长高了。的确,那是几株歪歪扭扭的树,但很结实。费定只是耸了耸肩膀。

我们是在佩列杰尔金诺的池塘里钓的鱼,我们尽量不落到"作家兄弟们"的眼皮下面。

我们在拂晓时分来到池塘,但是,无论怎样都摆脱不掉尤里·斯列兹金[①]。他起得很早,在小池塘旁边突然出现在我们眼前,然后,恶狠狠地嘲笑我们一阵,但是,他如此彬彬有礼,即使我们十分愿意,也没能和他进行一场"肉搏战"。

费定有他自己独特的、有些奇怪的钓鱼风格。他垂下鱼竿,而自己,为了不把鱼吓跑,走到离岸二三十步的地方,躲在灌木丛里,从那里盯着鱼漂。鱼咬钩的时候,他就一跃而起,当然,毫无疑问,他是来不及跑到鱼竿那里的。狡猾的鱼儿几乎总是能够挣脱粘着鱼饵的鱼钩。

我们钓到六条鲤鱼的那次,是一个什么样的喜庆场面啊!我们把鱼都串在网绳上,故意放慢脚步,竭尽全力想让那些不久前嘲笑过我们的人(尤其是斯列兹金)看见,从创作之家前面走回家。这当然不顺路,但是我们知道,这个时候,所有作家都在露台上吃早点。

我们轻松地、漫不经心地从他们身边走过,带着我们漂亮的

---

① 尤里·斯列兹金(1885—1947),作家。

青铜色鲤鱼。作家们目瞪口呆。从我们这方面讲，这是对所有都市主义者和顽固不化的文学家们——那些喜欢高谈阔论和谆谆教导的人——的一场报复。

  我预见到，人们将会指责这些回忆片段的冒失和过度的客观性。我是不会为自己辩白的。

  我已经写过费定是怎样工作的（在《金蔷薇》中）。我知道他在苏维埃俄罗斯文学中的价值，也知道他的地位。正因为如此，我才想就仅仅是作为一个普通人的费定谈上几句。我希望，他会宽容我的这种做法。

一九六二年

布尔加科夫*和戏剧

布尔加科夫是基辅人。他出生在基辅,并在那里度过了自己的青年时代。那个时候,基辅是一个充满了尖锐矛盾的城市。在基辅既有进步的科学界、演艺界的知识分子,同时也有恶毒而又善于钻营的庸人。"基辅小市民"的说法已经广为人知,并且成了普通名词,它甚至被写进了契诃夫的《海鸥》。

"基辅小市民"是一种极其特殊的庸人类型——某种介乎于自大愚蠢的小贵族、伪君子和厚颜无耻之徒之间的东西。从这个可憎的社会阶层的深处产生了许多暴徒和黑帮分子。基辅洞穴修道院成了他们的堡垒,而"西南"蒙昧主义者出版的不堪入目的保皇派报纸,则成了他们的讲坛。

把"基辅小市民"介绍给大家的原因是,布尔加科夫,一个进步知识分子的代表,在其一生中,对于一切哪怕带有一点点庸俗、野蛮和虚伪的东西,他都怀有难以名状的深刻仇恨。这个不

---

* 布尔加科夫(1891—1940),著有《大师和玛格丽特》《狗心》《不祥的蛋》等小说,剧作《图尔宾一家的日子》等。

安分的、卓越的作家的一生，实质上就是和愚昧与无耻所进行的无情斗争，就是为人类纯洁的意愿所进行的斗争，这一斗争的目的，就是为了使人必须、必然变得理智而又高尚起来。在这场斗争中，布尔加科夫的手中握着惊人的武器——讽刺，愤怒，嘲讽，以及尖刻而准确的词语。他不怜惜自己的武器。而那武器在布尔加科夫的手中从未变钝过。

虽然存在着一些"本地"庸人，但基辅首先是一个具有博大文化传统的城市。布尔加科夫就是在这些传统构成的环境中长大成人的。这些传统也存在于他的家庭，或多或少地也存在于中学，最后，还存在于基辅大学中。更不能忽略城市美丽的外貌，它使基辅的生活方式具有了独特魅力。

我曾和布尔加科夫一起在基辅第一中学学习。这所中学的教学及教育基础是由著名外科医生、教育家皮罗戈夫①奠定的。也许，正是因此，基辅第一中学的教师构成才显得与众不同，和那些单调乏味的俄国古典中学形成了鲜明对比。很多从事科学、文学，特别是戏剧工作的人，都毕业于这所中学。

① 皮罗戈夫（1810—1881），俄国解剖学家，外科学家，教育家，社会活动家，外科解剖学派的创始人。

布尔加科夫把话剧《图尔宾一家的日子》的情节放在了这所学校。最激烈的场景之一就发生在第一中学的大厅里。在这一幕，中学的老更夫唠唠叨叨地对阿列克谢·图尔宾穷追不舍，他就是基辅有名的更夫马克西姆，外号"冷水"。

这个外号的来历，对于那时的中学生活来说是典型的。当时，禁止中学生们在第涅伯河上划船。在河边跟踪我们的就是马克西姆。那时他体格健壮、头脑机灵而又富有创造力。他用香烟和其他简单的好处收买了码头上的更夫，并把他们都当成了"干亲家"。但是，中学生们比马克西姆更狡黠、更机敏，很少被抓到。有几次，大家警告马克西姆，让他放弃盯梢。但是，马克西姆不听。于是有一天，高年级学生在偏僻的岸边抓住他，把穿着制服、戴着铜奖章的他泡在了水里。那是在春天。第涅伯河正值春汛。马克西姆从此不再盯梢了，然而，"冷水"这个外号却伴随了他一生。

而我们从那时起，即使是在汛期，也能够不受任何惩罚地在第涅伯河上划着船游来荡去。我们特别喜欢被淹没了的小镇子，还有镇上那些架在木桩上的饭店和茶馆。小船直接用绳子系在木头凉台上。我们在铺着漆布的小桌旁坐下来。在黄昏中，在早早亮起的灯火中，在花园里刚刚冒出的新叶中，在渐渐暗淡的落日中，基辅的峭壁伸展在我们面前。水中倒映着路灯的亮光。我们想象自己身在威尼斯，我们喧闹着，争论着，哈哈大笑着。在这些"水上晚会"上，首席总是属于布尔加科夫。他给我们讲述一些不同寻常的故事。在那些故事中，真实和虚构紧密地交织在一起，二者的界限消失得无影无踪。

这些故事的表现力非常强大，不仅是我们这些中学生最终开始相信，就连我们那些有经验的领导也相信了。布尔加科夫写过一个故事，一个虚构的逗笑传记，讲的是我们学校那个外号叫"薄板"的学监，这个故事后来传到了中学校长那里。校长想重建公正，就把布尔加科夫所讲的"薄板"生平中的一些事例写进了学监的履历表。在这之后，"薄板"很快就得到了一枚奖章，原因是工作勤奋。我们相信，就是因为布尔加科夫在"薄板"的生平中虚构出来的那些事件，"薄板"才得到了奖章。布尔加科夫讲的是，"薄板"如何发明了一种制作鼻烟的新方法，并以此推动了马合烟工业的发展。"薄板"的确闻鼻烟，他还在破旧的常礼服后面的口袋里装着几块蓝红格子大手绢。作为一个腼腆的人，"薄板"在嗅完鼻烟后，总是到空无一人的学校礼堂去打喷嚏，以免在上课时间打破走廊和教室里那庄严的寂静。

早在那时，布尔加科夫的故事中就有了许多辛辣的幽默，在他的眼中，那双略微眯起来的明亮的眼中，甚至也闪烁着某种果戈理式的嘲讽的亮光，就好像我们感觉到的那样。

布尔加科夫满肚子的幽默、奇想和捉弄人的小把戏。这一切来得自如、轻易，任何一个由头都可以导致它们的出现。他的想象力恣肆强劲，令人吃惊。他有一种即兴创作的天赋。同时，在布尔加科夫的这种禀赋中，没有那种会使他远离现实生活的东西。恰恰相反，听布尔加科夫讲故事，你会渐渐明白，他卓越的想象，他对现实的自由阐释，就是那同一种生命力，同一个现实的表现之一。有这样一个世界，布尔加科夫青年时代的创作想象，就像是那世界的一个环节。

在布尔加科夫很久之后所写的东西中，他青年时期的这个特点又非常鲜明地表现了出来，即现实和幻想在最出乎意料，然而内部却十分合理的形式中的交织。布尔加科夫的小说有这样的特点，他的一些剧作也有这样的特点。

布尔加科夫成为最伟大的剧作家之一并不是偶然的。在某种程度上说，基辅这个爱好戏剧的城市在这件事情上也息息相关。

基辅当时有一家很好的歌剧院，有著名的赞科韦茨卡娅[①]所在的乌克兰剧院，还有索洛夫佐夫[②]俄罗斯剧院，那是一家青年人爱去的剧院。

学生们只有在得到校长的书面许可之后才能去剧院。遇到校长兼历史学家博江斯基不熟悉的剧目，他就不让我们去。他也不让我们去看他不喜欢的那些剧目。总的来说，校长认为戏剧是"轻浮之物"，谈起戏剧的时候总是用一个充满轻蔑的词语——"鬼把戏"。

我们伪造许可，在上面签上博江斯基的名字，有时甚至换上便装，以便不落在"薄板"手里，他总是阴沉着脸在剧院走廊里踱步，搜寻不可救药的戏剧爱好者——"我们光荣中学的学生们"（"薄板"如此称呼中学生们）。

有一天，"薄板"在索洛夫佐夫剧院抓到了几个身着便装的学

[①] 玛丽娅·赞科韦茨卡娅（1860—1934），乌克兰女演员。
[②] 尼古拉·索洛夫佐夫（1857—1902），俄国演员，导演，企业家，一八九三年创办了索洛夫佐夫剧院。

生，其中就有布尔加科夫。"薄板"就此事件给校长打了一份报告，其中还写道，学生们当时"未着校服"。随后，当然是一些不愉快，是校长长时间的训话，他的主题是，"我们的远祖，上帝保佑，对剧院不太懂行，但是，他们却把鞑靼人从俄国的土地上打跑了"。

那时，索洛夫佐夫剧院有库兹涅佐夫、波列维茨卡娅、拉京、尤列涅娃这样一些演员。公演的剧目也各种各样——从《智慧的痛苦》到阿尔志跋绥夫的《嫉妒》，从《贵族之家》到《萨仁夫人》。话剧之后一定会上演一出轻喜剧，以抚平观众们沉重的心情。而幕间休息的时候有乐队演奏。

我常在索洛夫佐夫剧院遇到布尔加科夫。观众大厅被一层灰蒙蒙的烟雾笼罩着。透过烟雾，金色的装饰图案闪着光，座椅上的天鹅绒泛出幽蓝。这烟雾就是剧院里平常的灰尘，但是，在我们看来，它仿佛是美妙的剧院艺术放射出的神秘亮光。

剧院的空气也能让我们飘飘欲仙，虽然我们知道剧院里散发的是香水、糨糊、油漆和橙子的味道——那时大家习惯在看戏的时候吮橙子（当然，不是在我们所在的楼座，而是在厢座和二楼的包厢里）。十九世纪结束了，二十世纪来临了。但是，在剧院里，从带拱顶的剧院本身，从低矮的回廊，到绘有金色竖琴的幕布，都保留了许多古风旧俗。幕布上画着一个丰满的财富女神。她从一只牛角中抛撒出玫瑰花枝。

在布尔加科夫的一部戏中，在第一个情景说明中，当古老的法式剧院的幕布升起，暖暖的穿堂风把栏杆上燃着的蜡烛火苗吹向一边，我辨认出了老式剧院的特征。在这幅简洁明快的图像中，有着老式剧院的全部外貌。只有熟悉剧院并对剧院充满感情的人，才能够写出这样的词句。

布尔加科夫步入剧院是自然而然、十分合理的事。也没有别的可能，因为布尔加科夫不仅是一个大作家，而且还是一个大演员。

布尔加科夫在自己的一部长篇小说中写道：

> 当演出结束，我走到外面去的时候，我就会充满苦涩痛苦的感觉。我非常想穿上和演员身上一样的长袍，参加演出。比如，我觉得，如果给自己粘上一个巨大的翘鼻子，穿上烟色的长袍，手拿拐杖和鼻烟壶，从侧台突然走出来，说上几句非常可笑的台词，那该有多美妙啊。我坐在拥挤的观众席中，想象着那种非常可笑的台词。但是，别人却说着由别人编出来的可笑台词，观众不时发出笑声。无论在此之前，还是在此之后，我的生命中都从未有过比这一切更能使我体会到快感的东西了。

对戏剧演出，对精彩的演员演出，布尔加科夫一直有着十分强烈的爱好，连他自己都承认，伟大的表演能让他"额头上因为快感而渗出一层细密的汗珠"。

*　　*　　*

在与布尔加科夫的交往中，能留下这样一种印象，即他会把自己的小说也事先"表演"一番。他可以异常生动地描绘自己短篇和长篇小说中的任意一个主人公。他能看见他们，能听到他们的声音，对他们了如指掌。他好像和他们携手生活了整整一辈子。可能，布尔加科夫的人物就是由他听到的某个词语或是看到的某个手势产生的，之后，布尔加科夫就"扮演"了自己的主人公，毫不吝啬地给主人公添加一些新的特征，代替他思考，和他谈话（有时，早晨洗脸或吃午饭时直接对话），使他像一张活生生的但还"不具备身形"的脸孔，将他带进布尔加科夫自己的日常生活。主人公完全占据了布尔加科夫的心灵。布尔加科夫也就再现成了主人公。

这种再现的天赋和洞察的力量，是布尔加科夫最典型的特点。对自己所虚构出的世界的洞察力，将布尔加科夫带进了戏剧创作，带进了剧院。

*　　*　　*

直到现在创作过程心理学还很少被我们所研究。这说明了这个过程的复杂性——作家各不相同，创作过程也不同，这一过程很难被列入某种精确的公式或者法则，就连作家本人也很难解释清楚。多数作家只能表达自己对于创作过程的种种感受，但他们无力去解释它，去冷静地把它分成若干部分，去理清其实质。这说明，创作过程是我们意识的一个直接功能，就连意识的主体有时也无法捕捉到它。去问许多作家创作过程的实质为何物，这是徒劳无益的。面对你们的发问，他们什么都说不出来，显然就像小鸟说不清它是怎样歌唱的一样。

那些我们现如今为数不多的对创作过程之实质的洞察，就更加显得珍贵了。在这些表述中，布尔加科夫的一则笔记是非常典型的，他在其中写到了他首次"看见"自己的剧作《图尔宾一家的日子》的情景。

在此剧作之前有长篇小说《白卫军》，它奠定了剧作的基础。而这一剧作又是怎样产生的呢？

布尔加科夫在夜里醒来。不久前，小说出版了，大家以漠然的态度迎接了它。布尔加科夫把书锁到写字台的抽屉里，决定在有生之年再也不去读它，再也不会回过头去面对它。但是，小说中的人物已经在过着自己的生活，已经无法把他们从意识中驱逐出去了。

布尔加科夫写道：

> 有一天，暴风雪惊醒了我。那是一个大雪肆虐的三月，狂风怒号，虽然已经到了三月末。又一次……我含泪醒来。多么脆弱，哎，多么脆弱！又是那些人，又是那个遥远的城市，还有钢琴的侧面，还有枪声，还有那个倒在雪地上的人。
>
> 这些人物诞生在梦中，他们从梦中走出，并十分执着地在我的单人斗室里落下脚来。显然，无法和他们就这样分手。但是，我该拿他们怎么办呢？
>
> 最开始的时候，我只是和他们谈话，而我仍旧不得不把

小说从抽屉里拿出来。于是每到晚上，我就开始觉得，从苍白的书页中显露出了某种色彩缤纷的东西。我眯起眼睛仔细地看着，我确信这是一幅画。不但如此，这还不是一幅平面的画，而是三维的。就像一个小盒子，透过一行行字迹可以看见：灯光明亮，盒子中运动着的，就是小说中描写到的那些人物。

……随着时间的推移，书中的盒子开始有了声音。我清晰地听到了钢琴的声音。的确，我若对谁说起此事，大概，他们一定会建议我去看医生。他们会说，在下面，在地板下面，有人在弹琴，甚至可能会告诉我，人家正在演奏什么曲目。但是我不会留心这些话。不，不会！有人正在我的桌子上弹钢琴，我能听见轻轻的敲击琴键的声音。但这还不够。当房子静下来，下面恰好什么都没演奏，我却听见，一把手风琴透过暴风雪发出了阴郁而凶恶的声响，而还有一些气愤的、哀伤的声音加入到手风琴声里。他们哀鸣着，哀鸣着！啊，不，这不是在地板下面！为什么房间昏暗了，为什么书页中闪现出了第涅伯河上的冬夜，为什么出现了一些马脸，而在它们的上方，则是一些戴羊皮高帽的人的面孔。

……似乎可以一辈子玩这样的游戏，一辈子凝视书页……而怎样把这些形象记录下来呢？怎样记录，才能让他们不再远去呢？

有一个夜晚，我决定把这个神奇的房间描写下来。可是怎样描写呢？非常简单。你看见什么，就写什么，没看见什

> 么，就不写什么。如此这般，画面燃烧了起来，画面变幻出各种颜色。我喜欢它吗？非常喜欢。于是，我写道：第一幕。我看见一个夜晚，一只灯亮着。灯罩上的流苏。钢琴上的乐谱打开着。有人在弹奏《浮士德》。突然，《浮士德》停下了，但一把吉他响了起来。是谁在弹？看，他手持吉他从门口走了出来。我听见，他在唱歌。我就写道——他在唱歌。
>
> 这最终成了一个迷人的游戏……我忙乱了三个夜晚，从第一个画面玩起，到最后一夜快结束的时候，我明白了，我是在写一部剧本。

我有意引用了这一长长的片段。戏剧仿佛诞生于游戏，诞生于一个虚构的，然而却是十分清晰可见的世界。

这是布尔加科夫的自白，很细腻，没有任何抽象的痕迹，它揭示了作家创作过程的实质和发展，揭示了布尔加科夫走向戏剧的道路。

相比之下，布尔加科夫开始文学创作要早得多。他的第一部短篇小说写于一九一九年。

布尔加科夫在自己的传记里写到这件事：

> 一九一九年的某个夜晚，时值深秋，乘着一辆摇摇晃晃的列车，借着插在煤油瓶里的一支蜡烛的光，我写出了第一个短篇小说。在列车载着我去的那个城市里，我把小说交给了一家报纸编辑部。

布尔加科夫的这段自白和前面那段自白一样珍贵。还是那股不可抗拒的想象力和构思的轻松——小说是在夜间写成的,在火车上,在残烛的光照下。

布尔加科夫的工作之轻松使所有人都感到震惊。年轻的契诃夫就用这样的轻松描写过他目光所触及的任何事物——墨水瓶,头发蓬乱竖起的小男孩,打碎的瓶子。这是无穷无尽、流淌不息的想象之流。

布尔加科夫就是这样轻松自在、无忧无虑地在《汽笛报》工作,那是伊利夫和彼得罗夫[①]带领的一群热爱讽刺的青年在"第四版"上大显身手的著名岁月。"第四版"让懒汉、游手好闲之人、小官僚和马马虎虎的人感到害怕。这个版面是毫不留情的。就连《汽笛报》主编也害怕这个版面的工作人员。

那时,布尔加科夫经常到我们这里——和《汽笛报》毗邻的海河报纸《值班报》编辑部。有人给他看一封某个码头负责人或是司炉写来的信。布尔加科夫浏览着信件,眼睛里闪出愉快的火花,他在打字员旁边坐下来,用十到十五分钟口授了一篇讽刺小文章,文章那么可笑,以至于主编也抱住头,而工作人员则笑得趴到了桌子上。

布尔加科夫就地拿到自己的小文章赚来的五卢布,走了,满

[①] 伊利夫(1897—1937)和彼得罗夫(1903—1942),合著《十二把椅子》《金牛犊》等讽刺文学佳作。

载着种种诱人的计划,想他如何妥善地花掉这五卢布。

但是布尔加科夫有时候也一声不吭,不知为什么,他开始严厉而沉默地仔细观察周围的一切。有一年冬天,他到普希金诺找我。我们在木桩环绕的别墅附近沿着宽宽的林间路散步。布尔加科夫停住脚步,久久地凝视着树桩、栅栏和枞树枝上的雪团。"我的小说需要这个。"他说道。他抖了抖树枝,仔细看着积雪落到地上,雪沙沙响着散成一缕缕细长洁白的线条。

看着散落的雪花,他说,此刻南方却是秋天,可以在脑海里用目光捕捉到广阔的空间,文学的使命就是把这一切在时间和空间中营造出来,他还说,世界上没有比文学更令人倾心的东西了。

而半个小时之后,布尔加科夫又在我的别墅里上演了一出闻所未闻的捉弄人的骗局——在不认识他的人面前装扮成一个战后滞留在俄国的德国俘虏,一个白痴。那时,我第一次领略到了布尔加科夫再现人物的全部力量。一个有着一头浅色头发和一双混浊眼睛的德国佬,坐在桌后,嘻嘻地傻笑着。他的手甚至都出汗了。所有人都在说俄语,而他,当然,一个俄语单词也听不懂。但是,他显然非常想加入这场生动的谈话,他皱着眉头,嘴里呜噜呜噜的,在痛苦地回忆着他所知道的唯一一个俄文单词。

他终于想出来了。那个词被想了起来!桌上上了一道火腿。布尔加科夫把叉子一下插进火腿,激动地喊道:"猪!猪!"之后便开始洋洋得意地尖声大笑。不认识布尔加科夫的客人们全都相信,他们面前坐的就是一个年轻的德国人,而且还是一个大白痴。这个游戏持续了好几个小时,直到布尔加科夫厌烦了,他突然用最最纯正的俄语朗读了起来："我的伯伯最讲究规矩……"①

我记得布尔加科夫在莫斯科艺术剧院舞台上扮演过的唯一一个角色——《匹克维克俱乐部》中的法官。布尔加科夫把这个小角色的怪诞表现得非常出色。

布尔加科夫的创作道路有一部分和契诃夫的道路相同。布尔加科夫在斯摩棱斯克州的瑟乔夫卡市当过几年地方医生。之后，是在全国各地的奔走。盖特曼伪政权②和国内战争时期的基辅、高加索、巴统和莫斯科。

盖特曼伪政权时期是令人厌恶的，在某种程度上讲，也是荒诞不经的。生活似乎把布尔加科夫特有的一些东西——悲剧、怪诞、人的英雄精神和微不足道——全都搅拌成了一团。

乌克兰内部燃起了残酷的火焰。庄园在燃烧，人们在和德国占领军做斗争。基辅的盖特曼斯科罗帕茨基，被极其准确地写在了《图尔宾一家的日子》里。荒诞的盖特曼，胶合板制成的人，被德国将军操纵的身穿白袍的"行贿人"。

有时，斯科罗帕茨基在基辅举行阅兵式。这位盖特曼骑在一匹白马上检阅他的部队。几个德国将军围在盖特曼身旁。盖特曼的近卫军团，所谓的"尊贵的老爷盖特曼的哥萨克雇佣兵们"，狂热地走过白马旁边。哥萨克雇佣兵是在基辅的败类中招募的。这是一群令人不安、胡作非为的自由逃民，但是他们在内心深处

---

① 引自普希金诗体小说《叶甫盖尼·奥涅金》。
② 盖特曼伪政权，国内战争时期德国在乌克兰建立的傀儡政权。

知道盖特曼的分量。哥萨克雇佣兵们走过盖特曼身旁时唱道：

> 亲爱的，我们亲爱的，
> 我们的游民盖特曼！
> 我们的游民盖特曼——
> 帕夫罗·斯科罗帕茨基！

斯科罗帕茨基拘谨地微笑着，敬礼致意，做出没听见这放肆小调的样子。而德国的将军们微笑着。

布尔加科夫以不同寻常的敏锐发现了当时的现实中这种怪诞色彩。他用这种怪诞充实了话剧《图尔宾一家的日子》中的几个场景。由乌克兰的盖特曼政权和国内战争时期的诸多印象衍生出了长篇小说《白卫军》，而由小说又衍生出了剧本。

它是布尔加科夫根据莫斯科艺术剧院工作人员的建议写成的，这些人一下子就意识到，那部小说的作者是一名天生的剧作家。艺术剧院没认错。一个坚毅而严谨的戏剧家来到了剧院。这就是布尔加科夫，他善于嘲讽，忠贞于戏剧艺术，脾气倔强，充满智慧。在剧院里人们称布尔加科夫为"艺术骑士"，这并不是毫无根据的。他是一个真正的骑士——没有恐惧，无可指责。

布尔加科夫来到艺术剧院，从那时起直到生命的最后时日，他的全部生活都和这家剧院联系在了一起。关于自己对艺术剧院的倾心，布尔加科夫说道："我如今被牢牢地黏在它身上，就像金龟子黏在了瓶塞上。"

戏剧家的道路是一条沉重的路，没有桂冠相陪。布尔加科夫怀着最伟大的勇气走完了这段历程。

我不想对布尔加科夫的剧作进行筛选。它们各不相同，却同样地不同凡响，无论是否有这样或那样值得争论的特性。

布尔加科夫的戏剧遗产非常丰富。他的剧作只有一部分被搬上了舞台——《图尔宾一家的日子》《死魂灵》《普希金》《卓娅的住宅》和《紫红色的岛》。除了这些，布尔加科夫还留下了一些十分完整的剧作——《莫里哀》《逃亡》《伊万·瓦西里耶维奇》《堂吉诃德》，改编作品《战争与和平》，歌剧脚本《米宁与波扎尔斯基》《彼得大帝》《黑海》和《拉舍尔》（根据莫泊桑的短篇小说《菲菲小姐》改编）。

除了剧作，布尔加科夫还留下了几部完整的小说作品，其中最杰出、能全面显示出布尔加科夫天才的是一部长篇小说——《大师和玛格丽特》。

《图尔宾一家的日子》——一部描绘一个刚毅而聪明的医生的戏剧，是用巨大的戏剧力量和卓越的才华写成的。它在莫斯科艺术剧院的舞台上上演了九百多场。在这部话剧里，艺术剧院的第二代演员展现了自己高度的技艺。这部话剧的成功是众人皆知的。

布尔加科夫出色地改编了他的心爱之作《死魂灵》。还是在童年时，布尔加科夫就喜欢上了果戈理。在布尔加科夫的意识中，作家果戈理所走过的道路是具有典型意义的。童年时代，布尔加科夫把《死魂灵》当成了一部冒险小说。只是后来，随着布尔加科夫的成长，在他的意识中，果戈理才渐渐地改变了，从一个快乐的、近乎冒险小说作者的作家，变成了一个面带苦涩笑容、嘲笑人类社会和人与人关系之不完善的天才。

布尔加科夫的所有剧作，和他的小说一样，写得非常大胆。他的每一部剧作都有创新，都有某种独特的、布尔加科夫式的超越自我的新东西。布尔加科夫从不重复自己。

在剧作《普希金》中，布尔加科夫展示了诗人最后时日的沉重场面，但是，他并没有让诗人本人出场。这说明了布尔加科夫对普希金的景仰（有哪个演员能够演好普希金，能让诗人的形象在我们眼中不受到贬损呢？），说明了他的艺术分寸感，他作为一名大师的严谨和他的勇气。

要知道，诗人富有效果的出场是很容易带来诱惑的。布尔加科夫毫无疑问也预见到了，舞台上如果少了普希金，那些渴望看到有趣、轰动场面的观众将产生巨大的失望。但是，他没有妥协。在这个举动中包含着布尔加科夫式的严谨。

布尔加科夫只在这部剧中安排了一个小场景——受了致命伤的普希金被抬进了他书房的最里面。观众几乎看不见诗人。他们只能看见墙壁上一闪即逝的影子，那颗无人不知、无人不爱的仰起的头颅所投下的影子。这就是全部。而在这一幕中，却包含了普希金的死所带来的全部震撼，包含了布尔加科夫对作为一名诗人和一个人的普希金的全部爱戴。

我觉得，对于布尔加科夫关于普希金的这部剧作的最好题词，就是丘特切夫的诗句："而你，俄罗斯的初恋，俄罗斯的心不会将你忘记！"①

剧中的人物塑造是简洁而又生动的。剧中那动人的、悲剧性的重复句获得了一种象征意义："暴风雪遮蔽着天空，卷扬起雪花的旋风……"②

布尔加科夫的剧作在莫斯科艺术剧院舞台上得到了完美的再现。卓越的剧作家的命运和国家最优秀剧院的结合，获得了很大的成功。实质上，莫斯科艺术剧院只有过两个作者——契诃夫和布尔加科夫。

布尔加科夫于一九四〇年三月十日去世。他曾是一名好医生，他清楚地知道死亡的临近和不可避免。他的死和他的活一样勇敢。临终的时候，他还在开玩笑。

无论我们怎样对待布尔加科夫的创作，接受或是不接受他，我们都应该向他鞠躬致敬，因为这是一名作家，一个以全部思想和身心忠诚于祖国及其艺术事业的人，他度过了并不轻松的一生，真实，坦诚，从不背叛自我。

一九六二年

---

① 引自丘特切夫抒情诗《一八三七年一月二十九日》。
② 引自普希金抒情诗《冬天的晚上》。

关于一个人，一位朋友：记卡扎凯维奇*

我从来没有想到，我有朝一日会写到卡扎凯维奇的死，写到这个人、这位朋友的死。

只是在失去他之后，我们才完全明白了，他属于我们时代最杰出的一流人物之列——因为他敏锐而勇敢的思想，因为他奔放而智慧的天赋，因为他深刻的诚实，因为他卓越的想象力和那种能够在一瞬间就征服所有人的蓬勃的人性魅力。

甚至还因为他对所器重之人的态度，根据那些人的行为，他时而是严厉的，时而又是温和的，时而是嘲讽的，时而又是亲切的。他公平得无可指责，对真理有着骑士般的忠诚。

艾马努伊尔·根利霍维奇·卡扎凯维奇总能以其构思、故事、题诗、争论和玩笑迅速地引起周围人的兴趣，在这个意义上讲，他是一个能给人带来惊喜的人。

但是，这仅仅是他性格的一小部分。他时常既忧郁又愤怒，

---

* 卡扎凯维奇（1913—1962），著有浪漫主义中篇小说《星》、中篇小说《草原上的两个人》、长篇小说《奥得河上的春天》等。

或者，更确切地说，是某种愤怒的忧郁。这种状态总是和他对文学的命运、人的尊严和人的独立性的担忧联系在一起的。

无论用什么都无法抹去他的死带来的沉重和无常。在此之后，我们可能会对大自然的种种规律产生仇视。在这个偶发事件中，大自然的规律也显得无常到耸人听闻的地步。

大自然是盲目的，失去了评判能力。它不加选择地打击人类。而我们，大自然不可分割的一部分，却有充分的明辨是非的能力。我们不能与这种荒诞妥协。

生活没有保护好卡扎凯维奇，而他自己也没有保护好自己。如果存在哪怕是最小的可能性，他都不会死。我们，与丧失理智的大自然相反，即便明白一个人伟大的价值，却无能为力。

卡扎凯维奇活得勇敢，也死得勇敢。这勇气来自一颗伟大而美好的心灵。知道了自己毫无希望的境地后，他为了周围的人，为了亲近的人，为了让他们对奇迹抱有希望，他表现得异常勇敢。

有一种说法叫作"死一般的孤独"。他的灵魂没有让自己的人格对这该诅咒的、无耻的疾病做出丝毫的让步，为了懂得他灵魂的高尚和伟大，我们应该想象一下，一个要离开生活、走入未曾想见过的痛苦感觉之中的人的状态，他的绝望，他

的孤独，想象那一切，想象一下他在和死亡的孤军奋战中所想到的一切，所经受的痛苦。

将会有很多文字写到大作家卡扎凯维奇。现在，每个人都思考着不同的东西。

我思考的是，我再也听不到他那幽默的声音了，再也看不见他目光中羞涩的温柔了。再也听不到他的另一种声音——当他朗读诗歌时那种严谨而又准确的声音。再也听不见了。这令人难以置信。

我们这些活着的人该怎么办呢？继续卡扎凯维奇未竟的事业。服务于他曾为之献身的生活，服务于文学——这人类最美好的事业之一，增添灵魂的力量和这片大地的美丽。

一九六二年

雅罗斯拉夫·伊瓦什凯维奇 *

我和波兰作家雅罗斯拉夫·伊瓦什凯维奇是同龄人,是同学。我们两人于同一时间,即二十世纪初,同在基辅学习,但是在不同的中学,伊瓦什凯维奇在位于新区的第五中学,而我在比比科夫斯基花园街的第一中学。

由于那些年不可动摇的传统,不同中学(基辅一共有五所中学)的学生们关系紧张,时而敌对,原因很多——由于第涅伯河上的划船比赛("飞燕"式),由于足球比赛和大胆豪放的冬季滑冰比赛,最后,还由于对同一些漂亮女中学生的追求。

每个中学都认为自己是基辅最好的中学,或者为足球守门员(那时他们还被称为"球门员",而最好的守门员姓施罗,恰好在我们第一中学学习)而骄傲,或者为自己的诗人们(当然,我们这里有基辅最好的学生诗人米哈伊尔·桑多米尔斯基,甚至连进步报纸

---

* 雅罗斯拉夫·伊瓦什凯维奇(1894—1980),波兰作家,社会活动家,著有长篇历史小说《红色的盾牌》《荣誉和赞扬》,有关肖邦和巴赫的专著,以及许多中短篇小说、剧作、回忆录等。

《基辅思想》都发表过他的诗作）而骄傲，或是为会跳舞的学生们骄傲。那时有的中学甚至为自己的台球能手们而感到骄傲。

我们之所以把自己的第一中学当成最好的学校，是因为它已经有一百年历史了，画家格①和作曲家拉赫马尼诺夫都曾在此学习，而著名的外科专家和教育家皮罗戈夫——一八五四年塞瓦斯托波尔保卫战的参加者，曾在这里当过校长。

我在的时候，第一中学已经失去了自己悠久的音乐传统，在音乐方面只能依靠基辅唯一一支巴拉莱卡②乐队那不牢靠的名声了。

其他中学的"被教育者们"见到我们，总是在我们身后唱道："叮叮咚咚，巴拉莱卡，我的女主人，你快跳舞吧！"我们则高傲地一言不发，原因很简单，因为我们很难为那种绵软无力、粗糙丑陋的乐器进行辩护。

但是我们和第五中学的关系似乎最为缓和，可能是因为它离我们学校很远，除此之外，有很多健壮的小伙子在那儿学习，他们来自那两个非常严谨的基辅郊区——新区和索罗门卡，那里可不是"捣蛋鬼"和嘲笑者的天地。

我和伊瓦什凯维奇在同一时期读书，大约成长于同一个环境，当然，我们的爱好、兴趣和我们的家庭生活习惯本身，在很多方面都是一样的。

① 尼古拉·尼古拉耶维奇·格（1831—1894），俄国巡回画派创始人之一。
② 巴拉莱卡，俄罗斯民间弦乐器。

在那时的基辅中学毕业生中，有很多人后来都享誉各个领域，不过主要还是在艺术领域。

这就是一个简短的名单（非常不完整）：波兰作家伊瓦什凯维奇、帕兰多夫斯基①和布热赫瓦②，导演别尔谢涅夫③和塔伊罗夫④，俄国作家米哈伊尔·布尔加科夫和罗马绍夫⑤，诗人和歌手维尔京斯基⑥，演员库扎和赫马拉，作曲家利雅托申斯基⑦，政治活动家和革命家卢纳恰尔斯基。甚至还有一些超群的冒险家，如杀害斯托雷平的巴格罗夫和塞尔维亚国王的孙子卡拉-乔治。

孜孜不倦的社会现象研究者中，没有一个人对这个事实感兴趣，他们无视其存在，甚至不想弄清楚其原因。这有些遗憾。显然，在那时基辅的生活中，在城市的戏剧和文学传统中，在它那南方的美景中，谁知道，或许甚至是在基辅闪亮而鲜活的春天中，在基辅蓬勃盛开的栗树花中，就像那时所说的那样，就包含着某种能够孕育出崇高的追求艺术的"汁液"。

基辅的中学借助自己年少的毕业生，展示出了一幅十九世纪

---

① 扬·帕兰多夫斯基（1895—1978），波兰小说家，随笔作家。
② 布热赫瓦，波兰作家杨·列斯曼（1898—1966）的笔名。
③ 伊万·别尔谢涅夫（1889—1954），演员，导演。
④ 亚历山大·塔伊罗夫（1885—1950），演员，导演，卡梅拉剧院的创建者。
⑤ 鲍里斯·罗马绍夫（1895—1958），戏剧家。
⑥ 亚历山大·维尔京斯基（1889—1951），舞台歌唱家，诗人，作曲家。
⑦ 鲍里斯·利雅托申斯基（1895—1968），乌克兰作曲家。

末二十世纪初的社会图画（虽然是不太完整的）。

学校里的每个年级都分为两组——第一组和第二组。在第一组里学习的是地主、将军、工厂主、达官和商人的儿子，而第二组是知识分子、平民知识分子、波兰人和犹太人的儿子。

这种划分是非常精确的，显然，也是有意识的。至少我现在这样认为。

波兰学生中占压倒性多数的是职员、不太富裕的知识分子和小贵族的孩子。在那时，波兰职员不是落户在基辅，而是在外省，在整个西南地区，主要居住在这个地区为数众多的糖厂里。

这些散布在乌克兰西部的工厂，好像是波兰文化一种独特的发源地。几乎我所有的波兰同学都是糖厂工程师和职员的孩子，或是那些所谓的"承租人"的孩子，那些"承租人"负责为一些大地主，如勃博林斯基伯爵、伯拉尼茨卡娅伯爵夫人、捷列先科、法里茨费伊娜等，管理庄园。

在文尼察①附近一家糖厂的一个职员家庭里，雅罗斯拉夫·伊瓦什凯维奇诞生了。

我可以大体正确地认定，伊瓦什凯维奇也和我们所有基辅人一样，受到了三种文化的影响——俄罗斯文化、乌克兰文化和波兰文化。这一点表现在他作为一个人和作为一个作家的成长过程中。

永远地迁居到祖国波兰后，伊瓦什凯维奇仍旧怀着对乌克兰、对自己青年时代生活过的地方的眷恋，仍旧怀着对俄罗斯文

---

① 文尼察，乌克兰州名。

化的热爱。

在那些被他视为伟大导师的作家中，他最为推崇的是列夫·托尔斯泰。他向托尔斯泰献上了他不久前完成的关于《战争与和平》的卓越研究。

我们在各种不同的作家的影响下成长，比如，显克微奇和契诃夫，热罗姆斯基①和列昂尼德·安德烈耶夫，库普林和波列斯拉夫·普鲁斯②，丘特切夫和斯洛瓦茨基③，普什贝谢夫斯基④和巴尔蒙特。模糊的人道主义和精巧的、我们的父母认为是道德败坏的现代主义、颓废主义交织在一起。人民性的水流也汇入了敏感的、几乎病态的心理主义领域。

所有这一切都交汇在我们年轻的意识中，并且，无论这是否令人感到奇怪，它还是导致了非常完整的正面品格的产生。所有这些影响的痕迹保留在了我们每一个人的身上，当然，是不同程度的。

我认为，伊瓦什凯维奇对人复杂而又矛盾的内心世界有浓厚的分析兴趣，他的这一兴趣就是在那些迷恋的年代里获得的。关于这一点，他那些坦诚而尖锐的小说，他那些类似剧本《天使修道院的尤安娜嬷嬷》的有力作品，都可以为证。我要说，这个剧本非常人道，因为作品中的伊瓦什凯维奇不仅熟知人物的心灵，

---

① 斯捷凡·热罗姆斯基（1864—1925），波兰小说家。
② 波列斯拉夫·普鲁斯（1847—1912），本名亚历山大·戈罗瓦茨基，波兰作家。
③ 尤里乌什·斯洛瓦茨基（1808—1849），波兰诗人。
④ 斯坦尼斯拉夫·普什贝谢夫斯基（1868—1927），波兰作家。

而且还是这颗不安而又痛苦的心灵的朋友。写作这样的作品，就好像是在为那些被法律、宗教、偏见和无知所压制的、自然而不可避免的感情而辩护。

我不知道伊瓦什凯维奇怎样看待卡瓦列罗维奇导演根据《天使修道院的尤安娜嬷嬷》改编的电影。我认为这部电影与伊瓦什凯维奇的心理画面完全吻合，并且充满许多非常具有感染力的地方。导演甚至在其中再现了伊瓦什凯维奇特有的风景画面——仿佛故意简单化了的、精确得好像经过了测量的画面，有时它就像一幅手工绘制的地图。

有一些谈话者，他们在讲述什么事情的时候，会马上不由自主地在一块儿纸片上画出那些故事发生地的图形、城市的草图和房屋的速写。这样的谈话者永远是善于叙述的人，他们拥有令人羡慕的记忆力和想象力。我认为，伊瓦什凯维奇就是这样一位谈话者。

伊瓦什凯维奇的景物描写是节制的，没有令人疲惫的细节，只有一两个的确必需的点睛之笔（比如，一株枯树，用来外在地表现波兰修道院那单调而又封闭的世界）。

如同所有作家一样，伊瓦什凯维奇写作不是为了让评论家来成功或不成功地向读者转述其作品。早就应该拒绝我们这里常见的那种关于作家创作的徒劳无用的谈话了，拒绝用肤浅的转述替代其由人物、时间和地点组成的庞大而又多姿多彩的世界。什么"伊瓦什凯维奇写道呀，伊瓦什凯维奇说道呀"——既然他写了，既然他说了，那么就请劳神听一听他自己在说什么，读一读他自己都写了什么，而不是去依靠中间人。请从洁净的源头饮用洁净的水，而不要去喝那种添加了糖浆或醋的转述的水。因此，我将不再用自己的话去讲述伊瓦什凯维奇的作品。请你们自己去阅读吧！它们就在你们眼前。我更希望，哪怕是简略地讲一讲作为一个人和一位朋友的伊瓦什凯维奇。

伊瓦什凯维奇是一个敏锐的人。这是一个爱好讽刺的观察者，一个伟大而谦逊的爱国者，他不仅爱自己的国家，如果可以这样说的话，他还是一个全人类的爱国者，一个永不知疲倦的漂泊者，一个喜欢尝试各种形式的生活的人。有时，我会看见他疲惫万分，时而温和可亲，时而严厉而苛求，然而，对于他人，他永远是有耐心的。

我最初结识伊瓦什凯维奇是在莫斯科，在一个独特的半正式场合。伊瓦什凯维奇马上和我交谈起来，就像我的一个真挚的老同学，虽然在基辅的时候我和他并不认识，他轻而易举并果断地以此打破了死气沉沉的氛围。

显而易见，中学同学之间很久以前就相互了解了，甚至分别多年后仍然能够轻松而真诚地见面，就好像昨天晚上才在克列夏基卡大街和冯杜克列耶夫大街的拐角处或是波多尔的轮船码头刚刚分手一样。

莫斯科的相逢是短暂的。我更为近距离、更为从容地见到伊瓦什凯维奇，是在意大利都灵的欧洲作家联盟代表大会上。我们没住在烈日炎炎的都灵，而住在皮埃蒙特[①]郊外一个空荡无人的

---

① 皮埃蒙特，意大利西北部的区，行政中心为都灵。

宾馆里，凉爽、芬芳的阿尔卑斯山脚下。

有一天我和伊瓦什凯维奇从大会返回，他在会上用法语做了一个很长的发言，谈的是参加意大利加里波的义勇军[1]起义的波兰人。

不知为什么，这段返回的路程我记得特别清楚。我们乘坐的是普尔曼式公共汽车，它在山路上无数个拐弯的地方都会发出动听的歌唱。

被炎热烤得倦怠了的玫瑰和秋海棠花丛，将令人昏昏欲睡的芬芳气味送进了敞开的车窗，而我们在进行一场奇怪的谈话，每句话都只用一个字。可能是因为疲倦。我提问题，伊瓦什凯维奇沉默一会儿，然后回答。之后，伊瓦什凯维奇发问，我也一样，沉默一会儿再回答。就好像我们两个人都在自言自语。就是那次，伊瓦什凯维奇对我说，生活中他最喜欢旅游，文学则排在其后。

于是我想到，他写下那篇关于穆克卢霍-马克莱的优秀小说，并不是没有原因的。

不知为什么，他把文学放到了第二位。听着伊瓦什凯维奇的话，马上，在普尔曼车的车窗外，好像一瞬即逝地浮现出了不同国家的景象。我突然感受到了生命中伴随我们的遥远而多姿多彩的广阔空间，以及它们那几乎肉体上的威力，它们的神秘，它们的新颖、光明和神奇。

我和伊瓦什凯维奇参加过各种作家会议和招待会（伊瓦什凯维

---

[1] 加里波的义勇军，十九世纪四十至六十年代在意大利人民英雄加里波的领导下反抗外国压迫的解放斗争组织。

奇作为波兰文学家联合会的主席），那都是一些喧嚣热闹的场合。但是，只有在伊瓦什凯维奇的庄园，在华沙附近他著名的斯塔维斯科，我似乎才进入了波兰的内核。在斯塔维斯科保留了许多旧波兰古朴的生活风貌。我从前对其完全不了解，只是根据小说进行过想象。

一座宽敞而舒适的大房子，已有好几代人在那里留下了自己的痕迹，无数的书和物品使房子变得拥挤，窗外经年的古树使它变得幽暗。这所房子散发着一种令人感到非常舒服的古树和旧书的味道，其中还掺杂着田野花朵、晒干的草药和熟悉的乌克兰菖蒲的甜美香气。

弥漫着淡淡雾气的池塘，低垂的柳树，啄木鸟敲击树木的声音，皮肤白皙的波兰女孩——伊瓦什凯维奇的孙女们温柔的略带询问的声音。纤巧而矜持的姑娘，动作轻盈、默不作声的小伙子和他们奇妙的华沙发音——普通的词语"三十三"，听起来好像某种无名的动听乐器发出的悦耳音乐。

在公园里，我们遇到两个老太太。她们有些腼腆，是典型的波兰老人，用自己的善良与和蔼装点着一代又一代人的生活。

我不由自主地想起了自己的波兰籍外祖母，她理解我们年轻人的生活，她关心我们，让我们成长为真正的人，而不是夸夸其谈、爱吹牛皮的人。

如果发生了什么不应该发生的、会使生活变得复杂的事情，外婆总是小声地说："哎！简直是胡闹！"——这句话能使大家全都清醒过来。

我在伊瓦什凯维奇的屋子里休息，房间很宽敞，同时又因装满了他环游世界时收集到的物品而显得拥挤。我在这个自由自在同时又十分严谨的波兰家庭中得到了休息。

当我得知,在法西斯分子占领波兰的时候,伊瓦什凯维奇在斯塔维斯科他自己的家中藏过许多人,并且不顾生命危险把他们从必死无疑的境地中救了出来,那时,我开始充满敬意地看着这所可爱的老波兰房子,就好像看着一个活生生的人,它体现了主人和谐而又独立的灵魂。

我们坐在一张大桌子后面,坐在伊瓦什凯维奇的家庭成员中间,喝着滚烫的浓茶——"戈尔巴图",我仿佛觉得,在这所房子的各个角落,在房间和走廊里,在木头楼梯上,在花瓶后面,都驻留着某种平凡而又可亲的历史,它是为这所房子的所有人而存在的:对于伊瓦什凯维奇来说,它就是构思,就是故事和小说;对于那几位可爱的小姑娘来说,它就是招人喜爱的悠扬乐句;对于成年人,它是回忆;对于小女儿们,则是神秘的故事,那些故事只能悄声地相互讲述,而在老钢琴的琴弦自己响起来时,则要马上缄口不言。这就意味着,皮肤白皙的女儿们中的一个过多地虚构了,惹钢琴生气了。那时,伊瓦什凯维奇显然会说,虚构应该有分寸。我在斯塔维斯科体味到了这份独特的财富,这归功于它天才而平和的主人,面对周围的事物,他从未失去那种明显可以感知的"伊瓦什凯维奇式"态度。在这样的态度中,就包含着他作为一个作家和一个人的天赋。在广阔的生活道路上遇到这样的人,你永远会对他心怀感激。

一九六三年七月于塔卢萨

弗谢沃洛德·伊万诺夫*

很早以前我就知道并喜爱弗谢沃洛德·伊万诺夫，但是喜欢得小心翼翼。对于我来说，他仿佛是一个用结实的雪松根雕刻成的人，一个严厉的人，对那些在文学道路上迷失了自己的人尤为不留情面。

那时，我把自己也归到那些迷失者之中，因为我写的东西有些感伤，在我的语言里没有真正的力度。

我觉得，弗谢沃洛德·伊万诺夫正是因为这些才斜眼看我，他好像不太赞赏我。我经常会捕捉到他审视的目光。

这一切结束得非常突然。在作家协会一次令人困倦的、烟气缭绕的会议上，他给我传来了一张字条。不久前，我在一份报纸上发表了短篇小说《十月的夜》。"因为这一个短篇小说，"弗谢沃洛德·伊万诺夫在字条上写道，"我也许会立刻接受您直接进

---

* 弗谢沃洛德·伊万诺夫（1895—1963），俄罗斯作家，作品有中篇小说《游击队员》、《铁甲列车14—69》（同名话剧于1927年在莫斯科高尔基模范剧院上演）、《彩色的风》，自传体长篇小说《魔术师的奇遇》等。

入作家协会主席团。"

我看了看他。他眉头紧锁地坐着，在一张纸上细心地勾画着什么。

从那时起，我的惶恐消失了，随着时间的推移，我愈发了解这个人，他美好善良，才华横溢，天生腼腆。他对一切事情都了如指掌，十分友善，同时，我前面已经提到过，对于那些背叛了自己和自己事业的人，他却是毫不留情的。他把这种背叛视为耻辱。

他热爱有天分的人，因为他自己就天赋异禀，所以，任何针对天才的排挤和凌辱，都能引起他如此的狂怒，以至于会叫人替他本人感到担心。他公正地认为，每一个真正的天才都是人民的骄傲，都需要得到人们最起码的尊重。

没有伊万诺夫，我们的作家生活就失去了一个最可靠平稳、我还要说是强大的"西伯利亚"支柱。从气质上看，弗谢沃洛德·伊万诺夫是一个西伯利亚人。

弗谢沃洛德·伊万诺夫有一个罕见的品质——和我们相比，对人和世界，他总是持有一种更为简单的，虽沉默却更意味深长的态度。他目光敏锐，有时敏锐得既令人意外又让人愉快，这种善于判断人和环境的本领，能使他周围所有人和他自己都感到开心。

在我们的作家生活中，他是

一个什么样的人呢？首先，他是一个创新者和真正的魔术师，一个预言家。

真正的创作，用高尔基的话来说，几乎无异于魔术，真正的创作具有出人意料的迸发和寂静，具有形形色色的人和事，是一个能吞噬一切的情感和激情的世界。

伊万诺夫是一个淘金者，一个在一切方面都很优异的创新者。他出生在额尔齐斯河畔，曾经是一个排字工人，一位苦行僧，一位旅行家，一个有着无穷想象力和极敏锐智慧的人，后来成为一位埋头苦干的作家，一位大师，"谢拉皮翁兄弟"的一员。他创造出了自己的风格，自己的语言，自己的世界，他走在宽广的文学大道上，自信地驾驭着自己的那个世界。

他的手掌宽大有力。他有力而灵巧地用它抓起了一把生活的矿藏。

因此，他所写的一切总是新颖的，无论是《苦行僧》还是《铁甲列车》，还是一切作品，包括《西叙福斯》《野草球果》，或是关于"西伯利亚伟大诗人"的那个短篇小说。《野草球果》是某种比诗歌本身还要崇高、还要精确、还要富有诗意的东西。

《野草球果》失却了重量和重力，脱离了文学引力的法则，像一个充满野性的天堂一样呼吸着，冲着我们的脸庞闪烁出天然金块的光芒。

只有弗谢沃洛德·伊万诺夫，带着他对大地的独特洞察力，带着他对大地和人类全神贯注的爱恋，才能在令人头晕目眩的后贝加尔湖泰加森林深处找到这个天然金块。

读着伊万诺夫写的有关西伯利亚的字字句句，会不由自主地想起另一位诗人帕斯捷尔纳克的美妙诗句，他曾写道，俄罗斯也走在那些害羞的漂亮新娘中间。俄罗斯也有自己伟大而忘我的爱慕者和保护者，其中之一，毫无疑问，就是弗谢沃洛德·伊万诺夫。

我们早就知道，大自然即便表面上看是完善的，其实它也会时常"出错"。对有些人，它是应该手下留情的。

但是，用什么方式？怎么才能根绝像癌症这样的疾病？人类还会长久地把自己的头伸到刽子手的斧头下吗？每个人都相信，如果我们星球上所有国家的军阀和统治者们能停止从事为集体屠杀人类所做的准备，把他们为此所挥霍掉的不可计量的民众财富用在与癌症的斗争上，那么，我们地球上的这个黑色客人恐怕早就寿终正寝了。

我们今后要保护人，要保持我们对那些伟大而又平凡的人、对弗谢沃洛德·伊万诺夫这样的伟大作家们的爱戴，为了缅怀他，我们将热爱并保护我们可爱的，却时常遭受苦难的大地。

让阳光和甘霖永远洒在这片大地上。让这大地繁花似锦，成为他那宽广而勇敢的心灵所永驻的可爱故土。

一九六三年

一顶桂冠：记茨维塔耶娃*

雅典的街道上没有绿荫。城市上空悬垂着白色大理石般的暑热。

街心花园里开放着藤蔓状的、没有叶子的奇异花朵。在它们的藤茎上，一棵棵暗绿色的柔嫩幼芽露了出来，它们长得像松针。用手指轻轻地捏一捏这样的树叶，它马上就会涨破，流出混浊而凉爽的汁液。

在这种植物的身体里，汁液的流动看起来非常有力，就连叶片上也渗出了细密而冰冷的水珠。难以理解，那汁液为什么是凉爽的,那一层薄如蝉翼的绿膜是怎样把它和埃拉多斯①炽热的太阳分隔开来的？

我们坐在雅典博物馆墙边的阴凉处，懒洋洋地谈论着这个，我们感到这种阴凉十分不可靠。这阴凉中布满了太阳下面所有物体的不可忍受的反光，但更多的是奔驰着的各种汽车的挡风

---

* 茨维塔耶娃（1892—1941），著有诗集《黄昏纪念册》《别离》，长诗《山之诗》《终结之诗》等。

① 埃拉多斯，希腊山名，曾是希腊的称谓。

玻璃所投来的一道道反光。

一个制服白得耀眼的警察慢慢走过我们身旁，像一个巫医那样压低声音，向我们要了一个带有克里姆林宫钟楼图案的纪念章。他小心地解开自己的制服，把纪念章别在衬衣上，他向站在报刊亭旁边的一个军官挤挤眼睛，炫耀了一下，走开了。但是，军官对此一点儿都没留意。

我们是来参观博物馆的，那里面收藏了不久前刚从希腊沿岸的海底打捞起来的古代雕塑。但是，我们害怕走进博物馆，怕喘不过气来。我们步履缓慢。假如连外面的空气都好像是在煅烧炉里烤过的一样，那么里面又会怎么样呢，我们想起来就感到畏惧！

售货员在卖一种非常好喝的冰镇橙汁汽水，这种汽水有一个狡诈的特点——每喝完新的一杯，干渴的感觉就会成十倍地增长。售货员可怜我们，说我们的恐惧完全是多余的，因为博物馆是用大理石建成的，而大理石，众所周知，能够长久而有效地保持住凉爽的空气。

卖橙汁汽水的人是正确的。我们想起来，大多数炎热的南方城市都是用凉爽的大理石建成的，如那不勒斯、雅典、巴勒莫和马耳他群岛上的瓦列塔。我们马上又想起，在我们莫斯科沃尔洪卡街上的造型艺术博物馆里，因为有大量的大理石，所以甚至是在那些城市上空常常雷雨大作、水雾升腾的炎热夏日，也总是非常凉爽的。

我们在雅典想起了我们的这座博物馆，想起了它的创建者——我们那位声名显赫而又极其谦逊的艺术学家伊万·茨维塔耶夫①，他出生在弗拉基米尔省舒伊斯基县。

这个从前的乡村男孩把自己心灵的全部热情都献给了我们先民罗马人和希腊人所创造的伟大艺术。看到了雅典卫城浮雕上美丽的大理石造型和蓝色的海浪之后，如果不去和自己的人民一同分享那古老艺术赐予他的崇高的光芒，他便无法平静地生活下去了。

他以真正的巨人般的顽强意志力，在当时那个商业化的莫斯科建起了一座超群的博物馆，那里收藏着世界杰作的典范。他把自己的全部生命都贡献给了这项事业。建设博物馆需要数目庞大的金钱。他不得不历尽千辛万苦地搜罗，从莫斯科商人和商人妻子那里形同敲诈般地得到它们，同时好话说尽，甚至还得耍点小伎俩。

茨维塔耶夫是一个廉洁的人，是一个学者和艺术家，俄罗斯永远都在养育并钟爱这样的人。

但是，除了那座现在悬挂着一块刻有茨维塔耶夫名字的纪念牌的博物馆，他还馈赠给国家一个活生生的、珍贵的礼物——自己天才的女儿、诗人玛丽娜。

无论现在还是未来，玛丽娜·茨维塔耶娃的卓越诗歌都是祖国的光荣。茨维塔耶娃的一生动荡不安，备尝艰辛。命运对这位

---

① 伊万·茨维塔耶夫（1847—1913），莫斯科造型艺术博物馆的创建人和首任馆长（1911—1913），女诗人茨维塔耶娃的父亲。

女诗人太不留情了。

具有丘特切夫式的深度和力度的诗句,像饱满的谷粒一样生动而又沉甸甸的俄语,与茨维塔耶娃的美好心灵相遇后人们所产生的晕眩,对俄罗斯女儿般的爱,玛丽娜会因为俄罗斯而"在天堂里哭泣",一连串的痛苦和不幸,总是伴随着一连串的杰出诗作——这就是玛丽娜·茨维塔耶娃一生中最主要的东西。

与玛丽娜的诗歌并存的是她的散文,她的散文有时甚至会超出诗歌,那种语言准确、情感细腻、洒脱飘逸的散文,有时,它会因为内容的丰富而变得沉甸甸的,就好像玛丽娜喜爱的接骨木树上的露珠。

玛丽娜·茨维塔耶娃的每一个词汇都属于俄罗斯,属于俄罗斯人民和它未来的几代人。玛丽娜以自己的全部身心,深入地了解俄罗斯民间智慧那深刻而又鲜明的内涵。她是俄罗斯女性内在美丽的化身,但不是讲究的女知识分子的美,而是农妇和普通女性的美。已故的弗谢沃洛德·伊万诺夫,这个具有强大震撼力的作家曾认为,茨维塔耶娃的诗歌本质上与涅克拉索夫最接近,这话并不是没有根据的。玛丽娜本身就是那个"俄罗斯乡村妇女"

的化身，那个"把疾驰的马勒住，走进火热的小木屋"[①]的女性。

《广阔天地》杂志发表了玛丽娜·茨维塔耶娃的小说《父亲和他的博物馆》。在这篇小说中，玛丽娜描绘了自己父亲的美好形象。这个故事确实是富有爱心的女儿送给她杰出父亲的一顶无价的桂冠。

玛丽娜·茨维塔耶娃的散文将无可争议地进入我们文学的金库。顺便说一句，读完玛丽娜·茨维塔耶娃的这篇小说，你会惭愧地意识到，对于本民族的那些杰出的人物，我们是多么知之甚少啊，就像普希金所指责过的那样，我们是多么"懒惰和漠然"啊。

一九六五年七月于塔卢萨

[①] 引自涅克拉索夫长诗《严寒，通红的鼻子》。

小议巴别尔[*]

我们相信第一印象,我们通常认为它是准确无误的。我们确信,关于一个人的看法无论改变过多少次,我们迟早都会返回到第一印象上来。

人们对第一印象的信赖,原因只有一个,那就是对自己的洞察力有十分的把握。在自己的生活中,我经常检验这种"第一印象",结果却非常不稳定。

第一印象常常给我们提出一些狡猾的谜语。

我和巴别尔的第一次见面,就发生在某种谜一般的、夹杂着我的惊讶之情的场景中。那是一九二五年,在敖德萨近郊的中喷泉别墅区。

从敖德萨往西,朝着开阔的大海方向,绵延着好几公里长的老别墅和花园区。这片地方都以喷泉命名(小喷泉、中喷泉和大

---

[*] 巴别尔(1894—1941),所著小说集《骑兵军》描述国内战争时尖锐的心理冲突,另有《敖德萨故事》和多部剧作,其小说善于捕捉生活细节,同时表现出某种客观主义和自然主义倾向,在当时和后来都引起了争论。

喷泉），虽然那里什么喷泉都没有。是的，好像从来就没有过。

喷泉区的别墅名称当然也很"豪华"，按敖德萨的叫法是"维拉"。瓦里图赫维拉，冈察留克维拉，沙伊·克拉波特尼茨基维拉。整个喷泉区被分隔成一个个小站（按照有轨电车的站数）——从第一站一直到第十六站。

喷泉区的电车站相互之间没什么区别（花园，别墅，探向大海的陡坡，染料木树丛，破损的篱笆，然后还是花园），除了不同的气味和不同的空气浓度。

在第一站，有轨电车的车窗中飘进久置的滨藜和西红柿茎叶的干枯味道。这是因为第一站位于城郊，在城市的菜园子和荒地的边上。在那里，在落满尘土的草丛下面，就像上万枚玩具般的小太阳，无数碎玻璃片闪耀着光芒。被打碎的啤酒瓶闪耀着尤为美丽的、绿宝石般的亮光。

每走过一公里，有轨电车就离城郊越来越远，离大海越来越近，直到第九站，那里浪涛拍岸的新鲜声响已经能清晰地传到耳畔。

很快，这隆隆的响声，这海浪冲刷，然后又被阳光晒干的岩石的味道，又远远地在周遭飘散开来，与之伴随的是一股烤鲭鱼的香甜烟雾。人们在铁板上煎鱼。这些铁板是喷泉区的居民从废弃的别墅和看守房的屋顶上揭下来的。

而第十六站过后，空气一下子变了——原来苍白的、有些令人疲惫的空气，现在变成了悠远恬淡的蓝色。这种蓝色不知疲惫地把翻腾的浪花从阿纳托利亚[①]海岸追赶到大喷泉的沙滩上来。

① 阿纳托利亚，小亚细亚的古代名称，二十世纪起为土耳其亚洲部分的名称。

我在第九站租了一间别墅过夏。旁边,穿过马路,就住着巴别尔和他的妻子——棕红色头发美女叶甫盖尼娅·鲍里索夫娜,还有他妹妹玛丽。大家都温情地叫她"小玛丽"。

就像敖德萨人常说的那样,小玛丽"不可思议地"酷似自己的哥哥,并且毫无怨言地执行他的吩咐。巴别尔的吩咐很多,且名目繁杂——从用打字机誊写他的手稿,到与那些纠缠不休的男女崇拜者们做斗争。还是在那时,这些崇拜者们就成群结队地从城里赶来"看看巴别尔",这使巴别尔惶恐不安,感到光火。

巴别尔刚从骑兵军回来,在那里,他用柳托夫的名字作为普通一兵服役。巴别尔的小说那时已发表在多种报刊上——如高尔基的《编年史》《列夫》《红色处女地》和敖德萨的几家报纸。敖德萨的文学青年们追随着巴别尔,蜂拥而至。他们与那些女崇拜者们同样使他感到恼火。

荣誉与他齐头并进。在我们眼中,他已经成一把文学标尺,而且还是一个不容置疑的、充满嘲讽的智者。

有时,巴别尔叫我去他家吃饭。大家合力把一口盛着稀粥的巨大铝锅抬到桌子上("嗨哟,使劲儿!再使把劲儿!"[①])。巴别尔把

---

① 模仿《伏尔加河船夫曲》。

这口锅叫作"牧首",每当它出现时,巴别尔的眼睛就会发出贪婪的光芒。

当他在沙滩上给我朗诵吉卜林的诗,或者赫尔岑的《往事与随想》,或是不知如何落进他手里的德国作家埃德施米德的小说《公爵夫人》时,他的眼睛也闪烁出这样的光芒。《公爵夫人》这部小说写的是中世纪的法国诗人弗朗索瓦·维永,他因为抢劫被判绞刑,小说还写了他和一个做修女的公爵夫人的悲剧爱情。

除此之外,巴别尔还喜欢读兰波的长诗《醉舟》。他用法语动听地朗读这些诗句,读得坚定、轻松,就好像把我沉浸在了奥妙的音节之中,沉浸在同样奥妙地奔涌着的形象和比喻的洪流之中。

"顺便说说,"有一天巴别尔谈道,"兰波不仅是一个诗人,还是一个冒险家。他在阿比西尼亚[①]贩卖过象牙,是因为象皮病死的。他身上有些和吉卜林共同的东西。"

"是什么呢?"我问道。

巴别尔没有马上回答。他坐在热乎乎的沙滩上,往水里抛着光滑的鹅卵石。

那时,我们最喜欢做的事情就是扔鹅卵石,看谁扔得远,还竖起耳朵听它们怎样呼啸着落入水中,发出一个开香槟酒瓶塞的声音。

"在《讽刺》周刊,"巴别尔说起了与前面那些话毫不相干的事情,"一个非常有天分的讽刺诗人萨沙·乔尔内[②]发表了自己的

[①] 阿比西尼亚,旧时对埃塞俄比亚的称呼。
[②] 萨沙·乔尔内(1880—1932),原名格利克贝格。

作品。"

"我知道。题目是《阿龙·法尔弗尔尼克抓住了和乞丐大学生爱泼施坦在一起的继承人女儿》。"

"不，不是那首！他有一些诗是非常忧郁的，十分朴素。'如果没有，可世上毕竟有过，有过贝多芬、海涅、普希金和格里格。'他的真名是格利克贝格。我想起他，是因为我们刚刚往海里扔了鹅卵石，而他在自己的一首诗里这样写道：'还存在思想孤独的岛屿。勇敢些，别怕在那岛上休息。/ 在那里，阴郁的礁石探向大海，/ 可以思考，也可把石子往水中扔去。'"

我看了看巴别尔。他忧郁地笑了笑。

　　他是一个安静的犹太人。我在没开始写作之前，也曾经是那样。那时我并不明白，安静和胆怯是干不成文学的。为了剔除自己作品中你最喜欢的然而却很多余的那些部分，需要强健有力的手指和绳索般粗壮的神经，有时还得不惜鲜血淋漓。这仿佛是自我折磨。我干吗闯进这苦役般的创作事业！我不明白！我可以像我父亲那样去操纵农用汽车、各种脱谷机和马克-科尔米卡簸谷机。您见过它们吗？很漂亮，散发着淡雅的油漆味道。也能听到，在它们的筛子上，干麦粒发出丝绸般的沙沙声。但是，我没有从事这些，却考进了精神神经医学院，仅仅是因为我想生活在彼得格勒，想写出拙劣的小故事。创作！我有严重的哮喘病，甚至不能正常地大声说话。而作家是不应该小声嘀咕的，而要放开嗓门说话。马雅可夫斯基恐怕就从不小声嘀咕,而莱蒙托夫,则用自己的诗句痛击那些"以卑鄙著称的先人们"①的后代。

我是后来才知道萨沙·乔尔内是怎样死的。他住在普罗旺斯,在阿尔卑斯山脚下的一个小城里,离大海很远。大海只是在远处泛着蓝光,像一片烟雾蒙蒙的天空。

小城四周是密密麻麻的五针松林——一种地中海地区的松树,芳香扑鼻,树脂丰富,散发着热气。

成百上千的肺病和心脏病人来到这树林中,来呼吸它们富有疗效的芳香空气。那些被医生宣布只能活两年的人,在这里疗养之后还能活上很多年。

萨沙·乔尔内生活得非常平静,在自己极小的花园里不慌不忙地干活,当和缓的风从海上,可能就是从科西嘉岛吹来的时候,他就开心地聆听五针松林热烈的喧响。

有一天,在海滨的一个人,确切地说,是一个罪犯,他点着烟后,扔下了一根还燃着的火柴,马上,小城四周的森林就吐出了浓烟和火焰。

萨沙·乔尔内第一个冲过去灭火。跟在他身后的是全城的居民。火被扑灭了,但是几个小时后萨沙·乔尔内却在这座小城的小医院里去世了,心脏病发作。

……我很难描述巴别尔。

---

① 引自莱蒙托夫抒情诗《诗人之死》。

我和他在中喷泉的相识已经过去了很多年，但直到现在，就像第一次见面一样，我仍然觉得，他是一个过于复杂的人，一个能综观一切、明了一切的人。

这种情势总是使我在和他见面的时候感到局促。我感到自己是一个小孩子，害怕他笑意盎然的眼睛和他致命的讽刺。只有那么一次，我决定把自己未发表的作品——中篇小说《法尔西斯坦大地的尘土》——拿去给他"点评"。

多蒙巴别尔的关照，这部小说我写了两次，因为他把唯一的一份原稿弄丢了。（还是从很久以前起，我就有一个习惯，写完一本书后，就把草稿毁掉，只给自己留下一份用打字机誊清的稿子。只有在那时，我才感到小说真的写完了，一种非常幸福的感觉，令人遗憾的是，它只能持续几个小时。）

我满心失望地开始第二次从头写作这部小说（这是一件沉重的、缺乏感激的工作）。写完的时候，巴别尔几乎就是在同一天找到了原稿。

他把它带给我，但是表现得不像一个被告，反而像一个原告。他说这部小说的唯一优点，就是它是作者怀着一种克制的激情写成的。但是，他又立刻给我指出了充满东方美感的片段，"美味糕"——用他的话说。又立刻责骂我错误地引用了叶塞宁的诗歌。

"叶塞宁的许多词句使人心痛。"他生气地说，"不能这样漠然地对待诗人的词句，如果您还认为自己是个小说家的话。"

我之所以很难描述巴别尔，还因为我曾经多次在自己的自传作品中记叙过他。我总是觉得,我已经把他写尽了,虽然,这毫无疑问是不可信的。在不同时期,我会越来越记忆犹新地想起巴别尔的话,想起他生活中各种各样的轶事。

我第一次读到的巴别尔作品,是他的手稿。我被那种情景震惊了,巴别尔的语言,和经典作家的语言一样,和其他作家的语言也一样,是更加饱满、更加成熟和生动的。巴别尔的语言以不同凡响的新颖紧凑使人震惊,或者更确切地说,使人入迷。这个人带着我们没有的那种新颖,观察并倾听着这个世界。

谈起长篇大论时,巴别尔总是满怀厌恶。小说中每一个多余的词汇都会引起他简直是生理上的憎恶。他把手稿上多余的词语恶狠狠地勾去,铅笔把纸都划破了。

对于自己的工作,他几乎从来不说"写作",而是说"编写"。与此同时,他还多次抱怨自己没有创作天赋,缺乏想象力。而想象力,用他自己的话说,是"小说和诗歌的上帝"。

但是,无论巴别尔的主人公多么现实,有时甚至是自然主义的,他所描写的一切场景和一切故事,一切"巴别尔式的东西",仍然发生在有一点儿颠倒的,时而几乎令人难以置信的,甚至可笑的世界中。他善于用笑话制造经典。

有几次,他恼火地对自己大喊:

是什么在支撑我的作品?什么样的水泥?它们应该在受到第一次撞击的时候就粉身碎骨。我常常从早上就开始描写无谓的事情、细节和局部,而到了傍晚时分,这种描写却变成了匀称的叙述。

他自问自答，说支撑他作品的仅仅是风格，但他马上又嘲笑自己：

　　谁会相信，小说可以仅靠一种风格存在吗？没有内容，没有情节，没有错综复杂的故事？简直是胡说八道。

他写得很慢，总是拖延，不能按时交稿。因此，对于他来讲最常见的状态，就是最后交稿期限之前的恐惧，就是那样一种愿望，盼望能够挤出哪怕几天，甚至几个小时时间来，用来改稿子，一直修改，不受催促、不受干扰地进行修改。为此，他想尽了一切办法——骗人，躲进一个难以想象的僻静之处，只求人们找不到他，别打扰他。

巴别尔有段时间生活在莫斯科近郊的扎戈尔斯克。他没把自己的地址告诉任何人。要想见他，首先得与玛丽进行一场复杂的谈判。一次，巴别尔还是叫我去扎戈尔斯克见他。

巴别尔怀疑在这一天会遭到某个编辑的突然袭击，于是立刻和我去了一个偏僻的老修道院。

我们在那里坐了很久，直到所有危险的、莫斯科的编辑有可能乘坐的火车都开走了。巴别尔一直在骂那些不让他工作的残忍而愚笨的人。之后，他派我去侦察——看看编辑的危险是否还在，是否还需要再待一些时候。危险还没过去，于是，我们在修道院里待了很长时间，直到灰蓝色的黄昏降临。

我总把巴别尔当作名副其实的南方人，当作黑海人和敖德萨人，当听他说俄罗斯中部的黄昏是一天中最好的时光时，我便暗暗地感到惊奇，他说这黄昏是最"令人神往的"、透明的时分，此时，隐约可见的树影沉入最温柔的空气，柳月像平常一样马上就要蓦然出现在森林尽头。远方某处，响起了猎人的枪声。

"不知为什么，"巴别尔说，"所有夜晚的枪声都使我们感到非常遥远。"

后来我们谈起了列斯科夫。巴别尔想到了离扎戈尔斯克不远的勃洛克家的沙赫马托沃庄园，他把勃洛克称为"着魔的旅行者"。我感到很开心。这个绰号十分适合勃洛克。他从迷人的远方来到我们身边，又把我们带向远方——带向他那天才而忧郁的诗歌构成的夜莺花园。

那时，即使是一个没有文学经验的人也知道，巴别尔是作为一个胜利者和革新者、作为一位一级大师出现在文学中的。如果仅仅为后人保留他的两个短篇小说——《盐》和《戈达里》，那么，甚至只用这两篇小说就可以证明，俄罗斯文学步入完美的脚步是那样平稳，就像在托尔斯泰、契诃夫和高尔基的时代一样。

凭借一切外在的表现，甚至"凭着心跳"，就像巴格里茨基所说的那样，巴别尔就是一个天赋异禀的作家。在这篇文章的开头我谈到了对人的第一印象。凭第一印象，无论如何都不能说巴别尔是一个作家。他全然没有作家千篇一律的特点：既没有悦目的外表，也没有丝毫造作，更没有思想深刻的谈话。只有眼睛——那双锐利的眼睛，能够洞穿你的全身，这双笑意荡漾，同时又十分腼腆并充满嘲讽的眼睛能勉强暴露他的作家身份。还有他那时不时沉浸于其中的平静少语的忧郁，也表明他是一个作家。

巴别尔迅速、合理地进入了我们的文学，我们应为此而感谢高尔基。巴别尔在给高尔基的回信中满怀着虔敬的爱意，就像一个儿子对父亲所能怀有的感情。

……几乎每一个作家都会在老同行那里得到一张步入生活的通行证。我认为，而且是有些根据地认为，伊萨克·艾玛努伊洛维奇·巴别尔和其他人一起，给了我这样一张通行证，正是因此，我直到最后一刻都会保持对他的爱戴，对他的天才的赞叹和朋友间的感激之情。

一九六六年

伟大的天赋：记安娜·阿赫马托娃 *

诗歌的主宰，出色的女性，我们勇敢的同时代人——这些词语完全属于安娜·安德烈耶夫娜·阿赫马托娃。安娜·阿赫马托娃——我们国家诗歌中的整整一个时代。她是好几代人的同路人。和她生活在同一个时代，我感到幸运。她把做人的尊严、自己自由奔放的诗歌——从最初的爱情诗集到战火中的列宁格勒诗歌——都慷慨地馈赠给了自己的同时代人。

在经历了艰难的女性命运的同时，她长久地保留着公民性和伟大的诗歌天赋。只要在俄罗斯的大地上还存在着诗歌，她诗行的生命就将永不止息。

安娜·安德烈耶夫娜·阿赫马托娃出生、死去，就像每个人命中注定

---

* 安娜·阿赫马托娃（1889—1966），阿克梅派主要代表，著有《黄昏》《念珠》等诗集，《安魂曲》《没有主人公的长诗》等长诗。

的那样，但是她经历的是一种天才的、灿烂的、充满诗歌激情的生活。她用她的生活，那与其先驱和同时代人、我们那些伟大作家们共命运的生活，为我们树立了一个高尚的榜样。

一九六六年